大唐雙龍傳

【修訂版】

黃易 作品集

卷六

【目錄】

隋末唐初群雄割據圖

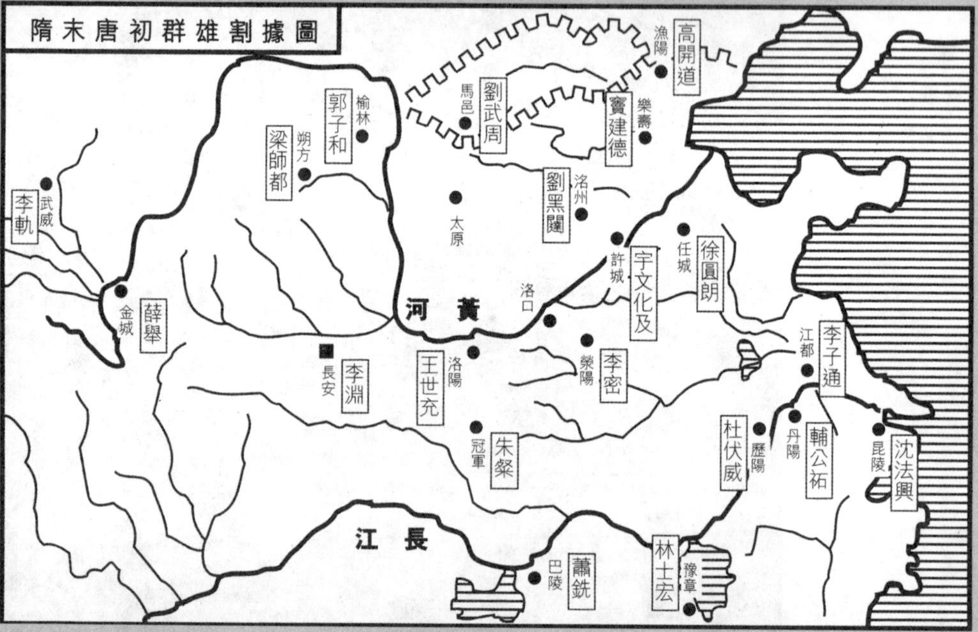

高開道
漁陽
劉武周
馬邑
竇建德
樂壽
郭子和
榆林
梁師都
朔方
李軌
武威
劉黑闥
洺州
太原
許城
宇文化及
任城
徐圓朗
薛舉
金城
黃河
洛口
長安
李淵
洛陽
王世充
滎陽
李密
江都
李子通
杜伏威
歷陽
丹陽
輔公祏
昆陵
沈法興
冠軍
朱粲
長江
巴陵
蕭銑
豫章
林士宏

第一章 局中有局

第一章　局中有局

在旁押陣的寇仲見婠婠以一個完美無瑕的守式，逼得跋鋒寒撤回先手，由主動變被動之際，心中叫苦，知道若論狡猾，自己實非婠妖女的對手。

婠婠現在似乎給他們一個公平決戰的機會，實則卻非像表面看來那麼公平。一向以來，寇仲等三人打打逃逃，還因合作慣了，發展出一種互補不足的戰術。可是在眼前的形勢下，以跋鋒寒倔強高傲的個性，縱使明知一死難免，亦絕不肯逃走。而寇仲也不能插手，否則他們以後都沒臉見人了。一切只能靠跋鋒寒自己。

正面硬對婠婠天魔雙斬三擊的跋鋒寒，心中湧起強大無匹的鬥志。早在出劍之時，他已識破婠婠的心意，但亦知別無取捨選擇。如若過不了這一關，他失敗被殺不在話下，寇仲也休想有命離開。跋鋒寒雙目電芒乍閃，體內經脈竅穴間的眞氣在刹那間提昇至最巔峰的狀態。身上毛髮根根聳豎。

隨著婠婠飄忽不定的奇異玄妙身法，被她輕握手中兩把芒光爍動的短刃，在她賽雪欺霜的纖手處化作兩團濛茫的光影，以令人無法揣測的進擊路線，不斷變化，不斷接近。周遭響起尖銳又若有似無的呼嘯聲，似是鬼聲啾啾。但在方圓三丈的範圍內，一絲風都沒有，而龐大無形的壓力，卻令跋鋒寒呼吸不暢，體痛欲裂。如此魔功，確是令人心悸。

婠婠全力出手下，尚未交鋒，跋鋒寒已有寸步難移的感覺。天魔雙斬緩快無定，忽前忽後，卻可在任何一刻發動致命的攻擊。

坐在跋鋒寒後方橋欄上的寇仲，這才領教到婠婠眞正的實力，難怪師妃暄在失神之下也要吃上她的暗虧。同時立定主意，必要時即不顧一切出手對抗。

跋鋒寒大喝一聲，倏退三步。寇仲駭得差點倒跌河裏。在劍鋒相對的情況下，怎可以後退？尤其對手是婠婠，自祝玉妍後最傑出的魔門高手。

自吸取和氏璧的能量，跋鋒寒等三人最顯著的改進，是感官敏銳倍增。但即使如此，面對婠婠有若天魔妙舞的招數，亦感到難以把握。

跋鋒寒畢生轉戰天下，由域外打到中原，眼力之高明，尤勝寇徐兩人，可是婠婠有若一縷輕煙的遊移飄閃，卻令他生出有力難施，無的放矢的頹喪和無奈。假若再失去先機，那婠婠將會以風捲殘雲的姿態，在短暫的時間內把他擊殺。

在這種明知必死的情況下，跋鋒寒把才智發揮至極限，使出了這樣一著連寇仲也不明白的招數來。

果然他退勢剛成，在高手對壘的微妙氣機牽引下，婠婠如斯響應，天魔雙斬變成兩道電芒，以迅雷不及掩耳的速度，一先一後電射而來。

跋鋒寒卻奇蹟般在空中定了一定，改退爲進。

斬玄劍帶起淩厲刺耳的劍嘯嘶聲，由下而上，疾刺向撲擊過來的婠婠酥胸處。

形勢立變。就好像婠婠送上去捱他這一劍的樣兒。

婠婠早猜到跋鋒寒非是心怯退縮的人，這樣後撤定有後著，可是卻怎都猜不到對方由於得到和氏璧的異能，改造了經脈，竟可在空中以電光石火的驚人高速，把體內後退和前進的力度在眨半下眼的速率中完全轉換，不但力度氣勢沒減弱半分，還因爲是蓄意施爲，勁氣上反是有增無減。

「噹！」「噹！」

天魔雙斬分別挑上斬玄劍。

能令婠婠臨時改攻爲守，跋鋒寒該算是第一人。

跋鋒寒雄偉如山的虎軀在婠婠挑上他的斬玄劍時，如羽毛般抛跳了兩下，婠婠則往外飄開。

寇仲看得目瞪口呆，連鼓掌喝采都忘記了。

婠婠的嬌笑像輕風般吹過來。

橋上的空氣又再次流通蕩漾，河風從洛水拂至。

跋鋒寒目不轉睛的瞪著婠婠迴飛而至，斬玄劍遙指對手。

若給婠婠近身纏上，保證不出十招，他便要一命嗚呼。

婠婠的一對赤足全以拇指撐起嬌柔纖美的胴體，似如足不沾地的美麗幽靈，從五丈外的遠處飄飛回來。

她的姿態曼妙無方，忽然連續三個急旋，衣袂拂揚下，已到了跋鋒寒丈許近處。

高踞橋巓的跋鋒寒正嚴陣以待，婠婠隨著旋轉的姿勢，以一個渾然天成的嬌姿妙態，從兩袖中射出「白雲飄」，交織成一片波浪狀的紋樣，像絞纏而有生命的一對靈蛇般，遁著迂迴曲折的路線，捲向跋鋒寒。

凜冽的勁風，吹得跋鋒寒衣衫後拂，獵獵狂響。

跋鋒寒的臉容變得像冷硬的山巖，無憂無喜，雙目射出懾人的精光。

婠婠的攻勢雖然厲害，但他卻有如釋重負的感覺，知道自己尚有一拚之力。

自他在氣勢最強凝時搶先出手而被婠婠以奇異的守式硬生生逼退，他一直處在絕對的下風，心神感官受制於對方的天魔功。

那是一種可怕至極的感覺，像整個人給隔絕在所處的人間世之外。風吹水流也感覺不到。但在破去婠婠天魔雙斬進擊的剎那，一切忽然又回復正常。星月復明，洛水熟悉的流動聲和氣味，再次傳進他的感官去。

在他後方三丈許外橋欄處的寇仲則剛抹掉一額冷汗。他縱然不知道跋鋒寒局中的感受，但看到婠婠要收起天魔雙斬改用可以柔剋剛的絲帶，便知跋鋒寒非是對婠婠沒有威脅。

跋鋒寒發出一陣震耳長笑，說不盡的豪情壯氣，以奇異的步法迎向婠婠，一劍刺出。

此一劍乃是跋鋒寒信心盡復下的凌厲反擊，看似簡單，卻是精氣神聚蓄下巔峰之作，達致化繁為簡，以拙勝巧的大師級境界。

他體內氣海的真氣，像大江洪水的激流般，沿經脈送往斬玄劍的鋒尖，化成「嗤嗤」劍氣，隔空擊向婠婠，聲勢驚人至極點。

婠婠表面看去仍是美目淒迷，玉容幽怨，但心內的震駭，卻是有增無減。以她的才智與造詣，亦難以明白為何跋鋒寒無論戰術氣勢和內勁，何以可忽然變得如斯厲害。

她本已擬好策略，待與斬玄劍短兵相接，施出當年曾使飛馬牧場商鵬、商鶴兩大元老高手立時飲恨的絕技「纖手馭龍」，以右帶牽纏斬玄劍，再以天魔勁吸牢對手，那時寇仲縱想插手亦為時已晚。

豈知跋鋒寒這一劍大有一往無前，三軍辟易之勢。且劍氣破空先行，除了硬碰擋格之外，再無他途，無奈下，只好變招相應，天魔帶縮回翠羅袖中，再一袖拂上對方劍鋒去。

這是跋鋒寒第二次逼得婠婠變招。他心知肚明並非自己眞能壓倒對手，而是覷準婠婠最大的弱點，就是不肯爲殺自己而受到短期內難以療癒的傷勢。

婠婠跟師妃暄隨時會二度作戰，挾初勝餘威的婠婠自然不肯放過如此大好良機。跋鋒寒正是覷準此點，每一劍毫不留手，以命換命，令婠婠無法盡情發揮她的天魔功。

「蓬！」

袖劍交觸。

跋鋒寒如若觸電，硬被婠婠拂退五步，險些吐血。

他血氣翻騰，兩耳轟鳴之際，幸好婠婠亦被他反震之力逼得退飛飄後，否則若連環進招，他定難以倖免。

寇仲終按捺不住，從橋欄彈起，掠到跋鋒寒旁，大笑道：「美人兒知道厲害了吧！爲了節省時間，不如把你的幫手全喚出來，大家一次過來個大解決，不是勝似你在橋上飛來飛去，累個半死嗎？哈！」

婠婠停身在丈許外處，心中暗恨寇仲破壞了她趁勢再施殺著的大計，表面卻笑意盈盈，「噗哧」嬌笑道：「眞虧你說得出來，明明是不顧單對單的江湖規矩，強行插手，偏是說得如此冠冕堂皇。」

寇仲嘻嘻笑道：「婠美人你說得對極了。現在江湖亂得沒有人再愛講規矩。而我則最喜愛跟風。言歸正傳，現在已證明了你沒有收拾你跋哥兒的能耐，所以儘管多喚些人來湊興，但我們將不保證是否會溜走。」

以婠婠的篤定冷然，也不由俏臉微變。要知寇仲和跋鋒寒，已到了不是聚衆圍攻亦穩可收拾的級數。除非兩人拚死不逃，又或在平原諸如此類某一難以逸走的環境，始有可能把他們留住。但在天津橋上這種下臨長河，四通八達的地方，兼之兩人在逃遁術上又是出色當行，要將兩人截殺，除非有師傅祝玉妍在旁助陣，配合其他派內高手，或有把握辦到。只恨師傅因替上官龍療傷，眞元損耗下要避地靜修，未能在場。故此由她來出手，哪想得到跋鋒寒竟可架著自己全力出手下的殺著，致令現在進退維谷，幸好尚有布置，否則更難以下台。

跋鋒寒微微一笑道：「令師仙蹤何在呢？」

婠婠發出一陣銀鈴般的嬌笑聲，夢幻迷濛的秀眸深深的凝注兩人，柔聲道：「不若我們來個賭約，假如你們能攻破由我派四位元老組成的天魔陣，我任由你們把傅君瑜帶走，絕不干涉。」

寇仲捧腹笑道：「說到底仍是怕了我們天下無雙的遁術，現在你已被我們摸清底子，我們還怕你甚麼？本少爺對你任何提議均沒有興趣，爽快點放馬過來，大家高興一番。」

婠婠嘆了一口氣，苦笑道：「你這人最大的本領是沒有自知之明。人家說了這麼多廢話，目的只是要完成合圍之勢，現在完成了！你試試夾起尾巴溜給婠婠看好嗎？」

寇仲和跋鋒寒一直暗暗留意四周情況。天街靠近天津橋的兩段街道仍是杳無人跡，絲毫沒有異樣情況。離兩邊橋頭約數百步外隱見把守的武裝大漢，不讓行人接近，但這些該屬閒角色，不能構成威脅。且不似是陰癸派的人，何來合圍之勢，著實令人奇怪。

寇仲眉頭緊皺道：「婠美人你勿要嚇我，我是出名膽小的。」

婠婠莞爾笑道：「誰捨得嚇你呢！」

接著嬌喝道：「看箭！」

兩人爲之愕然。

此時徐子陵的小艇剛駛進天津橋西洛堤的樹蔭裏，遠眺長橋。只要會思考的人，便知天津橋上情況異常。因爲繁華的洛陽，就只此段長街與橋上沒有行人。而附近店舖也全部關門。徐子陵心中大訝。

要知天津橋乃橫跨洛河，貫通城市南北交通的三座大橋之一，更連接起最繁華的天街，乃交通樞紐之處。如若封鎖此橋，不惹起混亂才怪。至少路人車馬會大排長龍，可是眼下所見，卻沒有這種情況出現。那顯然有人在疏導交通，把路人車馬指引往使用別的道路橋梁，如此則必須大批受過訓練極有組織的武士方能辦到。更且必須洛陽居民合作才成。

在洛陽，只有兩批人馬始有這種能力。王世充的軍事集團當然是其中之一。另一方則是以奉皇泰主楊侗爲代表，暗裏則由獨孤閥所操縱的力量。

剎那間，徐子陵明白過來，同時想通了獨孤霸今天往找鐵勒人這一疑團。獨孤閥正在玩一個左右逢源的遊戲，一邊與李密合作，另一邊卻與鐵勒人和陰癸派勾結，俾能不用受任何一方所控制。今趟獨孤閥封鎖天津橋，讓鐵勒人和陰癸派放手對付跋鋒寒與寇仲兩人，可能是個引蛇出洞的大陰謀。只要王世充沉不住氣，倉卒離開皇城插手此事，獨孤閥的五千精兵，將會聯同鐵勒人和陰癸派，在準備充足和計劃周詳的優勢下，一戰定江山，奪得洛陽的控制權。

情況確是凶險至極點。而跋鋒寒和寇仲更是陷身至險的核心而不自覺。一里通，百里明。想通了這個環節後，他豁然而悟出爲何獨孤策會和錢獨關的愛妾白清兒混在一起。錢獨關或許非是陰癸派的人，但「河南狂士」鄭石如的可能性卻是非常之大。透過這兩個人，襄陽城等於落在陰癸派手上。難怪錢獨關會對他們如此不友善。現在他該怎辦好呢？

「嗖！」

弓弦聲響。

乍聽只是一把勁弓彈嘯，事實上卻是四弓齊發，因其時間拿捏得整齊劃一，故聽來只有一響。從矗立兩邊橋頭對起的四座高樓之巔，四枝勁箭像電光激閃般，斜下百餘丈的高度，在婠婠的嬌喝仍是餘音縈耳的當兒，搠胸刺背而來，對兩人招呼周到。

「噹！噹！噹！噹！」

寇仲和跋鋒寒舞刀揮劍，背貼靠背，各自磕飛前後襲來的四箭。刀劍箭相觸，其激鳴之聲響徹橫跨洛水一百三十餘步的天津橋。四箭激彈飛開，掉往洛河去。

寇仲只覺虎口痠麻，駭然向後背靠著的跋鋒寒道：「甚麼人的箭法如此厲害？且有四個之多。」

跋鋒寒神色凝重的盯著玉臉含春的婠婠，低聲答道：「若我沒有猜錯，該是鐵勒王座下有『鐵箭衛』之稱的鐵勒高手，想不到竟到了中原來。」

寇仲心中大懍，他們立足實地已擋得這麼辛苦，若在凌空騰躍之際，形勢豈非更是險惡。若對方只有一人，還可憑和氏璧賦予他們迅快換氣本領閃躲。但在四箭齊發下，而對方又是此道大行家，能否擋得過確是未知之數。

婠婠嬌笑道：「這四箭只是打個招呼的見面禮，好戲尚在後頭呢。」

一陣長笑，來自與婠婠遙對的另一邊橋頭。

寇仲面對的正是那個方向，見到一男一女從橋頭旁閃出來，一個是腰掛飛撾，有點陰陽怪氣，畢玄的嫡傳弟子拓跋玉。俏立他身旁的是淳于薇，腰上掛著那把微微彎曲是突厥人愛用的腰刀，最適合在馬背上殺敵。臉上表情似嗔非嗔，又帶點無奈的神色，幽幽的盯著寇仲。

拓跋玉先向寇仲打躬作揖，微笑道：「這回要與別人聯手來對付寇兄，實屬迫不得已。上次小弟曾在襄陽好言相勸，勿與跋鋒寒這賊子走在一道，可惜寇兄聽不入耳。不過小弟仍眷念情誼，至今沒有插手。假若寇兄現在立即離開，小弟和師妹絕不出手阻攔。」

寇仲心中暗嘆，拓跋玉雖形貌古怪，但肯定不是壞蛋，且頗有風度。現在卻不得不以生死相搏，想想都教人心傷。頹然道：「拓跋兄與惡名遠播的陰癸派聯手，不怕有損尊師聲譽嗎？」

淳于薇秀眉緊蹙，不悅地責道：「你這人怎麼如此食古不化？我們到中原來，目的就是要把跋賊押回突厥，其他一切，哪有心情去管。跋賊最是可惡，每次截上他，都拚命逃跑，差點氣死了人家哩！」

寇仲還有甚麼話好說？跋鋒寒有了他和徐子陵作夥伴，拓跋玉的一方，根本奈何不了他。唯一方法是與像陰癸派這種實力雄厚的教派聯手，始有完成任務的可能。

寇仲背後的跋鋒寒輕輕道：「我猜錯了！四座高樓上的箭手該非鐵勒的『鐵箭衛』，而是曾受畢玄親自指點的突厥高手。」

寇仲登時色變，沉聲問道：「有多少個？」

這次隨拓跋玉師兄妹到中原來的，尚有由畢玄親手訓練出來的「十八驃騎」，精於群戰圍攻之術，人人悍勇無倫。所以即使以跋鋒寒的強橫，遇上他們亦只有落荒而逃的一法。

不過屢次交戰後，十八驃騎被跋鋒寒殺傷了部分人，故寇仲才有此一問。

跋鋒寒苦笑道：「該是十二名箭手，而非是四個。」

寇仲虎軀一顫，終於明白爲何婠婠有信心不怕他們溜掉。只要其他箭手像剛才發箭那四人般厲害，他們躍飛空中時，只會成了獵手箭下的肥雁兒，禁不住後悔跑到天津橋上來。這是個精心布下的陷阱。從他們的角度往上望，是瞧不到樓頂的情況。而敵人則可對他們一覽無遺，優劣之勢，不言可知。何況左右橋欄外，尚有兩艘看來不會有甚麼好路數的大船。

跋鋒寒續道：「爲何他們還似在拖延時間呢？」

寇仲再度色變，隱隱感到眼前局面，絕不像表面僅是仇殺般單純。

兩旁燈火突然齊亮，原本黯無燈光的兩艘大船，船首處同時燃著了十多個燈籠。

兩人一瞥下，不由倒抽一口涼氣，知道今次除非神明顯靈，又或寧道奇、師妃暄等聯手來救，否則休想有命離開。

左右兩艘大船開始離開堤岸，移往河心，與南北橋頭的拓跋玉師兄妹及婠婠，四座高樓的十二名驃騎殺手，形成一個以他們爲中心的天羅地網。

徐子陵此時潛至天津橋西洛堤近處，瞧著岸邊的十多名壯漢把大船以纜索扯往河心固定。

他這「局外人」對形勢的把握要比寇仲和跋鋒寒更清楚。心知敵人所有布置，均在防止他們借洛水遁走。那亦是唯一的逃命捷徑。想到這裏，他再不猶豫，滑進河水裏去。

左右兩船的望台上，或坐或站各有十多人，無不像看耍猴戲的冷冷瞪著被燈火照得纖毫畢露的跋鋒寇和寇仲。船首除了持燈籠的大漢外，尚各有十多名彎弓搭箭的勁裝大漢，擺出一副絕不容他們逃走的格局。

在一般情況下，就算加上高樓上的突厥神射手，怕仍奈何不了跋寇兩人。可是假若在與高手如娟娟等交戰的情況下，他們若想突圍離開，則分處四方高處和河中左右兩邊的箭手，將會對他們構成致命的威脅。

僅剩的兩條逃路分別是南北橋頭，任憑選擇。

「篤！」

西方大船望台傳來一下杖子觸地的悶響，人人耳鼓嗡鳴。

被譽爲獨孤閥的第一高手尤楚紅，安然坐在望台上太師椅之內，眼簾內的兩道精光，越過六丈許的河面，落在橋上兩人處。右手碧玉杖柱地，發出一陣難聽而帶著濃重喉音的梟笑，先乾咳一聲，再以她沙啞的聲音冷喝道：「小霸到哪裏去了？是否你兩人對他做了甚麼手腳？」

她身後高矮男女站了十多人，最搶眼自是美麗的獨孤鳳，其他寇仲認得的只有獨孤策，人人衣飾華麗講究，看來該是獨孤閥本系的高手。只是他們，足夠收拾兩人有餘。

與獨孤閥遙遙相對的另一艘船上，則是以突利爲首的突厥人，人數不過十人。可是人人眼神如電，顯然都是高手，卻沒有一個是女的，芭黛兒當然不在其中。自拓跋玉和淳于薇現身後。他們早猜到不會少了「龍捲風」突利的份兒。他隨來的手下中有兩個是寇仲認識的，就是「雙槍將」顏里回和「悍獅」慕鐵雄。此二人當年與李密和祖君彥合謀，擄去翟嬌，再在荒村布局暗算翟讓，種下其後翟讓慘遭殺身的大禍。

突利眼中射出欣悅的神色，哈哈笑道：「老夫人何須擔心，只要擒下兩個小子，要他們叩頭喊娘的也只是一句話便可辦到。」

橋上的寇仲倒抽一口涼氣，向身後的跋鋒寒低聲道：「看來這就是伏騫那小子所指的鐵勒人的陰謀了。」

話猶未已，婠婠那方衣袂聲響，四個人疾掠而來，帶頭的赫然是「飛鷹」曲傲，後面跟著的是他三個徒弟長叔謀、花翎子和庚哥呼兒。四人來到婠婠身後立定，冷然不語，一副吃定了他們的神態。

無論空中、地面、河上所有逃路均被封閉，形成一個插翼難飛的天羅地網。兩人這時才醒覺，這代表四股強大勢力的敵人，早有聯手對付他們三人的秘密協議，而救回傅君瑜只是引發出眼前局面的導火線。自離開任恩那秘巢後，他們的行蹤便落在敵人的眼線監視下。當知他們朝天津橋走過來，便調集各方人馬，決定在這四通八達的交通要點截擊他們。現在終於把他們逼得陷身在絕境內，除了力戰至死外，再沒有其他的可能性。此實他們始料所不及。

婠婠淒迷的美目射出複雜的神色，幽幽嘆道：「這裏再沒有奴家的事了，諸位前輩高明看著辦吧！奴家尚有要事須處理呢。」

突利施禮道：「婠小姐請便，有機會，希望能與婠小姐多點親近。」

只看他神情，便知他深爲婠婠美色所動。事實上在場所有男人，無不爲她現出迷醉的表情。

婠婠深深瞧了跋鋒寒和寇仲一眼，再嘆道：「跋兄寇兄珍重！」

一閃不見。

兩人雖想到她是要去追擊徐子陵，可是自身難保，只能眼睜睜任她離去。

曲傲踏前三步，來到婠婠剛才的位置，撩起長袍的下擺，紮到腰帶去，仰天長笑道：「冤有頭，債有主，今天讓我曲傲來清雪殺子之恨。寇仲，讓老夫看看你除了逃跑外，尚有甚麼本領。」

寇仲從跋鋒寒身後轉出來，一拍背上的井中月，大笑道：「曲老頭果然有種，只不知如若你單打獨鬥不敵本人時，其他人會否出手相援？」

右方的突利啞然失笑道：「果然是無知之徒，死到臨頭仍敢口出狂言，曲大師請立即出手，待本人看看他的刀是否像他的口那麼硬。」

只這幾句話，可看出突利極工心計。因爲若任由曲傲自己回答，礙於他的身分地位，怎都不能讓人插手。那時一個不好，只要寇仲能來個兩敗俱傷，別人要出手干預和相幫就有問題。但突利這番話，既顧及曲傲的面子，又堵塞了寇仲的說話，拿捏得恰到好處。

長叔謀在曲傲身後得意笑道：「寇兄是眞糊塗抑是假糊塗，今次豈同一般依足江湖陳規的決鬥。兩位仁兄乃人人得而誅之的奸徒，對你們何用甚麼禮數規矩。」

他雖是含笑說出，誰都聽出他對兩人怨恨之深，傾盡三江五湖之水仍洗滌不清。

寇仲灑然一笑，先瞥了面容冷硬有如岩石的跋鋒寒一眼，再環視把他們圍得水洩不漏的衆多強敵，最後目光落在曲傲身上，訝道：「曲大師不是約了那位虯髯小子在子時比武嗎？現在是甚麼時候？不要爲此因傷或因死延期，使不知情的人又會以爲曲大師怯戰了！」

包括尤楚紅在內，無不對寇仲的膽色暗暗佩服。換了是別人，在這種成了衆矢之的，明知必難倖免的情況下，誰能學得他般不但仍從容自若，還口角生風，一派洋洋自得之狀？

曲傲終是宗師級人物，際此決戰關頭，絲毫不因對方的冷嘲熱諷動氣，悠然逼前，微笑道：「收拾你這小子要費半個時辰嗎？動手吧！」

凌厲的氣勢，立時湧迫而出。

寇仲脊骨微俯，雙目射出熠熠奇光，凝注在曲傲身上，像一頭豹子般瞧著獵物的接近。

天上星月爭輝，橋下洛水淌流，在這本是美麗明秀的晴夜，橫跨洛水接通東都南北的天津橋上，卻是戰雲厚布。

戰火一觸即發。

徐子陵貼著河床，潛至獨孤閥座駕船的船底下，心中猶豫。像尤楚紅和獨孤鳳那種級數的高手，他只要用力在船底鑿一下，說不定會惹起對方的警覺，何況是要在船底弄出一個破洞來。不過卻非全無辦法。

他伸出雙掌，按在船底處，氣海不住積蓄眞氣。心底下亦不由有點緊張，雖然眞氣掌勁很多時被形容爲比刀刃還鋒利，但是否眞如刀刃般起切割的作用，尤其對象是堅實的船體，則仍是未知之數。

經過這些年來的鑽研、遇合和修練，他對體內眞氣已到了收發由心的境界，強弱、快緩，至乎吐勁的方式，螺轉的方向，都能隨意而爲，揮灑自如。但卻從未想過控制眞氣發出的剛柔鋒利狀態。在與人對敵時，他可憑藉指尖、拳頭、手掌的組合變化，針對情況而施用，但仍沒有試過把眞勁以另一種形態發出。以他目下的修爲，當然可以硬生生在船底震破一個巨洞，又或以掌尖插穿船底，但這樣必然瞞不過船上的頂尖高手。那時戲法就不靈。

此時體內已蓄滿爆炸性的能量，徐子陵猛一咬牙，螺旋勁發。本是偏於陽剛迅疾的勁氣，變得既陰柔又沉緩，從雙掌吐出，勁力覆蓋以雙掌爲核心的方圓近六尺的艙底。核心的部份竟然應掌凹了下去，卻沒有發出破穿碎裂之聲。徐子陵也料想不到會有這種情況出現，下意識地伸出手指往凹陷的部分戳去。手指直沒入木，便若插進麵粉糰裏的樣子。徐子陵自己都嚇了一跳，想不到內勁可厲害至此。

收回手指，留下一個指形深洞，可是由於船身頗厚，故尚未洞穿。他正要加點手腳，卻發覺凹陷處的木粉一層層的溶灑下來。心中叫妙時，突生警兆。暗湧陣陣傳來，顯示河水內正有某種人爲的活動在進行中。徐子陵心中凜然。難道自己如此小心，仍瞞不過敵人嗎？

寇仲雖擺出打硬仗的格局，口上卻嘴皮子微張的低聲向左後旁靠欄而立的跋鋒寒問道：「哪一方？」

跋鋒寒當然明白他意思，但只能以苦笑回報。敵勢實在太強了，唯一方法是突圍逃走，但選取哪一方逃走，卻是最難決定的問題。表面看來，自以拓跋玉師兄妹把守的南橋頭實力最爲薄弱，但也可能是個陷阱。

跋鋒寒望往其中一座高樓，隱見人影縮閃，沉聲答道：「洛水！」

寇仲點頭表示同意，「鏘」的一聲掣出井中月，朝迫至三丈近處的曲傲迎去。

跋鋒寒適於此時冷喝道：「曲傲你何時成了突厥人的鷹犬？」

以曲傲的老練，也爲這句尖刻之極的話略一錯愕，氣勢登時減弱兩分。要知突厥勢大，鐵勒勢弱，所以鐵勒人臣服於突厥，乃合情合理的事。正因跋鋒寒這句話勾起了曲傲在這方面的聯想，才有氣勢被削的情況出現。

不待任何人有機會回答，跋鋒寒後發先至，越過寇仲，斬玄劍以雷霆萬鈞之勢向曲傲劈去。

四周怒叱聲起，衆敵紛紛趕來援手，跋鋒寒只耍了一記手段，頓然改變了整個形勢。愈亂他們愈有逃生的機會。

眼前的情景，看得徐子陵頭皮發麻，暗叫僥倖。

原來敵人正把兩張滿是倒鉤的大網，舖在天津橋左右下方的河水上，在水面下半尺許處浮張，如若寇仲和跋鋒寒往河水跳下去，不給生擒活捉才是怪事。

徐子陵知事不宜遲，由河底往蓋河大網潛過去。

曲傲曾與跋鋒寒數度交手，自以爲對他的底子摸得一清二楚，怎會怕他，冷哼一聲，兩手箕張，分別向跋鋒寒和寇仲抓去，一出手就是看家本領鷹變十三式的招數，務要制敵死命。

他一對掌爪隨著迅疾步法，封擋了對手所有可能進攻的路線，又擅於奪取敵人兵器，的確是非常厲害。當他把十三式發揮至極限，他的雙手若能進出於虛無和現實之間，時現時隱，如虛似幻，教人防不勝防。

當日跋鋒寒正是因此差點在他爪下送命，所以故意在動手前，設法以言語削弱其氣勢。接著就是要憑藉因和氏璧而來的突破，打擊他的信心。

像曲傲這種宗師級的人物，無論如何退步，總有千錘百煉深厚得難以動搖的根底。要勝他談何容易，想殺他更是近乎不可能。所以若要達到挫折他的目的，必須有出人意表的驚天手段，不但講功夫，亦要講心法、智計、戰略，作多方面的配合。

跋鋒寒衝前，寇仲卻抽身後退，避過曲傲的爪風，躍上橋欄，登時箭聲嗤嗤，獨孤閥那邊船上的十五名箭手射出一片箭網，假設他想跳河逃走，首先便要設法不變成刺蝟。

而寇仲這著純屬刺探性質。他自問有能力可盡擋由船上射來的箭矢，卻沒有把握在落河的空間距離避過高樓射下來的冷箭。最危險是剛入水前的一刻，他將因水的阻力而速度減緩，將更易中箭。何況對方船上尚有高手如尤楚紅和獨孤鳳等虎視眈眈，只要他們施放暗器，又或發出拳風掌勁，他的小命就危乎其危了。

心中暗叫一聲娘，寇仲翻往橋心。此時跋鋒寒和曲傲剛短兵交接。

本從兩邊橋頭逼過來的拓跋玉師兄妹和長叔謀等，見寇仲退開，已相應止步，只把包圍的距離縮短，在五丈許的近處監視。

但分別從左右兩船凌空掠到的獨孤鳳和突利那邊的「雙槍將」顏里回與另一個突厥高手，就不是說停便停。

而從他們的反應，亦可看出功力的高低，絲毫走不過眼。

獨孤鳳見寇仲非是與跋鋒寒合擊曲傲，遂依照原定計劃，竟在空中換氣，一個迴旋飛返船上，姿態曼妙，如若行雲流水，不見絲毫勉強。

顏里回和他同夥便沒此本領，兼之突厥人生性好勇鬥狠，就那麼順勢凌空撲往寇仲，雙槍單刀，狂風暴雨般向寇仲攻去。

寇仲像對敵人如狼似虎的攻勢視若無睹，傲立橋心，大笑道：「我兩人能令各位勞師動衆，費盡苦心，已是很有光采哩！」

說到最後一個采字時，倏地移閃，避過顏里回的雙槍，井中月結結實實磕在那突厥高手當頭凌空劈來的單刀處。

這邊廂的曲傲眼看可把跋鋒寒的斬玄劍抓個正著，豈知就在他尚差少許指尖才可捏上劍鋒之際，跋鋒寒的斬玄劍卻近乎奇蹟般沉下三寸，再在不過半尺丁方的窄小空間內變化挪移，似可攻向他曲掌箕指成鷹爪的右手任何一個部位。

以曲傲的老練，也不由懍然一驚。他這看似簡單的一抓，事實上乃積六十年戰鬥經驗、眼力和判斷的成果。踏足的位置是跋鋒寒左斜方斬玄劍威脅力最弱的死角位，首先逼得對方變招相迎。其次是他這一抓已到了化腐朽爲神奇，捨靈巧而樸拙的大家境界，純以角度、速度和預計對方出手而來的準繩制勝。卻想不到對方不但不避不閃，還有能力疾施反擊，功力大勝從前，怎不教他心駭欲絕。

斬玄劍倏地挑往他腕脈處。

曲傲驚上加驚，縮回右手，雙肩不動，右足平踢一腳，取的是跋鋒寒的左足踝，陰毒之極。

跋鋒寒露出一絲不屑的笑意，腳踏奇步，同時劍交左手，劍勢暴張，把銳氣信心已洩的曲傲捲進令人目眩的劍光芒影裏去。

「噹！」

兩刀毫無花假地硬拚一記。

螺旋勁發。強化了的經脈，令寇仲在眞氣輸送的份量和速度均大幅增加，眞有千軍辟易之勢。

那突厥高手剛騰躍上來掠過近六丈的遠距離，氣勢力道均有損洩，硬拚下立時吃了大虧。

「嘩！」

那人連人帶刀，被寇仲劈得像落葉飄絮般倒飛出橋外，口噴鮮血下，往船橋間的洛水掉下去。

寇仲長笑道：「不過如此！哈！不過如此！」

井中月看似隨意的把顏里回像驟雨般攻來的雙槍悉數封格，發出一陣像雨點打在芭蕉葉上的清脆聲響，頗爲悅耳。

突利此時飛離大船，把手下在傷重落水前接回來。他那一方再有四人躍起，要爲同夥雪此一刀之恨。

尤楚紅本已手癢難熬，躍躍欲試，但始終要顧及身分，見狀只好讓突厥人先打頭陣。

寇仲和跋鋒寒兩人如有神助的武功，實在出乎他們意料之外。

跋鋒寒和曲傲之戰更教人吃驚。

「篤！」

曲傲連施上十多種手法，千辛萬苦得以掌尖掃上跋鋒寒的斬玄劍。事實上兩人交手至此刻，尙是首次有實質上的接觸，其中的詭幻凶險，可想而知。

跋鋒寒只覺手中之劍，有如被大鐵錘連續猛擊九下，震得手腕痠痲，心叫厲害，當斬玄劍交回右手，曲傲終藉此良機，騰上半空，全力展開他的「鷹變十三式」。

卻不知這是正中跋鋒寒的下懷，一聲長笑道：「曲傲你的風光日子已過去了，否則怎會中計。」閃電挺劍上攻，立見光華大盛，隱隱挾著風雷之音，又是那麼自然而然，每劍擊出，都有石破天驚的威勢，似乎他一直收斂掩藏，直至這刻終全力出手，望能速戰速決的樣子。

另一邊的「雙槍將」顏里回一聲慘哼，肩頭中刀，像斷線風箏般倒飛尋丈，拋跌在拓跋玉師兄妹兩人身前，一槍脫手，失去作戰的能力。

寇仲則橫刀傲立，靜待快到頭上的四名突厥高手下擊。於此百忙之時，他仍有餘暇環視全場。

只見突利臉含冷笑，不但似乎並不把兩名手下先後受傷的事放在心上，還一副成竹在胸，好整以暇的樣子。

另一邊獨孤閥的船上，性格剛暴的尤婆子仍安坐太師椅上，被閥內的後輩眾星拱月般恭侍著。而奇艷的獨孤鳳還和她喁喁細語，神態悠然自若，半點不把他們佔在上風情況放在眼內。

拓跋玉身後則奔出兩名大漢，把傷重臥地的顏里回迅速移走。

而長叔謀等三人雖全神注視乃師與跋鋒寒交手的情況，卻出奇地沒有上前加入戰團。

寇仲乃玲瓏剔透的人，首次感到有些不妥當；可是敵人已至，哪有餘暇細想，連忙運刀相迎。

橋下的徐子陵已成功把蓋河的鉤網神不知鬼不覺的以匕首割開一個大洞，又以手抓網，防止網子被水流沖走，讓敵人發覺。但心中的焦急，卻是難以形容。同時後悔剛才在船底弄的手腳。船底隨時會「溶解」洞穿，當河水湧入船艙，必瞞不過上面的尤楚紅和獨孤鳳，當猜到有人潛在洛水裏，他的戲法便不靈了。

另一個是時間上配合的問題。敵人會在河中鋪上鉤網，目的自是要把寇仲和跋鋒寒兩人生擒活捉，所以定會布下一種形勢和壓力，使兩人感到洛河乃唯一的逃路。故此他並不擔心兩人不借水遁，但卻擔心他們不能在船底破前逃命。就在此時，他從網底下仰頭上望，剛好見到曲傲躍上半空。他差點便要大聲叫好，哪還猶豫，立即採取行動。

「嗆啷」一聲，顏里回被格飛的右手槍此時才掉在地上。

爪與劍在眨眼的高速中硬拚七記，雙方都是招出如電，全身功力所眾，雖只數招，卻抵得上一般高手苦拚千百招之多，登時生出一種像千軍萬馬，在沙場交鋒對壘，廝殺纏鬥得日月無光森厲慘烈的氣氛，感染全場。

事實上直至此刻，若純論功力招數，跋鋒寒仍要遜上曲傲一籌。可是他卻能在才智上用心，以種種手段挫折這強橫對手的氣勢和信心，又因對手低估自己，於猝不及防下使他取得些許優勢，故鋒銳在此消彼長下有增無減，由此可見跋鋒寒的天資，確勝於這名震域外的宗師級人物。趁著眼前的優勢，他必須踏出最重要的一步，爲逃生舖路，否則將再沒有逃走的機會。跋鋒寒發出一聲震耳長嘯，斜射而起，劍勢如虹，直往丈半高空處的曲傲射去。

另一邊的寇仲心知肚明是跋鋒寒招呼他逃命的時刻到了，忙以猛獅搏兔的雄姿，竭盡全力，先「鏘」的一聲把左方劈來的鋼矛蕩開，然後使個假身，彷似前攻，待其他三敵駭然退避，猛地抽身，往跋曲兩人交手處掠去。

四周吆喝連聲，不但拓跋玉、長叔謀等分別由兩邊橋頭趕來，連突利亦從船上躍起，橫空掠至。獨孤閥方除尤楚紅仍安坐不動外，包括獨孤鳳在內，人人掣出兵器，箭手則滿弓待發，形勢緊張至極點。橋西兩座高樓上的箭手，不顧暴露形跡，現身彎弓搭箭，嚴陣以待。

跋鋒寒擊向曲傲的一劍，已施展出壓箱底的本領。不但是他畢生功力所聚，還存有與敵偕亡之決心。而且由於他是斜衝之勢，劍勢把橋欄的上空全部籠罩，而橋心處則有寇仲如飛掠來，所以除非曲傲要與他拚個兩敗俱傷，否則就只有避退至橋西上空一途。如此可令高樓上的突厥箭手投鼠忌器，不敢放箭，去了他們的上顧之憂。若擋的只是單從獨孤閥那艘船射來的十多枝勁箭，他們自然有把握多了。

曲傲當然不肯和他以命搏命，故意合作非常，還露出一個曖昧的笑容，爪化為掌，重重打在他劍網上，借力騰上橋西洛河的上空。

寇仲此時恰好趕至，兩人同時貼欄翻往橋下。

尤楚紅發出一陣難聽之極的梟笑，十多枝架在弓弦上的勁箭脫弓而出，嗤嗤聲中，射往兩人。籠罩範圍之廣，除了硬架一途外，再無別法。

「嘩啦」水響。

一片長闊達兩丈的鉤網離水而起，像一幅牆般把所有勁箭全部擋著，還去勢不止的往尤楚紅等人罩去，聲勢驚人，兼之事起突然，均使敵人有措手難及之感。

突利等人已趕至橋欄，尚未弄清楚發生了何事，十多條水柱連珠彈發般從河裏激射而起，分別襲往各人，連曲傲亦沒有放過。以突利、曲傲之能，面對這種螺旋而來，勁道十足，時間位置又拿捏得無隙可尋的水柱兵器，也要狼狽不堪，竟連寇仲和跋鋒寒何時入水都弄不清楚。

當洛河恢復平靜，重新反映天上的星光月色，人間燈火，三人早蹤影杳然，逃個不知所蹤。

獨孤閥一方的座駕船這時開始入水下沉。

寇跋二人濕淋淋的爬上徐子陵早前泊在洛堤柳蔭隱處的小艇，均有再世為人的感覺。

寇仲瞧著遠方橋旁獨孤閥那艘傾側下沉的大船，欣然道：「若能氣得老婆子哮喘病發，就最理想不過。」

跋鋒寒一邊運功揮發身上的水氣，冷然道：「我們在這裏鬧得洛河翻轉了過來，曼清院只是隔了十多個街口，卻不見有半個人來打個招呼，人情冷暖，此為一例。」

徐子陵嘆道：「誰不希望我們和敵人拚個幾敗俱傷；不來插上一腿對付我們，已是非常客氣。」

寇仲擔心道：「瑜姨呢？為何小陵你忽然來了，也幸好你來了，否則我和老跋定成了渾身鉤傷的網中魚。」

徐子陵扼要的解釋了後，向跋鋒寒道：「公主總算仍對你有三分情意吧！」

跋鋒寒露出一絲苦澀的笑容，淡淡道：「我和李世民或者真曾令她心動，可是她深心裏真正著緊的人只是你徐子陵，事實如此。」

寇仲怕徐子陵尷尬，岔開道：「她是否確有本事把瑜姨神不知鬼不覺的送往城外呢？我們應否為她護行？」

跋鋒寒斷然道：「東溟派該和陰癸派有很微妙的關係，否則也不會知道我們救回了君瑜。而且東溟夫人乃一等一的高手，即使祝玉妍也不敢輕易惹她，何況祝玉妍目下該不在洛陽，所以她們應比我們更有把握將人送走，我們若插手，反會惹起婠婠的疑心。」

徐子陵和寇仲點頭同意。現在此事最大的優勢，是陰癸派怎都猜不到傅君瑜在東溟派的巨舟上。且有宋師道參與其中，此人才智武功，均是上上之選。

寇仲學跋鋒寒和徐子陵行功揮發身上的水氣，雙目閃閃道：「此仇不報非丈夫，我們現在該怎麼辦？」

跋鋒寒面露殺氣，唇邊瀉出一絲寒似冰雪的笑意，聲調卻是出奇的溫柔，輕漫而不經意地道：「快子時了，仲少你不是約了宋金剛嗎？」

天街的住民不知是否被適才的打鬥廝殺嚇怕了，家家戶戶、大小店舖全關上門窗，唯獨是曼清院燈火通明，照得附近一帶亮如白晝。尚有一刻鐘就是子時，赴會的人大多已抵達聽留閣，大街上不見半個人影，連巡更的城衛都不知躲到哪裏去。由於楊侗、獨孤閥與王世充的鬥爭，使洛陽城的管制出現真空的狀態，可是治安反比往常更佳，皆因地方幫會儘量約束手下，不敢在這種情況下惹事。而外來人更不欲鬧出事來，免致成爲衆矢之的。三人沿街而行，朝曼清院走去。

寇仲忽地嘆了一口氣。

跋鋒寒奇道：「在剛才那種惡劣的情況下，你仍可以不損半根毫毛的脫身，爲何仍要長嗟短嘆？」

寇仲伸手搭上跋鋒寒的肩頭，衷心誠意地道：「我是想你老兄即將遠離，心中很捨不得罷了！」

跋鋒寒面容硬朗的線條也似溶化了少許，瞥了一眼在另一旁默默而行的徐子陵，微笑道：「這叫天下無不散的筵席，這次跋某到中原來，能遇上兩位兄台，已是不虛此行。何況更在武功修爲上得逢曠世奇遇，作出連自己也未夢想過的突破，人生至此，尚有何求？」

徐子陵淡然道：「鋒寒兄準備何時起程？」

跋鋒寒沉聲道：「幹掉曲傲，我立即離開，說不定就是今晚。」

寇仲和徐子陵均感愕然。

前者皺眉道：「爲何你似是對曲傲特別不客氣呢？」

跋鋒寒雙目閃過深寒的殺機，冷然道：「這是我在那次被曲傲擊得重傷投水逃生時立下的誓言，誰要我的命，跋某人必有回報。」

接著微微一笑道：「我和你兩人所以特別投緣，還有一個原因是遭遇相似。」

寇仲目注空寂長街，愕然道：「甚麼遭遇？」

跋鋒寒欣然道：「就是我們的武功都是在被人追追逐逐下逼出來的，沒有一天不是過著逃亡的日子。你們自得到《長生訣》後，不是也有這樣的遭遇嗎？」

徐子陵忽然道：「你對殺死曲傲究竟有多少把握？」

跋鋒寒道：「本來半成也沒有，現在卻有十足把握。」

寇仲挪開搭在他肩頭上的手，大訝道：「爲甚麼會有這麼極端的轉變？」

跋鋒寒平靜地答道：「因爲他的心靈修養尙有很大的破綻，會產生情緒上的波動，剛才在天津橋一戰，我已令他對擊敗我失去信心，所以若今晚我能擴大他這破綻，必勝無疑。」

最後再加一句道：「若我能殺曲傲，那時就算我不去找畢玄，他也會親來找我，對手難求，畢玄要維護我還來不及哩！」

兩人這才恍然。

寇仲道：「不知曲老頭和伏小子兩人交手了沒有呢？」

此時曼清院的門口已在五丈開外，把門的大漢深頭引頸來瞧他們這三位遲來的賓客。

跋鋒寒道：「我只怕他會爽約。」

三人尚未進門，守門的十多名大漢早迎了出來，恭恭敬敬，爺前爺後的叫著，與上次的冷遇確有天淵之別。

跋鋒寒問道：「曲傲來了沒有？」

有人答道：「曲大爺剛才著人來通知，要在丑時始到。」

三人交換個眼色，露出會心微笑。

寇仲皺眉道：「曼清院是否仍由洛陽幫掌管？」

另一人答道：「當然是屬於我們洛陽幫的業務，三位大爺給我們揭破上官龍那奸賊的身分，我們全幫上下，都深深感激三位哩！」

寇仲暗忖又會如此的，順口再問一句道：「現在洛陽幫是誰在主事？」

先前那漢子肅容道：「爲免本幫陷於四分五裂之局，副幫主和各堂堂主請出榮鳳祥大老闆作我們的幫主，有他老人家一句話，誰敢不服。」

三人暗忖竟會這麼巧的，由此亦可見榮鳳祥乃洛陽舉足輕重的人物。要問的話問過了，三人遂在前呼後擁下，朝聽留閣走去。聽留閣比之前天晚上更見熱鬧，座無虛席，幸好榮鳳祥不知爲何竟親自下令把上次那間位於北廂頂樓的廂房給他們留著，所以不用和其他人擠在一塊兒。

美婢奉上酒菜後，一名喚作翠兒，似是婢子頭領的艷女媚笑著向三人道：「榮老闆特別吩咐要好好侍候三位，我們曼清院的三朵鮮花，蓮兒、菊兒和萍兒那晚曾見三位大展神威，心生嚮慕，要不要她們來為大爺唱兩首小調兒呢？」

寇仲奇道：「今晚這麼多貴賓，她們怎能分身？」

翠兒拋他一記媚眼道：「別人求我也沒用，但三位大爺卻是不同！翠兒怎麼為難，都會為你們安排妥當。現在離丑時尚有大半個時辰，有她們來為大爺遣興，保證時間會像白駒過隙般彈指即逝。」

跋鋒寒隨手塞了半錠黃澄澄的金子進翠兒手裏，淡淡道：「這次是否又再是『知世郎』王薄請客？看來這筆數目可不少？」

翠兒拿到金子，更是笑意盈然，半邊身子挨到跋鋒寒身上，昵聲道：「今次是榮老闆請客，他是雙喜臨門哩！既登上幫主寶座，又適逢大壽之期，以後財源廣進，些許花費哪有閒情去計較呢？好了！一切包在奴家身上，我這就去把三朵花請來好嗎？」

徐子陵皺眉道：「我們還有要事商討，不如……」

翠兒接下去道：「那奴家安排她們稍後才來好了！」

一陣嬌笑，像隻彩蝶般飛走了。

寇仲向跋鋒寒笑道：「你出手倒闊綽，就像囊中滿載黃金的樣子。」

跋鋒寒淡然道：「這幾年我的確賺了點錢，在亂世中，人人爭著鑄幣造錢，卻只有黃金最可靠，中原域外都通行，我走時分點給你們做使用吧！」

「篤！篤！」

寇仲雖沒有聽到足音，卻早感到有人在門外，低聲道：「誰？」

門外響起邢漠飛熟悉的聲音道：「小弟奉王子之命，請三位到樓下主廳一敘，大家喝杯水酒。」

三人對此人頗有好感，更想看他長得是怎個樣子，寇仲遂道：「邢兄請進！」

邢漠飛聞言推門而入，拱手為禮。三人立即肯定昨晚此人並非伏騫身旁的其中一人，否則他們絕不會看走眼。

這位吐谷渾的高手年紀在二十五、六間，身材瘦削修長，濃髮粗眉，舉止從容。一身便於騎射的勁服長靴，整個人就像一枝離弦勁箭那麼鋒利，雙目精滿神足，但又令人感到他很易動感情。他雖不算英俊，但五官顯得很有性格，屬於那種耐看和愈瞧愈有味道的人。

三人同時起立回禮，坐下後，跋鋒寒問道：「下面大廳還有甚麼人？」

這時猜拳鬥酒、絲竹弦管的喧聲陣陣從露台方向傳來，邢漠飛灑然笑道：「自然少不了王薄和榮大老闆兩人。」

徐子陵訝道：「聽邢兄的口氣，好像不把王薄放在眼內。」

邢漠飛油然道：「論鞭法，無論中外都難有人能出其右，不過論人不能只論武功，還需有品格配合，始能教人心服。像三位這種真英雄，才是敝主心儀交往的對象。」

三人聽得面面相覷，因據傳聞：王薄不是與伏騫關係很密切嗎？且若王薄乃失德之人，像了空那類方外高人，怎會視他為知交？寇仲訝然詰問。

邢漠飛微笑道：「此事還是留待敝主在有機會時親自回答妥當些。不過三位只要看當今群雄中，如杜伏威、李子通之輩，均曾投在王薄麾下，後來又反目叛走，當知此人沒有容人之量。否則其聲勢絕不會在任何義軍之下。」

接著又道：「三位會否在昨晚因王薄沒有現身而奇怪呢？」

三人愕然點頭。

邢漠飛笑道：「道理很簡單，因為此事他是要自己攬在身上，以討好師妃暄，但人家卻不領情。三位對此人務要小心一點，其他的事恕小弟不便吐露。」

寇仲點頭道：「邢兄雖是初識，已很夠朋友，這些消息我們尚是初次得聞，非常管用。」

跋鋒寒道：「王薄這麼做對他有甚麼好處？而且他不是公開聲明不再逐鹿中原嗎？」

邢漠飛嘆道：「有野心的人是始終不肯死心的，由於小弟對三位的敬重，特再透露一個消息與三位知曉：宇文化及北歸後，已重整陣腳，憑著他宇文閥深厚的根基，正密鑼緊鼓，準備再次大展拳腳，而王薄極有可能和他結成聯盟，所以在和氏璧一事上搞風搞雨。」

三人恍然而悟。

邢漠飛苦笑道：「看三位的神情，是不會到下面去見敝主的了。」

四人你眼望我眼，齊齊放聲大笑，充滿相知的得意之情。

笑罷徐子陵問道：「請恕在下冒昧問上一句，伏王子今次到來，所為何由呢？」

邢漠飛壓低聲音道：「敝王子今次來中原，主要有兩個目的，一是看看中原究竟有些甚麼超卓人物，另一個目的是要找一個人算賬。」

寇仲雙目射出鋒利的光芒，道：「第一個目的含意太廣，教人摸不著邊際，但邢兄既不願說明，不問也罷！至於要找的究竟是甚麼人？何人的面子如此之大呢？」

邢漠飛欣然道：「和你們說話真有意思，省了很多廢話，至於要找的人就是裴矩。」

寇仲一呆道：「裴矩是甚麼傢伙，我怎會從未聽過他的名字？」

跋鋒寒哂道：「仲少你今次出醜了！裴矩這人的名字在我們處也是無人不識，可謂臭名遠播，莫此爲甚。」

邢漠飛冷然道：「裴矩乃楊廣的大臣，主持西域與舊隋邊境一帶的商貿事務，著有《西域圖記》三卷，記述西域四十四國的概貌，序文末尾還寫有：『故皇華遣使，弗動兵車，諸蕃既從，渾、厥可滅。混一戎夏，其在茲呼！不有所記，無以表威化之遠也。』正是渾、厥可滅這句話，令我們吐谷渾血流成河，屍橫遍野，此仇不報，怎對得住我們死去的族人。」

寇仲和徐子陵聽得無言以對。同時想到伏騫這趟來中原，應和突利有同樣心態，或多或少存在報復的意念。中原將更多事了。

跋鋒寒若無其事地道：「裴矩仍未死嗎？此人擅用離間計，累得我們西突厥分裂成兩部，攻戰不休。而裴矩便趁我們無力外顧之時，暗許鐵勒出兵攻打吐谷渾，此計確是毒辣之極，借刀殺人，自己卻不用損半個兵卒。」

邢漠飛露出悲憤神色，狠狠道：「我皇伏允被鐵勒那些狗種突襲大敗後，仍不知乃其視之爲友的裴賊在暗中唆使，還遣人向裴賊求援，卻被他派出兩路兵馬追擊，落井下石，連番接戰，我皇最後只餘數千殘騎逃出重圍，這個仇恨，沒有一個吐谷渾的子民能夠忘記的。」

寇仲和徐子陵這才弄清楚鐵勒、裴矩和吐谷渾間的恩怨，難怪伏騫南到中原，找鐵勒第一高手曲傲作生死之戰。

跋鋒寒再漫不經意的道：「噢！跋某差點忘了，曲傲今晚是我的，剛才我曾和他交過手，此事你們該不會不知道吧！」

邢漠飛嘆道：「此事可輪不到我作主，若曲傲知道自己這麼搶手，可能會後悔此行呢。」

接著長身而起，抱拳道：「小弟有命在身，不宜久留，跋兄的尊意，小弟會如實轉告敝主，至於如何決定，則要由敝主定奪。」

邢漠飛去後，寇仲笑道：「不若我們到門外守候，先截著曲傲殺他一個落花流水，不是一了百了嗎？」

跋鋒寒點頭道：「我正有此意。不過總不及有數百人在旁吶喊助威那麼痛快。」

寇仲站起身道：「差點忘了宋金剛之約，我在丑時前必回，記得要等到我來才行動，否則我不會放過你們的。」

徐子陵笑罵道：「時間無多，還不快滾。」

寇仲洋洋得意的道：「待會妞兒來了，多出來的記緊留個給我，這叫有福同享嘛。」

邊說邊把門拉開，接著是目瞪口呆的瞧著門外。

跋鋒寒和徐子陵均生出警兆，朝入門處瞧去，不過卻被寇仲魁梧的軀體阻擋了視線，只見到一襲多摺皺的素黃羅裙，和裙底露出一對鞋頭綴著鳳飾的淺綠繡花鞋。只看此女能來至門外而不惹起三人驚覺，肯定非是等閒之輩。

寇仲卻是眼前一亮。驟然出現門外的女子大約二十三、四歲，不像商秀珣又或沈落雁等那樣教人一眼看來便覺得她長得絕美，卻另有一種獨特的韻味和氣質，把你深深吸引。

她的神態沉著老練，嫻靜端莊；但她專注堅定的眼神，又使人感到她不僅貌美動人，且有不讓男兒的果斷大膽，無所畏懼，對自己充滿信心，似是對自己所做每一件事的正確性都會深信不疑的樣子。烏黑發亮的秀髮，白嫩的嬌膚，苗條勻稱的身段，秀而彎曲的眉毛下深邃修長的鳳目，配合著身上散發淡淡的天然幽香，構成了一幅令人傾倒的美女圖。

但最令寇仲矚目的卻是她背上斜插著，在左肩處露出了一截似是紅絲織出來的拂塵，使寇仲立即把握到她的身分。赫然是李世民上策府中被譽爲居於「上將榜首」的超卓女高手，李靖的嬌妻紅拂女。

她冷漠而銳利的眼神凝注在寇仲臉上，語氣不含任何感情的淡淡道：「你是寇仲？」

寇仲移往一旁，讓徐子陵和跋鋒寒兩人鋒利的目光可直接落到她身上，沉聲道：「正是小弟，這位姑娘我該稱呼作李夫人還是嫂子呢？」

紅拂女嚴峻的眼神毫不畏怯地瞧往徐子陵和跋鋒寒，聽到寇仲話兒的一刻，似是閃過某種帶有嘲諷的神態，冷冷道：「那就要看你們如何自處了。」

三人均感愕然，隱隱感到很不妥當，否則她是不會用這種不客氣的語調說話。

紅拂女的目光最後落在徐子陵身上，鳳目閃動著智慧的異芒，語氣轉柔道：「秦王有要事想與兩位一會，故特遣妾身來請駕，事關重大，兩位萬勿拒絕。」

跋鋒寒再不看她，逕自舉起酒杯，一飲而盡。

寇仲臉上露出一個帶點憤怒的複雜神色，冷然道：「若爲的是和氏璧一事，就不用說了。」

紅拂女一對秀眸掠過凌厲精芒，盯住寇仲，尚未說話，跋鋒寒截入道：「何不去看看他有甚麼話要說，此事遲早也要以某種方式來解決的。」

徐子陵從容道：「仲少去吧！一切由你拿主意。」

寇仲默然片晌，終點首同意。

紅拂女把門推開，輕喟道：「進去吧！希望出來時你仍是靖郎的好兄弟，而非勢不兩立的敵人。」

寇仲淡淡瞧了她一眼，步入門內，順手把門關上。這是北翼第三層東端最後一間廂房，比之他們那間大上近倍。李世民背著他負手立在窗前，正凝望下方園子的魚池。

聽到寇仲的聲音，李世民嘆道：「事情是否尚有轉寰的餘地呢？」

寇仲來到擺在中間的圓桌前，盯著他雄偉挺拔的背影，沉聲道：「世民兄是指哪一方面的事？」

李世民緩緩轉過身來，深深瞧著寇仲道：「我們多少年未碰過頭哩？仲少你比我想像中變得更厲害，無論舉手投足均有一代高手的風範，難怪雖是仇家遍地，仍沒有人能奈得你半點何，反給你戲弄於股掌之上。」

寇仲微笑道：「比之秦王殿下，小小一個寇仲又何足道哉。秦王自太原起兵，先後擊敗舊朝猛將宋老生和屈突通，以少勝多，智取關中，令貴閥能擁有一個進可攻，退可守的有力據地。接著又西征隴右以鞏固關中，把薛舉父子來犯的大軍趕回老巢去。現在誰還敢小覷你們李家，如此功業何人能及。」

李世民哂道：「我李家屢世爲將，根基深厚，只要師出有名，策略正確，得勝是理所當然，怎及仲少你孑然一身，卻能翻手爲雲，覆手爲雨，改變了天下的形勢。哈！不見這麼久，坐下來喝杯酒如何？」

寇仲無可無不可的坐下來。

李世民舉起酒壺，爲他注酒，微笑道：「我還是喜歡你喚我作世民，我們的交情豈同泛泛之交。當年若非有你們兄弟之助，我李家怕亦沒有今天的風光。」接著坐下雙手舉杯敬禮道：「這一杯是爲謝仲少於飛馬牧場仗義援手，使秀寧免陷於李天凡、沈落雁的謀算中。」

火辣攻心。

寇著喉嚨叫道：「好酒！不是有毒的吧？」

第二章 關係破裂

黃易 作品集

第二章　關係破裂

跋鋒寒收回望往對樓的目光，思索道：「在這樣別開生面的情況下決戰，伏騫擺明是要一戰立威，我眞不明白他爲何如此有把握，曲傲成名數十年，豈是易與之輩。」

徐子陵點頭道：「只要我們能令伏騫明白自己不一定會得勝，他便很有可能肯把曲傲讓出來給你了。」

跋鋒寒苦笑道：「這是知易行難的事，不如改向曲傲入手，只要他點頭，伏騫只能作壁上觀。」

徐子陵皺眉道：「你不是打算在門外截著曲傲嗎？」

跋鋒寒道：「可以想像曲傲會與突利聯袂而來的，到時他只要對我拂袖不理，以此來羞辱我，我能奈得他甚麼何？」

徐子陵嘆道：「照我看你還是任得他兩人先拚一場吧！依你的分析，此事雖得他們一起點頭才成。」

跋鋒寒淡淡道：「這件事我看只可隨機應變。」

敲門聲起。

跋鋒寒喝道：「誰！」

少女的聲音道：「大爺！婢子要進來收拾東西。」

兩人心中奇怪，剛才他們已囑咐翠兒，沒有甚麼事就不准進來打擾，爲何這小婢卻明知故犯。

他們尚未回答，門已被推開，一名小婢走進來，飛快地把一張摺疊成小方塊的書箋，放在檯上，低聲道：「是任幫主著我送進來的。」

說完飛快的走了。

跋鋒寒攤開一看，鬆了一口氣道：「公主眞有辦法，人已走了。」

李世民聞言哈哈笑道：「仲少仍是玩世不恭，以你目前的功力，甚麼毒酒能奈得你何，我李世民更不是用這種手段的人。」

寇仲乾咳道：「原來好的酒就像毒酒般，嗆得我七竅噴火。」

李世民欣然道：「這是我從關中帶來叫入喉醉的烈酒。」

寇仲見他又爲自己添酒，猶有餘悸的道：「這杯又是爲甚麼喝的？」

李世民微笑道：「這第二杯是爲王世充喝的。他若非有你相助，說不定已變成苦守偃師的一支孤軍，但現在大有可能反敗李密，仲少目下已成可左右大勢和舉足輕重的人。」

寇仲道：「若說是爲李世民乾一杯不是更貼切嗎？」

李世民正容道：「要喝也只能爲我爹喝。唉！有時我眞弄不清楚和你們的關係。若你們肯回心轉意爲我李家出力，我李世民肯以項上頭顱擔保，必不會薄待兩位。」

寇仲雙目神光透射，緩緩道：「這麼說世民兄是決定不肯屈居人下了。」

李世民一對眼睛亦亮了起來，沉聲道：「此事仍是言之過早。現在天下形勢愈是分明，清清楚楚是關西關東之爭。我可否以朋友身分問你一句話，你對李密究竟有多少成勝算？」

寇仲從容道：「過了後天，我方可答你這個問題。」

李世民露出深思的表情，卻不再追問，道：「李密帳下當然是猛將如雲，其中有個人你卻絕不可以忽視。」

寇仲皺眉道：「你指的是王伯當還是裴仁基。」

李世民緩緩搖頭，道：「這兩人聲名雖響，但都及不上徐世勣。此人十七歲加入瓦崗軍，現任右武侯大將軍，多謀善斷，料敵如神，每攻必克。且謙虛誠懇，嚴於待己，寬以待人，故能使將士用命，實不可多得的將才。」

寇仲愕然道：「竟然是他，幸得你提醒我，當年因他在滎陽奈何不了我們，加上他又是沈落雁的情人，所以我一直不把他放在心上。好險！」

李世民用神的瞧了他一會後，長嘆道：「像仲少這麼肯接受別人說話的人，我李世民也要自認弗如。」

寇仲苦笑道：「你不是也能從別人身上吸取好的東西嗎？不肯聽諫的人，做了皇帝不外是楊廣般的另一個昏君。唉！若換了是昇平時代，我們肯定是知心好友，至少不會成爲敵人。」

李世民呆瞧著杯內清澈的烈酒，低聲道：「那是說你決定要把楊公寶藏起出來了！」

寇仲不答反問道：「今次我們見面，李靖可是知情？」

徐子陵壓低聲音道：「她是怎麼辦到的？」

跋鋒寒一邊細看書箋，一邊答道：「東溟號本預備好今晚開航，為此早便疏通好關防，所以絕不會惹起別人懷疑。」

看罷把書箋遞到徐子陵手上。上面只有寥寥數語，用的是黑道暗語，又沒有署名，即使落在旁人手上，也要摸不著頭緒。

徐子陵如釋重負的吁出一口氣，運功把箋子揉成碎粉，舒服的挨到椅背上，嘆道：「這次只是險勝，陰癸派惱羞成怒下，激烈的手段將陸續使出。」

跋鋒寒冷笑道：「無論陰癸派又或獨孤閥，都是各懷鬼胎，像適才那麼合作，可一而不可再。」頓了頓續道：「單是突利和曲傲的合作便非常罕有，突厥和鐵勒兩族的關係從來不見和睦。」

徐子陵道：「你若孤身離開洛陽，不怕突利和拓跋玉聯手追殺你嗎？」

跋鋒寒好整以暇道：「正恨不得他們如此，只有在這種情況下，我才可以不斷進步。我如能把他們引走，於你們也有好處。」

接著瞧往上方，低呼道：「有人！」

話猶未已，人影一閃，有人從瓦頂翻到望台上，悠然走進房內來。

李世民一對虎目光芒爍閃，語氣卻儘量平淡，道：「李靖知道與否，究竟有何關係？」

寇仲從容笑道：「我只想請教世民兄一件事，昨晚王世充頒下城禁令，是否出自世民兄的意思？」

李世民肩脊微挺，立即生出一股威霸無形的氣勢，哈哈笑道：「猜得好，小弟若然否認可就太沒意思。」

寇仲啞然失笑，搖頭道：「秦王眞夠朋友，在那種情況下，我們想逃都逃不了。」

李世民淡然道：「寇仲豈是膽小之徒，既有膽量去捋虎鬚，自然不怕那頭老虎哩！」

接著沉聲道：「子陵兄爲何不肯與你一道來見我？」

寇仲冷然瞅著他道：「憑秦王的才智，理該猜到原因。」

李世民默然半晌，眼中射出傷情之色，喟然道：「是否因他不想目睹你我談判破裂，反目成仇呢？」

寇仲面容變得無比冷酷，雙目精光閃閃，盯著李世民道：「由我踏出房門的一刻開始，秦王你再不用對我們眷念舊情，事實上你早在對付我們。在這亂世之中，不但朋友會成敵人，父子兄弟亦不免會成爲仇讎，秦王該對此特別有所體會。」

李世民舉杯長笑道：「有志氣！讓本王再敬寇兄一杯，由你踏出房門的一刻開始，我將全力對付你們，絕不會有絲毫留手，因爲你和子陵兄均是我李世民最看得起的人。」

寇仲舉杯回敬道：「秦王不是伏了數百刀斧手在外面等著殺我吧！」

李世民差點爲之噴酒，失笑道：「你是信任我而來相會，我怎能行此不義。」

「叮！」

兩杯相碰。

這兩位同是主宰著天下命運，叱吒風雲的超卓人物，終於決裂。

徐子陵和跋鋒寒定神一看，原來是儒雅風流的「多情公子」侯希白。此君手搖美人扇，一派洋洋自得的樣子。明明是飛簷走壁捨正道而不爲，卻像穿過中門大駕光臨的貴賓。

「咦！寇兄到哪裏去了？」

跋鋒寒皺眉道：「侯兄這回又爲何事而來？」

侯希白安然坐下，環視兩人，微笑道：「小弟這兩晚不斷追蹤搜尋陰癸派的妖人，已有不錯的成績，兩位有沒有興趣知道呢？」

徐子陵淡淡道：「侯兄請說。」

侯希白道：「坦白說，我也只是誤打誤撞下得到點成果。妃暄避靜禪院，我一直在禪院外徘徊，無意中發覺陰癸派的一個妖女到來查探，於是暗中吊在她身後，你們猜她最後到了哪裏去？」

跋鋒寒沒好氣的道：「教我們怎麼猜呢？」

侯希白灑然笑道：「確是難猜。她到了榮鳳祥的府第去，進內院便沒有出來過。」

徐子陵道：「侯兄敢肯定她是陰癸派的妖女嗎？」

侯希白道：「若她非是陰癸派的人，怎會去查探妃暄的情況，且她輕功極佳，我差點跟不上。」

跋鋒寒問道：「她的樣貌如何？」

侯希白道：「她以頭罩把面目遮掩，不過看身材她不但年輕，還是一等一的美女。」

跋鋒寒沉吟道：「榮鳳祥這人眞不簡單，既與楊虛彥關係密切，女兒榮姣姣又是艷蓋洛陽的美人，現在更兼坐上洛陽幫大龍頭的寶座，鋒頭之勁，一時無兩。」

侯希白嘆道：「只要給我再遇上她，必可從身形一眼將她辨認出來，只可惜在榮府外守候整天，都碰不到她。」

徐子陵道：「這個容易，後天是榮鳳祥大壽之日，屆時你可大刺刺藉口祝壽到榮府認人，問題是認出來後又如何呢？」

侯希白道：「那我們就可設法把她擄走逼供，以她的身手，在陰癸派中地位肯定不會低到哪裏去。只要知道婠婠躲在甚麼地方，我們可對她痛施殺手，爲妃暄去此大患。」

跋鋒寒笑道：「就算你狠得下心腸辣手摧花，但除非婠婠不肯逃走，捨命力戰，否則即使我們四人合圍，仍沒有把握把她留下。更何況陰癸派人人行蹤詭秘，像婠婠那種級數的派內領袖，怎會讓手下知道她的所在。」

徐子陵道：「現成的妖女便有一個，且擒她亦非常容易，她是襄陽城主錢獨關的愛妾白清兒，不過我們絕不想動她，免得打草驚蛇，致斷掉線索。」

侯希白苦笑道：「看來你們對陰癸派並非那麼熱心哩！」

跋鋒寒笑道：「陰癸派根基深厚，實力難測，在目前的形勢下，我們只有見招拆招的份兒。侯兄這樣四處查探陰癸派的事，自己也要小心一點。」

侯希白「什」的一聲收起美人扇，傲然笑道：「正恨不得她們肯來找我。」接著續道：「另外尚有一個看來沒有甚麼關係的消息，兩位有沒有興趣知道？」

跋鋒寒道：「侯兄請說。」

侯希白猶豫半晌，才道：「我見到落雁與王薄秘密見面。」

兩人均感愕然。

侯希白嘆道：「無論落雁見甚麼人，我都不打算說出來。可是王薄曾公布過再不捲入群雄的紛爭裏去，私下卻與落雁見面商談了整個時辰，如此表裏不一，實在教人生疑。」

跋鋒寒點頭道：「這消息非常有用，是如何給你發現的？」

侯希白道：「我在榮府外守候的當兒，見到有馬車駛出，雖看不見裏面坐的是甚麼人，卻從香氣嗅出是落雁。」

跋鋒寒嘆道：「你嗅女人的功夫定是天下第一的了。」

侯希白當仁不讓的道：「這怕該可列入奇功絕藝榜上。當時我心中很不舒服，落雁為何見到我也不打個招呼？於是啣尾跟蹤，發現此事。王薄現正盡力籠絡淨念禪院，但照我看他卻是居心叵測，不知會否對妃暄不利？」

兩人這才恍然為何他肯出賣紅顏知己沈落雁的秘密。

侯希白忽然站起身來，道：「我尚要跟人打個招呼，失陪了！」

兩人愕然以對。此君來得奇怪，走得更是奇怪。

寇仲舉步下樓，後面有人低喝道：「小仲！」

寇仲倏地轉身上望，雙目寒芒閃閃，沉聲道：「你還有臉來見我！」

李靖愕然道：「我李靖究竟做過甚麼事，令你在不見多年後，甫碰頭便說這種話。」

寇仲憤然道：「做過甚麼事閣下該心知肚明。枉我們當你是兄弟，你卻為了討好主子而出賣我們。」

李靖走下兩步階梯，來到寇仲身前，色變道：「我李靖是何等樣人，怎會出賣兄弟朋友來求取功名富貴？你給我說個清楚。」

寇仲退到二樓樓梯和廊道交接處，以免阻塞通道，對緊隨身後的李靖道：「若非你向李小子透露有關小陵擁有面具的事，李小子怎能那麼肯定和氏璧是我們偷的。」

李靖微一錯愕，皺眉半晌，旋即嘆了一口氣，苦笑道：「算是我說的吧！但我真不明白偷和氏璧對你們有甚麼好處？」

寇仲光火道：「甚麼叫算是你說的，素姐的事我們很難和你計較，頂多說你不念恩情，貪新忘舊……」

李靖大怒喝道：「閉嘴，你愈說愈過分了。」

嚇得路過的兩名俏婢連忙加快腳步，怕兩人動起手來殃及池魚。幸好整個聽留閣喧聲震天，縱使兩人大叫大喊，也不會特別惹人注意。

李靖忽又嘆一口氣，聲音轉柔道：「無論你們怎樣誤會我，我始終當你和小陵是我的好兄弟，大家曾有過命的交情。而你可知道開罪了秦王的後果？」

寇仲亦回復平靜，冷笑道：「你最好再不要當我們是兄弟，否則你主子要你來對付我們，你該如何處理？在眼前的時世裏，只有朋友或敵人。唉！我也很少這麼動氣的，因為我一直信任你，而你卻令我太失望了。」

李靖苦惱地道：「不要在這件事上糾纏不清好嗎？現在事情已到了最危險的邊緣，一個不好，發生流血事件，事情將難以挽回。」

寇仲皺眉道：「事情是打一開始便難以挽回。難道你現在仍天真得以為我們會交出和氏璧，再向李小子俯首稱臣嗎？你太小覷我寇仲哩。」

李靖雙目寒芒一閃，顯露出他大有精進的功力，沉聲道：「我最清楚秦王的爲人，處事果斷，一旦認定了你是他敵人，會不惜一切來對付你。」

寇仲從容笑道：「我似乎比你更清楚李小子的心意：他怕李密遠勝於怕我寇仲，所以李密一天未坍台，他亦未有餘興對付我。」

李靖搖頭道：「你錯啦，你和小陵是能使他心存畏慕的人物。而且你們盜取和氏璧的方式太露鋒芒了，更加深他的顧忌。何況你們還牽涉到楊公寶藏這變數。唉！若你肯信我最後一次，立即離開洛陽，回到南方去，那你們說不定還可多過些風光日子。」

寇仲待一群婢子走過，沒好氣的道：「我寇仲甚麼風浪未經過，竟要你來提醒我。現在誰不想要我們的命，但我們仍不是過得輕鬆快活嗎？」

李靖再苦口婆心的勸道：「這只是你未曾和他正式交手吧。目下寧道奇和師妃暄這些正道的頂尖高手，都隱隱成了他的後盾，加上他本身的實力，天下已難有能攖其鋒銳的人。而且你們羽翼未成，和他硬碰跟送死並沒有分別。還是快點走吧！」

寇仲哈哈笑道：「我走！不過卻是走回自己的房間去。磨利你的劍吧！下次見面時，我們再非是兄弟。」

昂頭便去。

一把女子的甜美聲音在門外道：「寇仲在嗎？」

徐跋兩人認得是宋玉致的聲音，徐子陵道：「寇仲不在，但快回來，三小姐請進來坐坐。」

由於寇仲是否用情忠誠的問題，使徐子陵很怕面對宋玉致。但在情在理，或在禮貌上也要請她進來坐坐。

跋鋒寒長身而起，道：「你和三小姐談談吧！我要到街上吸口新鮮空氣。」

徐子陵心中一震，知他在仔細思量後，仍決定在街上截擊曲傲。

跋鋒寒拉開房門，微笑向亭亭立在門外的宋玉致點頭招呼，待她輕移玉步進房後，告罪一聲，逕自去了。

宋玉致在徐子陵招呼她坐下後，不好意思地道：「我是否打擾了你們呢？」

徐子陵在她對面坐下，爲她取杯斟茶，微笑道：「怎會呢？我們歡迎你還來不及。跋兄他只是另有要事，趁機溜出去吧！」

宋玉致若有所思的道：「眞想不到你們會和跋鋒寒成爲朋友，且他是那種對人情非常冷漠的人。」接著定睛灼灼的盯了他好一會，訝道：「你的變化比寇仲還要厲害！」

徐子陵愕然道：「甚麼變化？」

宋玉致道：「那是很難形容的一種變化，不但在外觀上，還有氣質，是種空靈剔透的感覺，《長生訣》的確是非凡。」

徐子陵暗忖該是《長生訣》加和氏璧才對，不過他並不願討論這方面的事，岔開話題道：「三小姐似乎對寇仲相當關心？」

話出口才感後悔。

宋玉致苦笑道：「我若否認，便顯得言不由衷。但請勿誤會，我對你或寇仲並沒有太大分別，或者是因爲曾合作和交往過一段時間，又或因我欣賞你們的行事作風，所以總覺得你兩人是玉致的朋友，會爲你們擔心著意。」

徐子陵細審她如花玉容，道：「三小姐是消瘦了。」

宋玉致俏臉微紅，旋又露出一閃即逝的幽怨神色，垂下螓首輕輕道：「你該知道，我是絕不會嫁給寇仲的。這心意從沒有改變過。」

徐子陵愕然道：「我還以爲你對寇仲有不同尋常的觀感哩！」

宋玉致抬頭朝他瞧去，秀眸射出銳利澄明的采芒，秀眉輕蹙道：「我們不見多時，爲何你會有這個想法？」

徐子陵有點招架不來的答道：「寇仲前晚遇上你後，回來時滿臉春風的樣兒，所以令我有這個錯覺。」

宋玉致深深的注視他半晌，堅定地搖搖頭道：「我不但沒有改變對他的看法和態度，還比以前更恨他。」

徐子陵一呆道：「更恨他？」

宋玉致點頭道：「女人對一個男人是否眞心誠意，會既挑剔又敏感。寇仲雖擅於甜言蜜語，但比對起他的行動，很易發覺其口不對心的事實。」

徐子陵聽得一頭霧水，唯有自認對女人的心事既不明白也不理解，虛心地求教道：「三小姐從他甚麼行動看出問題來？」

宋玉致肅容道：「我可以告訴你，但你卻須答應不轉告寇仲才成。」

徐子陵嘆道：「好吧！我答應你。」

宋玉致挪開目光，從他的肩上瞧往望台外被四座重樓圍起亮如白晝的空間，淡淡道：「他從來沒有主動找我，更沒有問過可如何找到我。若眞是如他所說的著緊我，爲何他沒有想見人家的意欲呢？只從這點，便知他心裏沒有我。」

徐子陵爲之啞口無言。心中卻在想：有哪個女子是自己不時會想起她，又是想見她的呢？心中首先浮起素素的玉容，然後是芳蹤杳杳的貞嫂，不過這都與男女之情無關。接著她們的影像模糊起來，代之在心湖浮現的是師妃暄那出塵脫俗的玉容。不由大吃一驚，難道自己竟對她生出愛意？旋又覺得非是如此。只因她是令他最深刻難忘而已。

宋玉致苦笑道：「可是玉致卻不得不承認，和你們在一起時的那感覺既刺激又動人。唉！時間溜得可眞快。」

徐子陵道：「你不是因此而來找寇仲吧？」

宋玉致注意力回到他臉上，微嗔道：「當然不是。此次我是奉魯叔之命而來，他想與你們見個面一敘舊情，不知你們明天是否有空？」

徐子陵想起「銀鬚」宋魯，猶記得當年他拒絕向宇文化及交出他們「三母子」的豪情俠風，同時也想到他那個風騷入骨、煙視媚行的小妾柳菁。不禁欣然道：「我正想拜會他老人家，只因近來多事，自顧不暇，又不知他是否想見我們，故未敢打擾！」

宋玉致道：「不如明午在董家酒樓見面，廂房與酒席由我們安排。」

徐子陵苦笑道：「只要我們仍留得住性命，必不爽約。」

宋玉致「噗哧」笑道：「眞不明白你們爲何要弄得仇家遍地，希望你們不要變成楊廣，人人要得之而甘心。」

這美女罕有與人說笑，甜美燦爛的笑容，令他眼前一亮。

宋玉致見徐子陵瞪著她，俏臉微紅地低頭道：「或者因你們是非常人吧？每當所有人認定你們難逃大劫，你們總能輕輕鬆鬆的安然渡過危機，現在連魯叔都要對你們刮目相看，重新估計。」

徐子陵見她接連露出罕有的嬌態，顯現在這秀雅剛健的美女身上尤爲動人心弦，忍不住心生憐惜，柔聲道：「要不要我勸寇仲打消以楊公寶藏作聘禮的念頭？」

宋玉致嬌軀微顫，沉吟半晌，以蚊蚋般的聲音輕輕道：「我不知道，眞的不知道。現在玉致的所有心思力氣，都用在這件事上。若是沒有了將會感覺到寂寞和失落。」

徐子陵訝道：「三小姐知否現在正愈陷愈深，至乎難以自拔？」

宋玉致回復冷靜，堅決地搖頭道：「我不覺得。但終有一天，我要令寇仲知道我宋玉致是不會屈服的。且只會愈來愈恨他，他實在太可惡了。」

旋又露出苦澀困惱的神色，道：「外人是不會明白我們家族的諸多規矩。以爹的情性，絕不會輕易把玉致許給非他自己選擇的人，寇仲以爲可用楊公寶藏打動他，只是痴心妄想！」

徐子陵唯有再次自認對女人毫不了解，無言以對。

宋玉致盈盈起立，微笑道：「你定是覺得玉致自相矛盾，實情也是如此。唉！你和寇仲是如此不相同，究竟你是否也有心儀的女子？」

徐子陵連忙藉起身相送作遮搪，爲她拉開房門，訥訥道：「我對男女之情非常淡薄，很少想到這方面的事。」

宋玉致橫他一眼道：「徐子陵若獨身不娶，恐怕很多女子要失望哩！」

挾著一陣香風去了。

徐子陵想了想，亦跟著她出門而去。

跋鋒寒卓立大街御道中心處，心中湧起強大無匹的信心和豪情壯氣。所有疑慮均被他排出思域之外。經過這些年的艱苦修練，精進勵行，他已從一個於馬賊群中長大籍籍無名的小卒，成爲傲視當世的超卓劍士。只要能擊敗曲傲，他便可達致夢想，成爲畢玄求之不得的對手。

別人或者會不明白曲傲這十年來近乎自暴自棄地沉迷於權勢美色的原因，只有他才把握到他的心路轉變。因爲在十年前一個狂風暴雨之夜，曲傲在與畢玄的秘密決戰中一敗塗地，自此信心一蹶不振。由那刻開始，曲傲再不是沒有破綻。這都是芭黛兒告訴他的。

曲傲之敗，亦使他轉而經略中原，並派出兒子混進漢土，趁隋政敗壞之際化名冒充漢人，在陰癸派的助力下，建立橫行南方的鐵騎會。這原本似天衣無縫的「異族入侵」大計，卻給寇仲和徐子陵摧毀了。還使陰癸派陷於進退兩難的亂局中，曲傲自難免受到波動與衝擊。要殺曲傲，此實千載一時之機。

對鐵勒人，跋鋒寒有深切的仇恨。他的族人和家園，就是被鐵勒入侵的大軍屠殺燒毀殆盡，餘生者帶著他淪爲馬賊，最後更被突利所率領的突厥軍事集團千里追捕圍剿，只剩下他一人憑著強橫的身手，殺出重圍。那時他在突厥已非常有名氣，成了當權者的眼中釘。畢玄派出首徒來對付他，爲他所殺，結下解不開的深仇。他從不向殘暴的權威屈服。而殺人如麻的畢玄和曲傲，正分別代表突厥和鐵勒兩大部落的武力最高權威。

蹄聲轟鳴。十多騎旋風般從街角轉出，朝他背後奔來。丑時了！

寇仲對遇上的美妓俏婢拋來的媚眼一概視若無睹的直步下樓，意欲以第一時間通知徐子陵和跋鋒寒他與李世民反目決裂的情況，迎頭撞上一人，對方哈哈一笑道：「我正要找寇兄，可巧竟在這處碰上。」

赫然是英偉軒昂的宋金剛。寇仲暗叫慚愧，自己本是要去找他的，卻把他全忘掉。

尷尬一笑道：「眞不好意思，由於俗務纏身，可否另約個時間再作詳談？」

宋金剛微笑道：「我正有此意。寇兄剛才與秦王是否有段不太愉快的接觸？」

寇仲一呆道：「你眞的是有如目見，像一直吊在我背後的樣子。」

宋金剛道：「寇兄勿要誤會，只是我手下見到寇兄與紅拂女一道往秦王所在的廂房走去，現在又見寇兄氣沖沖的下來，所以大膽揣測，寇兄莫要見怪。」

寇仲釋然。與他約好時間地點，剛分手碰到徐子陵，奇道：「是否翠兒領著曼清三花整個娘子軍團殺到房裏去，小陵你吃不消兜著走呢？」

徐子陵仍匆匆走著道：「少說廢話，老跋可能已和曲老頭打起來哩！」

寇仲倒吸一口涼氣，連忙隨他離開喧鬧震天的聽留閣，朝大門方向趕去。

跋鋒寒旋風般轉過身來，背挺肩張，登時生出一股一夫當道，萬軍莫能闖過的強凝氣勢，遙制敵騎。變成向他正面馳來的十多騎個個勒馬收韁。鐵勒人雖擅於馬上殺敵，但在跋鋒寒這種級數的高手蓄勢以待下，誰都不敢在馬上和他交戰。此消彼長下，跋鋒寒立時氣勢更盛，沉喝一聲，往前邁步。

來者是以曲傲爲首的清一式鐵勒人，包括了他三位徒兒長叔謀、花翎子和庚哥呼兒。跋鋒寒的攔路之舉，完全出乎他們意料之外。事實上跋鋒寒能在剛才那種理該絕難倖免的情況下逃出生天，對曲傲的信心已造成嚴重的打擊，故必須覓地靜修一番，始敢來赴伏騫之約。而跋鋒寒竟又於此時孤身截擊，誰都要對他的自信和強悍感到驚異莫名，高深難測。只在氣勢上，跋鋒寒便得了先著和主動。

戰馬紛紛在離跋鋒寒百步許處人立而起，發出嘶鳴響徹長街。曲傲很想左右顧盼，搜索寇仲和徐子陵兩人的蹤影，以防兩人躲在一旁夾擊突襲，卻發覺完全沒法把注意力從直逼而來的敵人身上移開，深怕此一分神將可能造成致敗的因由。無論他多麼不願意承認，跋鋒寒的確成了足與他匹敵的對手。

曲傲飛身下馬，沉聲喝道：「牽馬！給我押陣！」

後面的長叔謀不解道：「師尊何用理會他，待我們把他收拾便行！」

跋鋒寒此時來至五十步處，氣勢有增無減，灼灼的眼神凝定在曲傲身上。

曲傲心中暗嘆，長叔謀雖得他眞傳，可躋身一流高手之列，但始終及不上跋鋒寒、徐子陵和寇仲這些天才橫溢的年輕高手，看不透其中微妙之處。

假如曲傲避而不戰，必在心理上留下揮之不去的陰影，對即將與伏騫的決鬥有損無益。最厲害是對方只孤身攔路，那種豪強霸氣的威勢，更會在他心中造成不可磨滅的印象。下回遇上，在心理上他便輸了一籌。尤可慮者是在氣機牽引下，我退彼進，長叔謀等未必能攔得住他；到那時再作交手，自己更是被動受制。還有再深一層的顧慮，是如若他退避不戰，勢顯得不單沒有膽量更沒有風度，擺明只有在剛才天津橋上那種自己佔盡優勢的情況下才敢跟他動手。經這樣再三衡量，曲傲心知肚明已被跋鋒寒逼上不能不應戰的絕地。

他乃宗師級的人物，甚麼場面未遇上過，冷喝道：「不必多言，看我先把此子宰了。」

言罷拋開一切雜念，收攝心神，大步迎往敵人。

長叔謀等人各自交換了個眼色，均看出彼此心中的無奈。跋鋒寒的確是個能令敵手敬畏的可怕人物。

兩大高手在相距二十步的距離，同時立定。

跋鋒寒面容變得無比冷酷，仰天長笑道：「曲傲你枉稱鐵勒的武學大師，卻只能在以衆凌寡的情況下對付我們，此等行徑心術，不怕教天下人恥笑嗎？」

曲傲臉寒如冰，冷笑道：「當日我孤身一人追殺你們三個小子，可又誰是衆誰是寡？只爲防範你等仍照慣例落荒而逃，故作了點布置手段！小子你如若這麼看不開，最好不要出來混，免致丟人現眼。」

跋鋒寒微笑哂道：「以前只因你尚未摸清楚我們的實力，跋某人有說錯嗎？」

兩人一上場便脣槍舌劍，皆因在氣勢相持中發覺對方無隙可尋，故設法在言語上打擊對方的氣勢和信心。

曲傲不屑道：「何來這麼多廢話，你既打定主意送死，讓我來爲你完成心願。」

跋鋒寒露出個充滿信心的笑容，以平定的聲音淡淡道：「曲傲你尚未夠資格成爲跋某人的眞正大敵，只能是我挑戰畢玄的踏腳石，動手吧！」

這番話比之任何鋒利刀劍更厲害，不但在遠處的長叔謀等紛紛喝罵，曲傲亦按捺不住臉色微變。

假若曲傲從未敗於畢玄手上，曲傲只會當是胡言妄語，不會放在心頭。只恨事實剛好相反，立即勾起曲傲這引爲畢生難忘的奇恥大辱，本是無懈可擊的信心立時被破開了一絲空隙破綻。

「鏘！」

斬玄劍離鞘拔出。跋鋒寒心無旁鶩，衆念皆空。左後方處聽留閣隱隱傳來的喧鬧聲，曲傲背後長叔謀等人的叱喝謾罵，他全付諸不聞，天地間彷似只有自己和眼前的勁敵。

受和氏璧改造後的經脈眞氣鼓盪，比以前快上多倍的速度更換交替，賦予他無窮的戰鬥力量和信心。

在曲傲眼中，跋鋒寒似乎突然變得威武高大，登時大吃一驚，知道對方因自己心神失守而得氣勢激增，遂有此幻覺。

高手相持下，由於精神互相緊鎖，致乎感官亦會受到影響。

拔劍聲像戰鼓的鳴響般，在他耳鼓內震盪迴旋。

曲傲心知不妙，立時收攝心神，「凝眞九變」剎那間提升至巓峰狀態。

他一生的修爲過程，可以「七、八、九」三個字來總括，分別代表了他三個階段的成就。七、八是指他名爲「狂浪七轉」和「暴潮八折」兩種自創的先天奇功。

一般習武者，能練至運氣發勁，收發由心的地步，已可稱高手。但若要超越其他人，則必須在其中尋求變化，用以克敵制勝。而變化之道，則在於體內作爲經脈樞紐的竅穴的修練，其難度自不可與一般練氣相提並論。到能以竅穴作控制眞氣輸發的泉源，始是一流高手的境界。

曲傲乃武學的天才，二十三歲便練成功了七個竅穴，創出「狂浪七轉」，可是要到十年後才可多練得一個竅穴，爲「暴潮八折」。其中艱苦，可想而知。

到四十一歲，全身竅穴均可隨意控制，再名之爲「凝眞九變」，「九」並非是指九個竅穴，而是因「九」乃數之極，而取其無盡之意。武功至此大成，遂生出約戰畢玄之心。

「噗！噗！噗！」

跋鋒寒連續踏前三步，每一步踏下，發出沉重有力的聲音，大地也似乎隨之搖晃一下。

假若此戰是在他敗於畢玄手上之前發生，那曲傲必會任由對方主動進擊，好趁對方氣勢蓄至滿貫，信心臻達最頂峰的當兒，再以雷霆萬鈞之勢一舉挫敵，那對方將受到無可彌補的打擊，生出永遠勝不過自己的挫敗頽喪感，其時要收拾對方將易如拾芥。

但此時不同往昔。

曲傲再沒有這種豪氣和自信，離地斜起，向十多步外正揮劍斜揮、大有橫掃千軍之概的年輕對手進擊。他要將「凝眞九變」發揮得淋漓盡致，再配合上天衣無縫的「鷹變十三式」，在對方氣勢攀上新的高峰前，全力出手。

跋鋒寒卻在曲傲騰躍離地的刹那，猛然止步。

已身在空中的曲傲再次色變，因爲跋鋒寒竟能準確把握他躍起的時間，看破他的用心和手段。這似是沒有可能的事，但跋鋒寒偏偏能做到。

到此刻他才明白爲何剛才在天津橋上，婠婠雖全力出手，一時仍奈何不了跋鋒寒，更知道自己實在犯下致命的錯誤，就是低估對手。

箭在弦上，不得不發。假若他變招或退卻，只會陷於萬劫不復之地。

曲傲飛臨跋鋒寒頭上，化繁爲簡，右手往跋鋒寒頭蓋抓去。

這一抓看來沒甚出奇之處，可是勢道強凝淩厲，令人生出不敢硬碰之念。最駭人是同時包含了吸、刺、卸、封、割等五種從各指發出的眞勁，變化莫測，教人難以防禦。

跋鋒寒雙目神光閃閃。一聲長笑下，斬玄劍隨著橫移的步法，往上斜挑。

五聲爆響連串生起，就在劍爪相觸時，曲傲以快得肉眼難以看清楚的速度，五指先後以按、撞、掃、刺、劈等精奧絕倫的手法，擊中斬玄劍。

跋鋒寒悶哼一聲，踉蹌橫跌二步，曲傲卻借力往上騰升兩丈，在空中像飛鷹般一個盤旋，組織第二輪的攻勢。

那邊的長叔謀等人見跋鋒寒銳氣受挫，落在下風，立時爆出一陣喝采聲。

可是曲傲卻是有苦自己知。

他對跋鋒寒高明的眼力，神鬼莫測的戰略變化，實已心生懼意，故全力出手，希冀能一舉傷敵，那接下來就只剩下對方能挨上多少時間的問題。

豈知跋鋒寒的眞氣竟接連生出五種變化，一步不讓的擋過他發出的凝眞九變，又在他要抓中他的劍鋒前先一步借退勢脫身，使他的後著無以爲繼，故不得不騰上半空，而不能趁勢連消帶打。

這一抓實是曲傲畢生功力智慧所聚，若仍傷不到跋鋒寒，對他信心打擊之大，的確是難以估計。他完全沒法明白爲何在短短數天的時間裏，跋鋒寒的內功劍術能突飛猛進至此。

下邊的跋鋒寒運轉內經和氏璧異能大幅改善後的眞氣，立時化去曲傲入侵的眞勁，卓立不動，靜待曲傲的第二輪攻擊。

曲傲忽然加速，以雄鷹搏兔的勁勢，在三丈的高空滑翔而下。雙手化成萬千爪影，勁氣狂竄中，籠罩著以跋鋒寒為中心的三丈方圓地面，使旁觀者無不知道這是逼令對手只有硬拚而沒法閃躲，威猛無儔的淩厲招數。

跋鋒寒適才雖差點因血氣翻滾而吐血，但因體質改變，這時已重固根基，體內眞氣再攀至巔峰狀態。故雖在敵人驚濤駭浪的攻勢下，心志仍絲毫不為敵所動。

早先天津橋一戰，他清楚知道在功力上仍遜曲傲一籌，而因曲傲的「鷹變十三式」向以招數變化見長，自己的劍式亦不能討得多大便宜。故而巧妙地以言語手段，削弱對方的氣勢和信心，使對手生出怯意。

現在已有個非常好的開始。

換了是膽力較遜者，此時必採守勢，可是跋鋒寒乃非常人，冷喝一聲，腳下踏出玄奧的步法，而每一步均能令對方難捉摸其劍勢，斬玄劍每從意想不到的角度，急緩無定的迎向漫空灑來的爪影。

爪劍交擊之音陣陣如驟雨聲般響起，時則密集，時而零落。

劍光激閃，寒芒電掣中，曲傲活像一頭靈動莫測的飛鷹，淩空作出各種姿態，或盤旋撲擊，或側飛斜上，似是完全沒有重量般。

長叔謀等都瞧得眉頭大皺，皆因心知肚明曲傲早用上全力，使出壓箱底的本領來。可是跋鋒寒威武如天神，竟是招招硬封硬架，以使人人大出意料之外的內功外勁，寸步不讓地抵擋著曲傲從上空有若暴雨狂風灑下來的凌厲攻勢。

誰都知道他雖陷於被動之勢，卻是全無敗象，且是在等候反擊的機會，而那將是曲傲敗亡的時刻。

長叔謀向庚哥呼兒和花翎子打個眼色，領頭往鏖戰不休的兩人逼去。

寇仲和徐子陵此時剛趕到大門，見把門的漢子全湧到門外，隔遠觀戰。

徐子陵以在旁掠陣的長叔謀躍躍欲試，向寇仲打個眼色，後者會意，高聲喝道：「跋鋒寒曲傲在此決戰，誰願錯過眼福！」

聲音遠傳開去，不但迴盪長街，還直傳到聽留閣去。

「蓬！」

曲傲施盡渾身解數，終破開跋鋒寒嚴密的劍網，眼看可拍中對方面門結束激戰，卻給跋鋒寒的左手擋著，硬拚一掌。

跋鋒寒渾身一震，腳踏石板碎裂的同時，噴出一小口鮮血。

曲傲亦被反震之力送上半空，此掌雖使對手受傷，他心中卻無絲毫得意之情。跋鋒寒最可怕處是似有無盡無窮的潛力，如此久戰之下對自己實有害無利。

跋鋒寒內氣一轉，內傷已痊癒大半，連忙疾施反擊。

曲傲的確不愧是鐵勒人中首屈一指的武學大宗師，直至此時，跋鋒寒才從曲傲似是可無限期地繼續下去的猛烈攻勢下，找到反擊的機會。

劍芒倏斂。

跋鋒寒人隨劍勢，化作一道電芒，朝仍在騰升著的曲傲激射而去。

曼清院方面衣袂飄響，有些從大門搶出，一些索性越牆而出，最先來的十多人剛好見到跋鋒寒這堪稱奪天地造化之功的一劍。

曲傲哪想得到跋鋒寒受創之後，還能施出這驚天動地的厲害劍招，心知不妙，無奈下猛提一口眞勁，壓下翻騰不已的血氣，全力下撲。

「砰！」

氣勁交擊之聲響徹遠近。

跋鋒寒像斷線風箏的斜飛落地，一個踉蹌，又穩立如山。

曲傲則一個盤旋，飛到己方人馬的前方，緩緩落下。

「錚！」

斬玄劍回鞘。

曲傲軀體聞音劇震，雙目射出凶厲神色，遙瞪五丈外的跋鋒寒。

兩人毫不相讓的對視著。

此時大部分人已抵街上，都鴉雀無聲，靜待結果。

寇仲和徐子陵掠到跋鋒寒左右。

曲傲的身子忽地再劇烈的搖晃了一下，臉上血色盡退。

旁觀者傳出一陣浪潮般的驚嘆聲，現在誰都知道曲傲輸了，卻不知他傷在何處。不過答案瞬即揭曉，鮮血從曲傲的左脅下滲出來。

曲傲沒有點穴止血，先瞧了變得臉如死灰的三徒和手下一眼後，仰天嘆了一口氣道：「英雄出少壯，曲某佩服之極。現在立即返回鐵勒，有生之年，再不踏足中原。」

這誓言等於公布他本人退出中原的所有紛爭。此正是曲傲老練高明之處，如此一來，儘管與他們鐵勒人有深切仇恨的伏騫等人，亦礙於江湖規矩，不能公然追擊他們。曲傲說罷飛身上馬，領著一眾手下旋風般走了。

跋鋒寒三人正要離開，旁觀者中有人長笑道：「跋兄怎可如此毫無交代的一走了之？」

三人循聲望去，只見伏騫龍行虎步的排眾而出，來到御道中心處，含笑瞧著他們三人，自有一股不怒而威，逼人而來的氣勢。擠滿行人道上的數百人，所有目光全集中在他身上。無人不知他是今夜與曲傲約戰的正主兒，現在卻給跋鋒寒橫裏插入把對方截去了，這口氣誰都難以嚥下，故此均猜到好戲尚在後頭。

寇仲一眼瞧去，見到突利雜在人叢中觀戰，哈哈笑道：「伏兄切勿為此動氣，皆因早前曲老兒曾在天津橋上與人聯手圍襲我們，所以我們有來有往，送回他一個大禮。此事突利可汗可作見證，因為他亦有份參與該戰。」頓了頓續道：「何況我們已請貴部屬邢兄向伏兄打了個招呼，只因時間緊迫，來不及等伏兄的回音吧！」

這兩番話可說給足伏騫面子，讓他有可下的台階。寇仲確是能言善辯之士，又乘機陰損突利一記。

突利雙目寒光閃閃，又有點啼笑皆非，踏前兩步，豪氣干雲的一拍肩背伏鷹槍，冷笑道：「寇兄既舊事重提，登時勾起本人的記憶，可惜當時未及與寇兄交手，寇兄便匆匆溜掉。現在明月當空，如此良辰吉時，豈可錯過，不如便讓本人來領教寇兄神妙莫測的刀法！」

突利忽然把事情攬到身上，主動挑戰，路轉峰迴，登時惹起一陣哄動。旁觀者大多不知他是甚麼人，紛紛向旁人探問，吵成一片，氣氛熱烈。

伏騫喝道：「且慢！」

他並沒有提氣高呼，但卻在數百人的吵鬧聲中脫穎而出，震得人人耳鼓嗡然作響，全場立即變得鴉雀無聲。

突利不悅地朝伏騫瞧去，皺眉道：「王子有何指教？」

伏騫發出一陣笑聲，雙目閃過神光，不理突利，抱拳向寇仲三人道：「三位誤會了。剛才伏某只想邀三位返曼清院喝酒祝捷，再無其他意思。」

寇仲和徐子陵聽得面面相覷，想不到他如此友善，反感到有點不知所可。跋鋒寒則靜立如山，暗自調息。他剛才勝得極險，自己亦受了不輕的內傷，所以要爭取療傷的每一刻時間。

徐子陵低聲向寇仲道：「不見李世民和他的人。」

寇仲心下大奇，照道理李世民不該錯過此役，除非是他在曲傲含恨而退時，亦同一時間悄悄撤走。由於他們那時的注意力集中在跋鋒寒和曲傲身上，所以沒有留意是否有其他人離場。李世民這樣做，必有他的道理。換了在決裂之前，寇仲絕不會爲此煩惱，現在卻要步步爲營，加上李靖的警告又言猶在耳，不小心點都不行。

那邊的突利見徐子陵在寇仲耳旁說了兩句話後，寇仲露出思索的神情，目光則在人群中來回掃視，顯是說的話與自己沒有半點關係；如此輕視，不由勃然大怒，又是心下懍然。換了是任何人，被他點名挑戰，就算不被嚇個半死，也要全神戒備。哪有像他兩人般仍可爲其他事情分神，可見他們的膽色能耐均非一般高手能及。

不過此時他是勢成騎虎，穿過分隔御道和行人道的樹木，來到御道中，面向三人叫陣道：「伏兄原意如何，一概與本人無關。寇仲你若肯叩頭認輸，本人放你去陪伏兄喝酒聊天又如何！」

寇仲好像終於聽清楚突利說甚麼似的，喜上眉梢的大笑道：「原來可汗你這麼愛說笑。你肯送上門來，我正是求之不得。即使你立即跪地認錯求饒，我也不會饒你。」

說罷大步踏前，朝突利逼去。還未出手，一股凜冽的殺氣狂湧過去，以突利這麼狠悍高明的角色，亦不得不立即抽出伏鷹槍，作勢以待。擠著數百人的行人道上人人引頸以待，喧聲頓止。

寇仲最令人印象深刻處，是他的豪勇像是天生的，自然而然且漫不經意下，已造成這種不可一世的勢道。主動挑戰的突利反變成被動。

對突利的挑戰，寇仲的確是求之不得。換了在一般情況下，因突利有大批突厥高手隨行，要殺他是談何容易。但現在是依足江湖規矩公平決戰，突利若要保命，就要看他手底下有多少斤兩。跋鋒寒離去在即，如能翦除此人，對自己這老朋友未來的安全自是大大有利。

在數百對目光的注視下，寇仲在離突利三丈許遠處「鏘」的一聲掣出寶刀井中月，健腕一抖，立時黃芒劇盛，朝敵攻去。

凜厲的刀氣，瀰漫御道。

突利雖曾目睹寇仲出手殺傷自己的手下，對他的實力算有個底子，卻猜不到他會在三丈外的距離發動攻勢。

這其中實大有學問。高手對壘，往往就是從此等關鍵處判別出對方深淺，從而定下最佳的應付方法。

突利本估量寇仲若要保持主動和一氣呵成的強勢，該於兩丈遠處拔刀攻擊，如此才不致氣勢中途減弱，另一方面又能發動最強的攻擊力。這些判斷是從對方的速度、步伐、氣勢作出的評估。似突利這般級數的高手，盡可以在對手起步後便先掌握到敵人在踏出第幾步時發動攻擊，準確無差。但這回他顯然猜錯。

突利心叫不好，同時舉步移前，以爭回因估計失誤而失去的主動之勢。

寇仲長刀劃過虛空，以橫掃千軍的驚人霸氣，毫無花巧的一刀朝突利劈去，充盈著既隨意又渾然天成的味道。

他的一對大眼則鷹隼般盯緊對手，不漏過對方任何細微的動作。連對方衣服覆蓋下肌肉運勁的情況亦瞭如指掌。他要找尋的是魯妙子所說那「遁去的一」，這正是他制敵取勝的要訣。

自把和氏璧內的異能據爲己有，他曉得自己的功力突飛猛進，但始終不知精進至何等地步。現在則事實擺在眼前，曲傲已敗在跋鋒寒手下。此事對寇仲鼓舞之大，實在非同小可。

正恨不得也找人來試刀，突利竟自動獻身的送上門來，在這樣的心態和情況下，寇仲無論信心氣勢都一下子攀上最巔峰的高處。

剎那間兩人近至短兵交接的距離，突利迎著撲人而來的刀氣，運槍掃打。

他拿捏的時間精妙準確，假若寇仲不變招，將會給他掃個正著，除非雙方功力懸殊，否則必是井中月被盪開，寇仲則空門大露之局。

豈知寇仲刀勢不改，於把手處鑄有禿鷹的鋼槍尙差寸許掃中寶刀之際，井中月突生變化，不但不繼續下劈，還微往上挑，恰恰避過了伏鷹槍的挑掃。

寇仲同時改前衝爲橫移。

這根本是沒有可能的，那代表寇仲體內的眞氣轉換，須與刀法步勢的變化速度一致。

突利的伏鷹槍法出於自創，專講陰陽虛實的自然之道，在這惡劣情況下，顯出眞正的實力來。

他雖驚卻不亂，伏鷹槍鋒在刀底下掃過三寸許，又在寇仲迴刀從不同角度劈來之前，猛地抽身疾退。

這一退更考驗功夫，槍鋒嗤嗤，幻出無數虛實難分的槍影，教敵手難以捉摸追擊。

旁觀者雖不乏好手高人，但無不看得嘆爲觀止，更爲寇仲可藉小小一個變化，逼退對手而驚服。

寇仲雙眉上揚，哈哈長笑聲中再氣勢如虹的進身掄刀，快得沒有人能看清楚。

「噹！」

震耳欲聾。

井中月就像能破除任何幻象的神物般，切劈入槍影的一刻，突利的伏鷹槍立即變回一根實物，被迫硬架他一刀。

在寇仲後方觀戰的徐子陵和跋鋒寒放下心來，知道寇仲經過這些日子來的連番激戰，刀法終到了隨心所欲的大成境界。否則怎施展得出這樣的刀法來。

旁觀者中視寇仲爲敵人者都暗自心驚，對他作重新估計。悄立在以宋魯爲首的宋家高手那堆人中的宋玉致，見寇仲刀法如有神助，也不由看得目眩神迷，難以自己。

突利雖被寇仲的螺旋勁氣劈得手臂痠痳，但他生性強悍，反激起拚死之心，哈哈笑道：「好刀！」

槍勢驀張，狂施反擊，伏鷹槍像怒海的巨浪，向寇仲湧去。

寇仲耳聽槍聲嗤嗤，皮膚感覺到伏鷹槍帶起一個個割體生痛的氣旋；眼則見到槍影處處，心叫痛快，正要來個近身拚搏，好趁快解決對手時，眼前槍影盡消，伏鷹槍鋒只剩下一點寒芒，往自己咽喉處疾射而至。

如此精妙絕倫，從虛變實的槍法，他尚是初次得睹。

「叮！」寇仲想也不想，更來不及去想，一刀劈在槍鋒上。尖銳如箭的勁氣，隨槍而來。寇仲往後疾退。突利似也無以爲繼，提槍後撤。一方橫刀冷對，另一邊則挺槍遙指，頓成對峙之局。

跋鋒寒低聲在徐子陵耳旁道：「突利心怯了。因以他一向的作風，除非另有目的，否則絕不肯這般讓步住手的。」

整條大街靜得落針可聞，呼吸聲也似暫時屏止。兩人雖暫且分開，但那種對陣的張力，四目交鋒的沉凝氣氛，足使人心寒膽怯。

突利左手離開槍身，負在身後，笑道：「領教了。中原可稱得上眞正高手者，必有你寇仲之名在榜上。」

他捧的雖是對手，自然也提高了自己的身分地位，兼之他能以絕妙槍法扳回平手，故無人會認爲他是膽怯。只有熟悉他的跋鋒寒看穿他的底細。

寇仲當然亦知他想收手下台，不過他也並非沒有顧忌。自己是否眞可擊殺突利，仍是未可知之數。即使能辦到，自己多少亦要負傷。而現在跋鋒寒則一如李密勝宇文化及的情況，勝得很慘。所以自己保持實力，實是頭等重要的事。他怕的是失去了蹤影的李世民。

「鏘！」

寇仲還刀入鞘，抱拳道：「可汗果是英雄了得，寇仲佩服，異日有閒，再喝酒或切磋好了。」

這番話可說給足突利面子，又表現出寇仲過人的襟懷和風度，突利不由心生好感。

他並非欲與寇仲爲敵，只因跋鋒寒的關係，才會站在對敵的立場，遂亦槍歸後背，施禮道：「有機會必定相約寇兄！」轉向衆手下道：「我們走吧！」

伏騫瞧著突利等人遠去的背影，朗聲道：「今晚到此爲止，多謝各路朋友賞面赴會。」

說罷踏進御道，來到寇仲、徐子陵和跋鋒寒三人身旁，歉然道：「小弟適才一時疏忽，看不到跋兄需好好休息。小弟告辭了！」

不待三人回答，微微一笑，自行去了。三人對他的高深莫測，不由心生寒意。

三人在一道橫街緩步而行，等待天明的來臨。

寇仲關心的問跋鋒寒道：「感覺如何？」

跋鋒寒微笑道：「好多了！不過這種傷勢，豈是一時半刻可以痊癒。」接著岔往別處去道：「你瑜姨已安全出城，公主會送他們出海，再安排海舟讓她們北返高麗，如此既可減少旅途跋涉之苦，又可大大縮短時間。」

寇仲開心得吹響口哨，旋又皺眉道：「你是否待養好傷後再走？」

跋鋒寒堅決搖頭道：「此時不走，更待何時。我留下來反會成爲你們的負累，反而我獨自一人溜起來最方便。」

寇仲和徐子陵均感無話可說。即使以突利、拓跋玉之流，要追上蓄意遠遁的跋鋒寒，的確是談何容易。

徐子陵壓低聲音道：「明早城門開後，我們陪你出城去起出面具，贈你其中兩張，包保你可安然返回塞外去。」

寇仲和跋鋒寒同時稱妙，前者更如釋重負道：「那我就眞的放心了！唉！不過很捨不得讓你這老小子說走就走。」

跋鋒寒灑然笑道：「生離死別，悲歡離合，人生從來如此。何況我們或許仍有再見之日，那時才特別有味兒呢。」

寇仲頹然道：「你倒說得灑脫，現在你走了，遲些輪到小陵，朋友零落至此，做人眞沒有意思。」

跋鋒寒和徐子陵知他性格，差點爲之捧腹狂笑。

寇仲自己也笑起來，豪情橫逸的道：「尙未正式通知你們，我和李小子眞個鬧翻了！」

徐子陵嘆道：「不用你說我也猜到這必然的結果。」

寇仲雙目殺機一閃道：「還有是李靖親口承認出賣了我們。」

徐子陵俊臉一沉，沒有作聲。三人的足音，在月夜下空寂的長街輕柔的迴響著。

跋鋒寒皺眉道：「我雖只瞧過他兩眼，卻感到他不似這類人。」

寇仲狠狠道：「外貌很多時並不可靠。像老跋你便外貌冷酷，豈知竟會是如此多情的人。」

跋鋒寒淡淡道：「明天開始，我將把人世間所有一切會令人心神受影響的感情拋開，專志劍道，還我本來的眞面目。」

寇仲忍著笑道：「小心芭黛兒追上你，你又由無情士給打回原形，笑掉我兩人的大牙。」

跋鋒寒從容一笑，沒有答他，反道：「你們要小心李世民，除了他本人武功高明外，楊虛彥、紅拂女、李靖、李神通、長孫無忌、尉遲敬德等無一不是能獨當一面的高手，實力不遜於陰癸派。」

三人左轉往通向南城門的大街，寇仲道：「我倒不怕他們。卻怕師妃暄傷癒後怎樣對付我們，單對單我們沒有一個是她的對手。最要命是即使她是一個人，我們也捨不得聯手對付她這麼一個似菩薩下凡的美人兒。」

徐子陵淡然道：「她只會找我算賬，由我來應付好了。」

寇仲故意搶到徐子陵前方，面向著他邊退邊道：「哈！小陵終找到令他傾心的人兒了！否則怎會一手包辦，不讓別人插手。」

徐子陵皺眉道：「爲何你總愛朝兒女私情的方面去想。而事實在這事上你和鋒寒兄很相似，只不過追求的目標有異罷了！」

他這番話是因與宋玉致傾談後有感而發，寇仲登時招架不來。幸好這時已抵達伊水北岸，斜掛西方空際的明月把岸旁的房舍投影到緩流的河水上面，形成並存的另一個影子世界，美得像一個不眞實的夢域。一道拱橋橫跨伊水，橋下泊著十多艘小艇，水流輕柔地撞上艇身和橋堤，發出沙沙的清響。

寇仲提議道：「不如我們到橋上坐坐，到天明時送老跋一程，也不枉我們相交一場。」

跋鋒寒仰首望天，吁出一口長氣道：「那我們該還有大半個時辰哩！」

第三章

臨別依依

黃易 作品集

第三章　臨別依依

三人並肩立在橋上，往東眺望，河流蜿蜒伸展，在晴明的星月之夜下，兩岸房舍林立，充盈著層次豐富的靜態美，如畫如夢。

跋鋒寒怕驚擾附近房舍好夢正酣的居民，低聲道：「寇仲你是否過分輕敵呢？爲何似乎不大把李世民放在心上？照我看群雄之中，無論個人又或其擁有的實力，他頂多是僅次於跟宇文化及交手前的李密，甚或尤有過之。」

徐子陵點頭道：「我從未聽過李世民吃敗仗。」

寇仲得意洋洋的道：「所謂下兵伐勇，以我現在單薄的力量，只有呆子會和他硬撼。」

跋鋒寒和徐子陵同時忍俊不住。

前者笑罵道：「去你娘的『下兵伐勇』，人家明明是『上兵伐謀』，偏要倒轉來說，變得不倫不類，兵若不勇，不用打也輸了。」

寇仲陪兩人笑了半晌後，低聲道：「李小子根本沒有時間來對付我。」

徐子陵道：「這話怎說？」

寇仲道：「自稱西秦霸王的薛舉和他武功高強的兒子薛仁果，正密鑼緊鼓準備再次東犯長安；而劉武周則會趁勢攻打太原，動搖他李家的根本。這情況下李小子哪還有空來料理我。」

跋鋒寒動容道：「這兩路兵馬的實力確不易招架，聽說薛舉手下有一個名叫宗羅侯的大將，豪勇蓋世，擅使關刀，非常厲害。」

徐子陵哂道：「仲少打的算盤雖如意，可惜此事不知何時發生。李世民該仍有充足時間設法先宰掉我們。」

寇仲胸有成竹的道：「你們試猜猜，剛才李小子溜到甚麼地方去了呢？」

兩人登時給他難倒，無言以對。

寇仲意氣風發的道：「他是去見王世充。」

兩人點頭同意，也不由佩服他的過人才智。

寇仲解釋道：「是好是歹，我現在終算是王世充陣營中的人，李小子想動我，怎都要跟王世充打個招呼，好看看他的心意。上回王世充之肯答應實施城禁，皆因不想牽連捲入和氏璧紛爭中，故意表示清白，同時也因不認爲在和氏璧水落石出之前，師妃暄會把我殺了。」

跋鋒寒道：「王世充既是老狐狸，該看穿你的野心。說不定會任得李世民把你除去。」

寇仲微笑道：「若你這話在昨天說的，我眞不敢駁你。可是經我一番布置之後，王世充權衡利害下，只會待李密敗北後方敢動我，現在則維護我還來不及呢！」

跋鋒寒奇道：「憑甚麼你會有這種自信？」

寇仲欣然道：「首先是翟嬌這方面的關係。現時我已成了個中間人，只有從我處王世充才可得到最珍貴的關於李密大軍的情報，至乎策反仍在暗裏忠於翟讓的舊部。」

跋鋒寒點頭道：「這理由足令王世充當你如珠似寶，呵護備至。另外的原因又是甚麼？」

寇仲答道：「後天榮鳳祥擺設壽酒，王世充將會出席，這將給沈落雁一個刺殺他的機會。以王世充這麼愛惜生命的人，沒有我這首席謀臣和絕頂高手在旁打點，他怎敢行此引蛇出洞的險計。」

跋鋒寒讚嘆道：「果然是既伐勇又伐謀。誰要小覷你寇仲，必有非常後悔的一天。」

寇仲淡然道：「照我看王世充會一口答應李小子聯手對付我，但卻須在擊敗李密之後採取行動。那時他將會和我攤牌，假設我肯爲他所用，一切沒有問題，否則會設局趁我不防下把我除去。這鳥盡弓藏乃白老夫子教下的千古名訓。」

徐子陵插入道：「以李世民的才智，該可瞧出王世充收拾不了你，說不定仍會有所行動。假若你現在伏屍街頭，即使諸葛亮復生也猜不到是哪方面的人下手的。」

寇仲笑嘻嘻道：「只要李小子不敢公然聚眾圍攻，我何懼之有，若我寇仲是這麼容易被殺，早死了不知多少次！」

這確是不移的事實。

跋鋒寒沉吟道：「你現在雖能暗中影響甚至操縱中原的局勢，但我始終不明白你憑何對爭天下這麼有信心。」

寇仲深吸一口氣道：「關鍵處在於楊公寶藏，若找不到的話，我只好死去爭天下的心，到大漠來和你馳馬於草原間爲樂，又或索性大做私鹽買賣，醉生夢死的過了下半世了事。」

跋鋒寒不解道：「縱使你擁有珍寶武器，可是既無地盤更乏兵馬，如何可向根基深固如李閥者挑戰？」

寇仲雙目寒芒電閃，沉聲道：「這又回到伐勇伐謀的問題上。李密若敗，李閥將成眾矢之的，只要我能設計再挫折杜伏威，便有機會以飛馬牧場和竟陵爲中心，建立起我的勢力，再同時往南北擴張。南則聯結蕭銑和宋閥，北則籠絡竇建德和劉武周。只要王世充仍能西拒李閥，終有一天這天下是我寇仲的囊中之物。」

跋鋒寒嘆道：「如此困難複雜的事，只有你仲少認爲輕易辦得到，我想想頭已叫痛。」

寇仲苦笑道：「我也只是有五成把握，但假若小陵肯助我，我便有十足的信心。」

徐子陵淡淡道：「說好的事，絕不能反口，否則何以立信於天下。」

寇仲陪笑道：「徐爺息怒，我只是有感而發，隨口說說。徐爺你肯陪我去尋寶，我已是感激涕零！」

徐子陵岔開話題道：「我現在雖然非常不滿李靖，但始終不認爲他是賣友求榮的人。何況我們還想漏一件事，李小子說不定是從李秀寧處，知道我們有易容換貌的方法。」

當年四大寇攻打飛馬牧場，沈落雁和李天凡想暗算李秀寧，寇仲插手干預，那時他便曾以魯妙子的假面具掩飾眞面目。

寇仲道：「我怎會忘記，所以故意質問李靖，他卻親口承認了。」

徐子陵道：「他怎樣說？」

寇仲思索半晌，道：「當時他的確答得很奇怪，甚麼『便算是我說的好了』。但我那時早給怒火燒昏了腦袋，還狠狠多罵他兩句。罷了！哪管得是否他做的。他既成了李世民的走狗，我終有一天會和他對著幹。甚麼兄弟之情，朋友之義根本一錢不値。」

跋鋒寒有感而發的道：「有很多事還是少想爲妙，人生的最大煩惱，是想得太多。」

徐子陵關切的道：「你的傷勢究竟如何？不如趁天亮前這段工夫，我們合力爲你療治傷勢吧！」

跋鋒寒苦笑道：「千萬不可，在這強敵環伺的時刻，任何一人功力的損耗，均會帶來不測之禍。」

徐子陵嘆道：「我卻覺得你是怕若完全復元，將沒有立即離開的理由。」

寇仲恍然道：「我明白了，你是要避開那個突厥來的美人兒。」

跋鋒寒右掌翻開，赫然是芭黛兒還給他那根光芒閃閃的髮簪。接著右掌傾斜，髮簪在兩人眼睜睜下掉進河水裏，沉沒不見，沒有惹起半個漣漪。

跋鋒寒淡淡道：「快天亮了！」

三騎全速奔馳，穿過城外西北方的一片疏林，奔上一個土坡，同時勒馬停定。在群山環抱下，一個小湖安祥地躺在前方草原上，碧波綠水在林木間蕩漾，凌晨霧氣則在綠瑩瑩的湖面飄搖，三人頓時精神一振。

寇仲以馬鞭遙指眼如前詩似畫的美景長笑道：「若非我們堅持再送你一程，定不知附近有這麼一個好地方。」

跋鋒寒跳下馬來，把一個重甸甸的錢袋繫到寇仲的馬鞍處，微笑道：「這囊內至少有五十多錠足一兩的黃金，所謂三軍未動，糧草先行；當是我跋鋒寒對你寇皇國的一點資助捐獻好了。」

寇仲也不推辭，欣然道：「我們兄弟間不用說廢話，總之我寇仲心領哩！你最好立即戴上面具，那對要追蹤你的人來說，跋鋒寒等於消失了。」

跋鋒寒搖頭道：「只換個臉孔仍未足夠。當我到達最近的城鎮後，就換過衣服，再把兵器收起來，索性扮成普通的商旅，更能掩人耳目。」

徐子陵道：「若非芭黛兒，誰能令你跋鋒寒這麼千方百計要把本來面目隱藏起來？」

跋鋒寒飛身上馬，回頭環視一周後，嘆道：「由這刻開始，我將不會再想起她，更不希望再遇上她。」

接著深深瞧了兩人各一眼，眼神定在前方，沉聲道：「此地一別，不知能否有再見之日。兩位兄弟珍重了！」

一夾馬腹，健馬長嘶下放開四蹄，衝下山坡，絕塵而去。

兩人看著他頭也不回的在林木草野中時現時隱，到最後變成一個小點，消沒在一片密林處。寇仲鬆一口氣道：「沒有人跟蹤他！」

徐子陵點頭同意。兩人策馬回頭，緩緩馳下土坡。

寇仲重重吁出一口充滿離情別緒的心頭悶氣，苦澀地道：「生離死別，竟是如此令人神傷。娘的去世，跋鋒寒的遠離，都是那麼令人難捨，偏又沒法改變。若非芭黛兒那婆娘，恐怕老跋仍會陪我們多玩一陣子的。」

見到徐子陵若有所思的樣子，似是沒有聽到自己的話，奇道：「你在想甚麼？是否在奇怪沒有人跟蹤我們。其實理該如此，試問現在誰想來惹我們，不好好三思怎行？」

徐子陵搖頭道：「我忽然想起素姐，心中感到不快樂。」

寇仲色變道：「你不要嚇我！」

徐子陵嘆道：「或者是因見回李靖引致吧！殺了宇文化及後，我回去找素姐，看看香玉山究是如何對她？哼！」

寇仲沉吟半晌，道：「也該是時候給你引見王世充了！」

徐子陵露出煩厭之色，搖頭道：「我今天仍不想見這種人，你先回城吧！我想騎一回馬兒，不知如何，心中總有些翳悶的感覺。」

寇仲愕然道：「不是走火入魔的先兆吧？」

徐子陵笑罵道：「去你的走火入魔。現在你走你的陽關道，我走我的獨木橋。別忘了正午宋魯在董家酒樓擺下酒席恭候我們，滾去見你的王世充和淑妮妹吧！」

說畢策馬逕自去了。

寇仲呆了半晌，苦笑搖頭，自行回城。

淨念禪院聳立山上，氣象森肅。徐子陵跳下馬來，攬著馬頸，哄孩子般說了一番親熱話，任牠自行吃草，自己則向禪院的山門入口處掠去。過了刻有「淨念禪院」的牌坊後，長而陡峭的石階直延至山頂，令人有登天昇赴「彼岸」的感覺。徐子陵意識地摸摸身藏的面具，還有魯妙子送贈有關建築、天星等秘卷，心中暗嘆一口氣。自盜取和氏璧後，他們把這些東西埋在秘處，剛才方始取回。收攝心神，徐子陵拾級登階。

「噹！噹！噹！」悠揚的鐘聲，從山上飄送下來。徐子陵心頭一片平靜，縱目欣賞四周峰巒奇秀、林木茂密的山景，暗忖此寺座落此山之頂，自有一定的道理。仰首上望，可見從林木間透出來的佛塔和鐘樓。由於看了魯妙子的心得，對建築學他已有很好的基礎，遂能以內行人的眼光觀賞。

佛塔大部分以大青石砌成，結構複雜，八角九層，四面闢門，塔身的雕刻絢麗異常，四周的卷門上布滿了龍、虎、佛、菩薩、力士、伎樂、飛天等宗教物事，神采飛揚，栩栩如生。塔刹卻是鐵製的，有鐵鏈八條分別拉往塔頂八角。下五層的級階設於塔內，由第五層開始，卻沿塔身外檐盤旋到頂層，這種布局在佛塔建築中實屬罕見。尤其高大華麗的鐵刹，俊秀挺拔，突出於山林之上，宛如刺破青天。

徐子陵之所以這麼留意淨念禪院的建築，只是想印證早前對禪院的一個印象，就是此寺處處均不依常規，隱有自成一格的氣派。最使他驚異處是建築的裝飾在極盡華美的布置裏，卻仍能予人一種簡樸歸眞的感覺，有如一位盛裝的美女，雖是華衣麗服，但由於不施脂粉，故可保持著麗質天生的自然美。

石階已盡，徐子陵抵達第二重山門。

門上方額書有「入者有緣」四字，兩邊則鐫刻對聯：「暮鼓晨鐘驚醒世間名利客，經聲佛號喚回苦海夢迷人。」

徐子陵嘴角飄出絲苦笑，心想若寇仲是名利客，那自己定是夢迷人。兩個都是在這人世界的苦海掙扎浮沉，身不由己。再嘆一口氣後，步入山門。

第一座面闊七間的大殿矗立門後的廣場上，兩名老僧正在打掃落葉，對他這來客的闖入不聞不問。徐子陵也是奇怪，對此彷覺理所當然的，負手悠然朝居於中軸線上的首座主體建築行去。

殿內香煙盈逸，從供奉在南端的三座佛像前的三腳爐鼎中嬝嬝騰升。他對佛教認識不多，只知中間戴金冠慈祥端莊的是毗盧遮那佛，兩側的佛像就不甚了了。更吸引他的是殿內沿牆環列的數十尊羅漢塑像千姿百態，無一雷同。撐起大殿的八根立柱和柱礎，均精雕細琢，配上疏朗雄大的彩繪斗拱，出檐深遠，檐角高翹，合而營造出寺院那種深遠肅穆的氣氛，充滿宗教的感染力。

一聲佛號，來自身後，接著有人道：「徐施主大駕光臨，不知所爲何事？」

徐子陵認得聲音，頭也不回的道：「不嗔大師，請問左右兩佛是何名稱？」

四大護法之首的不嗔答道：「左是藥師佛，右是阿彌陀佛。徐施主既不知佛，故入寺不拜也是合理。」

徐子陵瀟灑地轉過身來，朝雙目低垂，合十持珠的不嗔微笑道：「在下雖對佛所知不多，但卻知諸法唯心。跪地膜拜只是表面的形式，當不能以此來判斷一個人對佛的誠意吧！」

不嗔睜眼朝他瞧來，閃過驚異神色，淡然道：「所謂有諸內而形於外，故佛有佛相。施主之語，或者只能適用於施主吧！那要問問施主的本心了。」

他雖沒有直接說出來，但背後的意思卻明顯不過，指的是徐子陵口不對心，砌詞狡辯。其中當然牽扯到和氏璧的事上。

徐子陵胸懷磊落，怎會介懷，道出來意道：「在下今次來訪，是欲與師小姐見上一面，解決一些事情。」

不嗔用神打量他半晌，好一會才道：「施主請！」

領頭步出殿門。

徐子陵心想又怎會這麼順利的，忙隨他去了。

寇仲策馬直入皇域，到了尙書府外才甩蹬下馬，尙未登盡台階，一身勁裝的董淑妮夾著香風從府門內衝出，杏目圓瞪的嬌叱道：「沒膽鬼！跟我來！」

寇仲見把門的衛士無不拿眼瞪著他們，大感尷尬，只好隨她入府。

董淑妮走進西廳，把所有婢僕全部逐出，指著靠窗的椅子，氣鼓鼓道：「你給我坐在那裏！」

寇仲亦是心中有氣，不悅道：「我是你的奴隸嗎？有甚麼事快說出來，本少爺今天很忙。」

董淑妮怎想得到寇仲敢頂撞她，氣得兩眼大睜，戟指罵道：「你這沒良心的人，竟敢用這種口氣和人家說話。」

坦白說，即使她狀若發瘋的雌虎，但仍是那麼嬌俏艷麗，姿態動人，別有一番嬌媚味兒。尤其挺起酥胸兩手扠著小蠻腰的姿勢，更是引人之極。

寇仲見她氣得秀目通紅，珠淚欲滴，心中的氣登時消去大半。又暗忖自己堂堂男子漢大丈夫，犯不著和她計較。

哈哈一笑道：「坐便坐吧！有甚麼大不了的。」

坐好後，拍拍大腿道：「董小姐要不要坐上這張世上最舒服的椅子。」

董淑妮狠狠盯了他好半晌，跺足大嗔道：「我先和你算舊賬，那晚你滾到哪裏去了？」

寇仲攤手道：「我聽聞榮鳳祥明晚才擺壽酒，故以為小姐一時口快說錯日子，兼之也真有點事，嘻！你明白啦！」

他再不想和她糾纏下去，遂點醒她自己已識破她的奸謀，教她知難而退。

董淑妮旋風般來到他身前，玉腿差點碰上他的雙膝始停了下來，大發雌威的罵道：「見你寇仲的大頭鬼，人家的壽酒是連擺七天的，否則怎叫得做大壽。」

寇仲差點語塞，幸好眉頭一皺，計上心頭，乘機詐她一記，苦笑道：「小妮妮不要再耍我了！我和虛彥兄是不打不相識，現在已成莫逆。他還把所有事和盤托上。哈！待會我去榮府找他，你要不要一道去？」

董淑妮如遭雷殛，連退三步，俏臉轉白，不能相信地囁嚅道：「他……他眞的……」

寇仲心笑任你如何狡猾，始終嫩了一點，一下子露出狐狸尾巴，讓自己證實了純屬憑空猜想的事。拍拍衣衫長身而起道：「待會我們再親熱吧！」

隨著笑嘻嘻的得意而去。

徐子陵隨在不嗔身後，朝後院的方向深進。沿途不時遇上僧侶，但人人對他視如不見，像正沉醉於本身清淨無爲的宗教生活裏。

經過那座在陽光下金碧輝煌的銅殿後，不嗔左轉進入一條兩旁植有竹樹，古意盎然的石板道。兩旁僧舍掩映在竹林之間，樸素簡單，與殿堂的華美又截然迥異，不過在鋪上白灰泥後，又自有股不施脂粉般的自然美態。

徐子陵正細意感受禪院裏那種深幽致遠、平和寧靜的氣氛時，景色一變，房舍漸稀，代之是蒼松翠柏，層岩嶙峋，沿著石路前行，可看到右壁鑿上「佛道」二字。兩邊石岸逐漸高起，山道收窄，兩旁石壁是依矮崖形勢雕鑿的諸佛坐像，均神態悠然，栩栩如生。

徐子陵看得心中驚異，佛道忽盡，眼前豁然開朗。在這禪院西端處，一座上刻「方丈院」，面闊七間、歇山九脊頂的巍峨大殿建於崖沿處，形勢險要至極點。

徐子陵大感不妥，問道：「這該是貴院主持了空大師的居停吧！」不嗔若無其事地答道：「施主欲見師小姐，自須由本院方丈定奪，何需奇怪？」

徐子陵早知不會那麼容易可見到師妃暄，只能心中暗嘆，隨他登階入院。

方丈院共分前中後三進，入門處是個空廣的接待室，沒有任何家具，只在兩壁掛有畫像，看來該是禪院歷代主持的肖像。不嗔囑咐徐子陵在此等候，穿門進入內間去。

徐子陵閒著無事，正好瀏覽壁上的肖像畫，畫像雖形相各異，肥瘦不同，但繪者無不為其刻意經營，畫得人人寶相莊嚴，佛光普照，容貌慈和，一副救苦救難大慈大悲模樣。像旁還附上名號和受戒入寂年月等介紹文字。

肖像顯是依年代先後排列，到左壁最後一幅時，徐子陵心中一震，行近細看。只見所繪老僧鬚眉俱白，臉上深刻的皺紋縱橫交錯，看來至少有七十多歲。

他之所以嚇了一跳，皆因此僧面目與現在的主持了空至少有八、九分相似，恰是了空老朽後的樣子。正在思忖這是否了空的親爹，而了空是子承乃父的衣缽，赫然發覺肖像畫旁只有受戒年而沒有卒日，不由倒抽一口涼氣。難道了空返老還童，從畫中這老人變回現在四十來歲的樣子，那麼此事實在駭人至極點。

不嗔的聲音在後方響起道：「這是敝寺主持十五年前的畫像，當時他正值入關修禪，故囑人做像。」

徐子陵嘆道：「眞令人難以相信，原來世間竟有返老還童的神功秘法。」

不嗔高宣佛號合十道：「佛法無邊，回頭是岸。敝寺主持在中院恭候徐施主，請！」

徐子陵轉過身來，見不嗔全無領行的意思。只好施禮道謝，自行進入中庭。

「砰！」木門在身後關上。

深廣達十丈，高三丈的空間，只有四面空壁。了空盤膝面壁結迦趺坐，背向著他。這能返老還童，有力回天的高僧兩旁各有一道閉上的便門，透出一種高深莫測的氣氛。

徐子陵嘴角逸出一絲苦笑，恭敬地道：「大師請賜示旨意。」

寇仲由偏廳返回正廳，欲進內堂，剛好遇上一向對他擺出不屑一顧姿態，輕盈冷豔的「美胡姬」玲瓏嬌，雙方均想不到會狹路相逢。寇仲剛受過董淑妮的教訓，極力克制下只點頭為禮，算打過招呼。反是這異族美女對他展露出一絲罕有的笑意，與他並肩而行道：「昨晚你們在天津橋之戰的確很精采。」

寇仲愕然道：「嬌姑娘真厲害，竟能瞞過這麼多人的耳目，潛到近處。」

玲瓏嬌回復冷漠神色，淡然道：「若沒有這點本事，怎替尙書大人當探子？」

此女肯和他有問有答，已代表態度有所改變。

剛要再找話題，虛行之從內廳匆匆走出來，見到寇仲，打了個勿要說話的眼色，然後施禮道：「大人在書齋等寇爺。」

言罷擦身去了。

玲瓏嬌止步道：「尙書大人該有話要和你單獨說的，待會見。」

片晌後寇仲來到書齋，王世充待室門關上，著他在左旁的太師椅坐下，道：「幸好你昨晚沒有被敵所乘，我曾想過遣人往援，但此舉會正中敵人下懷，時間上更難以趕及，最後只好按兵不動。」接著冷哼道：「楊侗和獨孤峰太可惡了。」

寇仲違心讚道：「尚書大人此著非常高明。現在我們務要示敵以弱，方符合上兵伐謀的兵家要旨。論實力，獨孤閥縱使聯結外人，仍奈何不了我們。所以只能靠陰謀詭計來施冷箭，只要我們小心一點，獨孤峰絕不能得逞。」

王世充皺眉道：「鐵勒人因曲傲的敗北，可以撇開不論。但假若陰癸派、突利和楊侗連成一氣，我們是否仍要維持被動捱打的局面呢？一個不好，我們可能要連東都也賠掉。」

寇仲好整以暇的道：「突利也可以不論。皆因吾友跋鋒寒剛離洛陽，突利和畢玄的兩個徒弟怎都要追上去熱鬧一番。陰癸派則因要應付師妃暄這個頭號大敵，絕不敢公然捲進這場紛爭去。何況在某一程度上，她們都希望你能收拾李密，那時杜伏威取得江都，可沿運河北上。」

王世充訝道：「你怎知杜伏威要攻打江都？」

寇仲當然不會把宋金剛招出來，道：「我和宋家有點交情，待會還約了宋魯在董家酒樓見面。」

王世充釋然道：「這確是令人頭痛的事，杜伏威和沈法興的關係一向不大好，現在忽然連成一氣，可見他們北上之心是如何焦急。」

寇仲點頭道：「目下局勢明顯是黃河與運河之爭，誰能同時取得關中、洛陽兩大重鎮，等於半壁江山落進他袋子去。我們則先取虎牢、滎陽，再挺軍西進，那時聖上你號令天下，誰敢不從。」

王世充撚鬚微笑，眼中射出充滿希望和企盼的神色，正容道：「假若我王世充成爲新朝之主，你寇仲就是新朝宰相，你準備好了沒有？」

寇仲暗忖信你的才是白癡。表面卻裝出陶醉之色，欣然道：「尚書大人這麼瞧得起小子，我自然是萬二分感激。不過我想先破李密以立功，那時尚書大人重用我，旁人亦無話可說。」

王世充呵呵大笑，接著故作神秘的道：「是否能引李密出兵，便要看明晚的安排，讓我先給你見見我的替身。」

了空身穿灰色僧衣，外加深棕色的肩掛，空廣的堂宇寂然無聲。徐子陵負手卓立，像變成這高僧外的另一尊石像，沒有半絲不耐煩。

好一會後，了空柔和的聲音輕輕道：「洛陽的寺觀窟三大名勝，徐施主不知是否都到過了？」

徐子陵心中錯愕，無論了空說甚麼，甚至佛語禪機，他亦不會奇怪。偏是這麼提及洛陽的名勝，與眼前的事風馬牛不相關，頓使他摸不著頭腦。

無奈下虛心問道：「請大師詳加賜示！」

了空悠然道：「寺是白馬寺，乃中原第一所佛寺，建於東漢永平十年，由於當年從天竺迎回兩位高僧攝摩騰和竺法蘭時，佛經佛像均是用白馬馱來，故以白馬為名。此為中土佛教之始，故該寺又有『釋源』和『祖庭』之譽。信佛者，若不到該寺一遊，每引為畢生憾事。」

徐子陵道：「多謝大師指點，但不知白馬寺座落何處。」

了空淡淡道：「徐施主若是有心人，自會知道。」

不待徐子陵說話，續道：「觀為老君觀，位於城北數里外邙山翠雲峰之巔，相傳乃老子李耳練丹的聖地，可惜現在為妖魅把持，聖地成了邪窟。」

徐子陵大奇道：「怎會如此？」

了空平靜答道：「有很多事，老衲實不方便詳言。只不過見徐施主所學來自道家始祖廣成子，故順帶一提。」

他的說話字字暗含玄機，深奧難明。

了空續道：「窟則為龍門石窟，位於我寺南面十多里外伊水之濱，由於該處兩山相對，望之若闕，故又名『伊闕』，兩岸峭壁上大小神龕石窟延綿數里，令人嘆為觀止。」

接著訝然道：「是了！徐施主今次究竟為何事而來，老衲早忘記了。」

徐子陵出乎他意料之外的道：「我也忘記了，多謝大師指點。」

說罷飄然離殿。

一名無論外貌體型都與王世充有七、八分相像的人，入齋後拜倒請安。隨之而入的是歐陽希夷、玲瓏嬌、可風道人、陳長林一眾高手，還有王世充的兩個兒子王玄應、王玄恕，與大將張鎮周和楊公卿。只看陣勢，便知是有要事商討。眾人分左右坐好，變得寇仲居於左方首席，與右方第一席的歐陽希夷遙對，下首始是張鎮周等人。

王世充把替身喚起，向寇仲得意地道：「怎樣？」

寇仲點頭道：「確能魚目混珠，但在明晚那情況下嘛，嘿！」

王世充知他有話要說，先命替身離開，欣然道：「現在全是自己人，有甚麼話放心說吧！」

王世充那一副酒色過度樣子的大兒子王玄應得意地道：「這叫養兵千日，用在一時。年許前玄應從管州物色得此人回來，經我親自指導訓練，保證無人能夠識破。」

只看他唯恐怕別人不知此功歸他的神情，便知此子難成大器。

歐陽希夷皺眉道：「此人不懂武功，內行人只要看他舉手投足，又或走多兩步，立可看破非是世充兄本人。」

王世充胸有成竹道：「若有人要來行刺我，最佳時機莫如在赴會途中，又或是返歸的路上，范成他只須在車上作個樣兒便成。」

至此誰都知道王世充是絕不肯去冒這個險的。

可風道人皺眉道：「這回是要教敵人行刺成功，而世充兄則要佯作受傷，始可引得李密倉卒出兵。所謂行家一出手，便知有沒有，范成輕易就給人宰掉，誰都會生疑的，此計怎成？」

王世充欣然道：「這正是關鍵所在，以假作眞後我將藏在馬車暗格內，若敵人實力眞個強大至可破車殺人，我便暴起發難。最好來的是晁公錯又或尤楚紅之輩，讓我傷得其中一人後，再詐作力拚受傷，如此將更能令對方入信，當然尙需各位再加配合。」轉向寇仲道：「寇小兄還有甚麼話要說？」

寇仲問道：「爲何敵人不會在宴會中下手呢？」

王玄應代答道：「這個道理很簡單，榮鳳祥這回盡邀各地前來洛陽的名人赴宴，到時高手如雲，其中又不乏與我們有交情的，在這種情況下，公開挑戰不會有問題，若要行刺暗算則變數太多，說不定鬧個灰頭土臉，吃不完兜著走。」

寇仲心中暗嘆，頹然道：「我沒有話說了。」

他本有滿腹妙計，但見到王世充擺明不肯以身犯險，還有甚麼話可以說的。

徐子陵踏出方丈室的大門，深深吸一口清新的空氣。濛濛細雨剛開始從天上灑下來，遠近不見人跡。淨念禪院處處隱含禪機佛意。像自己本為他們的敵人，但他卻絲毫覺察不到敵意。似如和他們之間從未發生過任何事。

見不到師妃暄乃理所當然，可以得見才是出人意表。不過他為了心之所安，故仍要稍盡人事吧！他要的是能面對面與師妃暄解決和氏璧的問題。直到此刻，他仍不認為盜寶是壞事或錯事，而只是有關爭霸天下的手段。像和氏璧這種神物，惟有緣者居之。

他緩步走下台階，正要朝佛道的方向走去，心中忽生感應，像有某種事物在等待著他的樣子。環目四顧，方丈院左端有一片竹林。徐子陵想了想，放步走去。來到近處，另一條石道在竹林間蜿蜒伸展，曲徑通幽，在雨絲綿綿中，特別引人入勝。

徐子陵沿道而行，拐了個彎後，整個空間倏地擴闊至無限，原來路盡處是山崖邊沿，不但可俯瞰遠近山野田疇，還可遠眺座落東方地平盡處的洛陽城。漫天細雨下，在這如詩如畫的美景裏，一身儒服男裝的師妃暄正盈盈俏立崖沿，悠然神往的俯瞰著崖下伸展無盡的大地。

徐子陵恭敬地朝她玉背施禮，誠懇地道：「小姐肯破例賜見，徐子陵感激不盡。」

師妃暄輕輕嘆一口氣，伸出纖美的玉指，遙指遠方的洛陽城，以充滿悲國傷時的語調道：「自魏晉南北朝以還，洛陽屢成兵家爭戰之地，多次被毀傾頹，累得百姓流亡，中原蕭條，千里無煙，饑寒流隕，相填溝壑。除此之外，徐兄可知我們尚損失了甚麼呢？」

徐子陵雖自負聰明才智，此刻只能茫然搖頭。

師妃暄像腦後長有眼睛，可看到他搖頭的動作，淡然道：「洛陽之稱，始見於戰國文獻《戰國策》，內有『蘇秦過洛陽』之語。自此屢被選爲都城，爲我國文化經濟的中心，北魏時只是佛寺便有一千三百六十七間。」

徐子陵咋舌道：「竟有這麼多？」

師妃暄續道：「洛陽向爲我國文化薈萃之處，只藏書達七千車之多。且人傑地靈，歷代名家輩出，蔡倫於此試制『蔡侯紙』；張衡創制『渾天儀』、『候風儀』和『地動儀』；馬鈞發明『指南車』；王充作《論衡》；班固兄妹著《漢書》；陳壽撰《三國志》；《洛陽伽藍記》和《水經注》均成書於此，洛陽城對我國的貢獻，有何處可能比擬。」

徐子陵聽得肅然起敬。若非他有翻閱魯妙子傳給他的筆記卷，這時定要聽得一腦子茫然。現下雖仍未能完全諳識，但至少亦知道師妃暄的確是學究天人，博古通今。換了他和寇仲，無論對著洛陽城看多少遍，也不會有師妃暄的感觸和聯想。她正爲洛陽過去百多年的歷史而傷懷。

師妃暄悠然神往的道：「徐兄到過北市的新潭嗎？」

徐子陵暗忖自己來來去去都是洛河、天街和天津橋，或間中因事到過南城的里坊，卻從未到過北市去。苦笑道：「尚未去過！」

師妃暄道：「那麼徐兄定要去見識一下這被稱爲天下舟船所集的地方，全盛時期大小船隻可達萬艘之數。」

接著低吟道：「古今興廢事，還看洛陽城。」

聽著她若如天籟仙音的聲音細訴洛陽的興替盛衰，徐子陵腦海中浮現出一幅幅洛陽的圖畫，似乎千多年的歷史，倏忽間閃過腦海，那感覺既悲愴又感人。雨點溫柔地飄灑在他們身上。像師妃暄這種悲天憫人，有著菩薩大慈大悲心腸的超卓人物，他尚是首次遇上。忽然間，他徹底明白了師妃暄要找尋眞命天子，以拯救萬民於水深火熱的偉大情懷。

歐陽希夷、可風道長與寇仲一道離開書齋。

可風道長問寇仲道：「看寇小兄的神情，似乎不大欣賞尚書大人有關替身的安排。」

寇仲苦笑道：「這證明了我道行尚淺，藏不住心事。」

可風道長微笑道：「人在年輕時，誰不是如此，我和希夷兄是過來人。」

歐陽希夷笑道：「在小兄弟的年紀，我哪有這麼本事。」

可風道長道：「現在輪到我當値，希夷兄最好養足精神，這幾天惡戰難免。」

言罷停步施禮。

歐陽希夷與寇仲並肩朝大門走去，道：「世充兄的面子眞大，竟請得動可風這等高手來助陣，可見他跟老君廟關係不淺。」

寇仲順口問道：「老君廟是甚麼家派，爲何有個這麼古怪的名字。」

歐陽希夷奇道：「你給人的感覺是神通廣大，卻竟然不知洛陽北邙山翠雲峰頂的老君廟，此實教人難以相信。」

寇仲在門檻前停下來，瞧著雨粉飄飛的戶外，從容道：「所以前輩至緊要多提點小子，我可以是很糊塗的。」

歐陽希夷低聲道：「我第一趟見你們，便心中喜歡，覺得你們很合眼緣。不過昨晚收到你們被人在天津橋圍攻的訊息，卻是老夫力主不要妄動。一來是我相信你們定有脫身之法，另一個原因是這明顯是個陷阱。」

寇仲道：「小子怎會不曉得呢？」

歐陽希夷道：「此事若我不說，你定不會知道。而我特別要提起此事之意，皆因力主出戰者正是可風，可見他對你頗有憐才之心。」

寇仲皺眉道：「以他的智慧，難道看不出是精心布下的陰謀嗎？」

歐陽希夷道：「當時是誰都覺得有點不合情理，對付你們，獨孤閥何需派出近千禁衛去封街截道，但卻都沒時間去想清楚整件事。幸好世充兄手下一個叫虛行之的莫僚私下提醒老夫，否則恐怕已中了敵人的奸計。」

寇仲心中暗喜，虛行之果然是個人才，這麼快掌握到歐陽希夷是可以信任的人。

歐陽希夷拍拍他肩頭道：「現在老夫要回房打坐靜修，今晚你若回來，可以來找老夫聊天渴酒。你懂下棋嗎？」

寇仲道：「只看別人下過。」

歐陽希夷大笑道：「世事如棋，若我是棋場中的高手，你便是棋盤外的下棋高手，小心點。想要你項上頭顱的人，橫衝直撞都可碰上呵！」

言罷欣然返回府內。

寇仲也覺好笑。自己現在該下哪一步棋呢？跨過門檻，兩旁侍衛肅立致敬，無不現出尊敬神色。

寇仲自知已在洛陽建立了威名，問其中一人道：「小姐是坐車還是騎馬的？」

那人衝口而出的答道：「小姐騎馬走了。」

寇仲心中大快，想像著董淑妮質問楊虛彥後這對狗男女知道中計的絕妙情景。楊虛彥究竟是個怎麼樣的人？他不似是肯屈居人下之徒。假若王世充跟李世民談成交易，董淑妮將成爲李淵的妃子。那楊虛彥豈非先拔了董王妃的頭籌，這筆賬該如何算？想到這裏，寇仲頓時糊塗起來。

徐子陵瞧著師妃暄那令天下男子傾心拜倒的動人背影，沉聲道：「那晚在天津橋上，小姐是否根本沒有被傷？」

師妃暄終於緩緩轉過嬌軀，清麗無倫的玉容首次露出驚訝之色，仔細打量他半晌，柔聲道：「徐兄是憑空猜想出來，抑是眼力高明至可看破我的地步？」

徐子陵淡然自若道：「純粹是一種直覺。」

師妃暄道：「那徐兄就眞是具有慧根的人。不過我的確受了點內傷，只不過絕非我裝出來的那般嚴重，當我步下天津橋時，已完全復元過來。」

頓了頓露出個帶點天眞味兒的甜美笑容，秀眸深注的道：「徐兄知否妃暄爲何要耍這種騙人的手段？」

徐子陵因這罕有出現在她臉上的神態而心弦劇烈抖顫一下，瞬又平靜下來，微笑道：「小姐是否想要婠婠上當呢？」

她那對眸子勝比一泓秋水，於嫣然一笑中，動人至極點。

師妃暄見徐子陵在她目光的逼視下，仍是那麼飄逸瀟灑，神態動作宛如發自天然，芳心更是訝異。

換了以前所遇的男子，除侯希白外，在這種情況下，若非手足無措，便是心慌意亂，哪像此人般完全不受自己懾人心神的目光所影響。

師妃暄淡雅清艷的玉容露出一個大有深意的淺笑，緩緩道：「沒有人可以騙她，我要騙的只是你徐子陵，若非如此，妃暄便沒有撤退的藉口。」

徐子陵終於招架不住，俊臉微紅道：「小姐這番話的確是出人意表，小姐難道認爲我與和氏璧失竊的事眞個無關嗎？」

師妃暄徐徐道：「剛好相反，打開始我便知和氏璧是你偷的。」

徐子陵大惑不解道：「如此教在下更不明白了，爲何小姐故意放過我呢？」

師妃暄欣然道：「你終於肯承認是盜寶賊哩！」

徐子陵苦笑道：「這正是我來拜見小姐的原因。甚麼賬都可算到我頭上來。可是我卻絕不會束手待斃，但也不會傷害寺內的任何人。」

師妃暄泛起憐憫的神情，嘆道：「《長生訣》雖令你步上一流高手之列，但仍差點火候。這裏除妃暄外，了空大師亦穩有致你於死之能。徐兄可否告訴我，爲何明知是送死，仍要來此？」

徐子陵聳肩道：「最主要的原因，是因你們都是爲萬民盡心竭力，但本身又不追求任何私利的人，使我感到欺騙你們是一種罪過。」

師妃暄步步進逼道：「盜寶不是過錯嗎？爲何徐兄明知故犯。」

徐子陵啞然笑道：「我想反問小姐一句。李世民會否因對手是個善長仁君，而放棄與他爭地盤打天下呢？」

師妃暄不但不以為忤，反饒有興趣的道：「想不到徐兄竟是雄辯滔滔之士，言歸正傳，和氏璧究竟在哪裏？」

徐子陵頹然道：「坦白說，假若和氏璧在我手上，說不定我眞會還給你，可惜和氏璧已完蛋了！」

師妃暄玉容不見半絲波動，靜靜的注視他好半晌，最後嬌嘆道：「想不到千古以來，經過無數賢人聖士殫思竭慮仍解不開的兩個秘密，先是《長生訣》，接著是和氏璧，都給你們揭破了，這不是緣份是甚麼呢？」

徐子陵大訝道：「只這麼一句話，你便明白了。」

師妃暄溫柔地道：「早在橋頭初遇，我已生出感應，卻是難以置信，到現在始能證實，還有甚麼話可以說的？即使殺了你又是於事何補。」

徐子陵奇道：「是否我的錯覺？小姐似乎根本不把和氏璧的存亡放在心上。」

師妃暄淡淡道：「天下之事，莫不有數，像和氏璧這種稀世奇物自有其氣運定數，絲毫勉強不來，徐兄請走吧！」

她肯下逐客令，徐子陵本該額手稱慶才對。但這刻他卻彷有寧願被她痛打一頓或狠狠教訓一番的渴求，苦笑一下，施禮離去。

在雨粉中走了五、六步，終忍不住停下來道：「小姐可否賜示，那晚為何要詐傷放過我們？」

師妃暄平靜的優美聲音從後傳來道：「皆因妃暄生出憐才之意，這樣說夠坦白了嗎？」

徐子陵啞然失笑，灑然去了。

師妃暄定睛瞧著他孤傲不群的背影，直至沒進林路深處，才收回目光。

寇仲策騎奔出皇城，心中總像多了根刺似的，心情鬱悶，難以排遣。最令他困擾的，是王世充的畏首畏尾，原本是天衣無縫的計劃，卻弄得不湯不水的，教人啼笑皆非。王世充本身乃一等一的高手，在有心防備下，又有他寇仲和徐子陵在旁護駕，在遇刺下佯作受傷，該是輕而易舉的事。沈落雁的武功在他現時眼中雖不算怎樣，可是對她的狡詐多智，寇仲卻是深深顧忌。若非陰差陽錯，加上機緣巧合，恐怕他們兩兄弟早栽在她手上。所以用兵必須如臂使指，否則孫武復生，武侯再世，都成不了事。想到這裏，已轉上天街。

董家酒樓矗立橋頭，與另三座高樓相映成趣。天街人車絡繹不絕，河上則船楫往來，細雨徒添某種難以說出來糾纏不休的氣氛意趣。現在離午時尚有半個時辰。小陵是否能及時趕回來陪他赴會？想到這裏，早過了天津橋，往南門馳去。

寇仲一口氣趕過三輛騾車，又在兩輛馬間穿過，痛快之極。如此在鬧市中策馬奔馳，昔日在揚州時只有羡慕別人的份兒，哪想到自己亦有機會享受這種風光。這時左方行人道上有幾個結伴而行，打著各式彩傘的標緻胡女，正對他行注目禮，秋波拋送。寇仲連忙露出雪白整齊的牙齒，以燦爛的笑容回報，惹得她們更秀目發亮，嬌笑作態。寇仲大感有趣，示威似的快馬加鞭，連過兩名騎士，風馳電掣間，心中忽生警兆。

一道微僅可察的黑影，從右方行人道電射而來，斜斜穿過兩輛奔行的馬車和騾車間的空隙，以驚人的準繩和速度朝他射來。當寇仲察覺是一條長而閃亮的頭髮，它已鑽進馬兒的右鼻孔去。暗算者最高明的地方，是利用兩輛車子作掩飾，待被襲者察覺，已不及應變。若頭髮的目標是寇仲本人的話，他定可及時避過，現在則是馬兒慘遭暗算。

馬兒一聲痛嘶，人立而起，接著往右傾摔。寇仲在隨馬兒一起跌個灰頭土臉前，彈了起來，越過馬車，往暗器來處撲去，心中勃然大怒。街上的交通立時亂作一團，人人奔走側目。馬兒掙扎下又爬起來，此根頭髮擺明是作弄性質，並沒有眞的傷及馬兒。但寇仲正在意氣風發的當兒，更感面目無光。

足尖點在對面車馬道微靠行人道那一邊奔至的另一輛馬車頂上，借力騰升，剛好捕捉到一個優美的女子背影，閃進一道橫街去。此女穿上紅色勁裝，目標明顯。

寇仲猛提眞氣，顧不得驚世駭俗，就在行人的頭上掠上一間雜貨舖的瓦面，追趕敵人。如此當衆失威的事，這些日子來他尙是首次遇上，一口惡氣怎都硬嚥不下去。遠處瓦面動人的紅影一閃而沒，像是誘他追去的樣子。寇仲現在藝高人膽大，明知可能是個陷阱，仍夷然不懼，全速追去。一口氣掠過十多間房舍，奔落一條橫巷，女子倏地出現前方。

寇仲一震停了下來，愕然道：「原來是你！」

赫然是把李靖從素素手上搶了過去的紅拂女。紅拂女不知是否鍾愛紅色，不但手上的拂塵血紅似火，與紅衣互相競艷，烏黑閃亮的秀髮處更插著一朵紅白相間的簪花。配合著她的冰肌玉骨，不但沒有絲毫俗氣，還出奇地顯得冷艷秀氣。

寇仲不知如何，心中的怒火消斂大半，正思忖誰人可穿紅衣比她穿得更好看，紅拂女冷笑道：「這回我使手段引你來此，純是爲了私人間的恩怨，與秦王完全無關，所以你不用擔心會有旁人插手。」

寇仲踏前一步，皺眉道：「我和你之間有甚麼恩怨？」

紅拂女一對動人的美目射出凌厲的神色，語氣卻出奇的平靜，徐徐道：「若非你兩人顚倒黑白，不辨是非，我夫君何須爲你們終日長嗟短嘆，困苦惆悵。大義當前，你們現在若能迷途知返，尙爲時未晚。否則休怪我下下無情。」

寇仲大感頭痛。只看剛才她以秀髮作暗器的手段，足見她名不虛傳。無論內功、手法、眼力均達到頂級高手的境界。寇仲自問便辦不到，而她卻是一擊功成。他並非眞的怕了她，皆因他從沒有在暗器此項上下過功夫。最大的問題是無論他如何痛恨李靖，亦難以狠心下殺手來對付他的美艷的嬌妻，除娼娼外，他對女人都是容易心軟的。在這種情況下，對方是全力出擊，而他則是心有顧忌，自然是大大不利。紅拂女還以爲他在認眞考慮她的忠告，耐心的等候著，哪知他心中想的竟是這麼回事。

好半晌後，寇仲嘆道：「夫人究竟是怎樣遇上李靖的呢？」

紅拂女不悅道：「你先答我剛才的話。」

寇仲頹然道：「我不想和你動手。」

紅拂女玉容轉冷，沉聲道：「你是一意孤行，執迷不悟了。」

寇仲哂道：「這不是執迷不悟，而是人各有志。試問誰不認爲自己所做的乃最正確的事？」

紅拂女雙目閃過殺機，一字一字的緩緩道：「若非看在你們曾是夫君的兄弟份上，我早出手宰了你們。大是大非之下，尙要砌詞狡辯。只是你們盜取和氏璧一事，已是死罪難饒。」

寇仲一點不讓的與她鋒利似劍的目光對視，沉聲道：「今次你來找我，李靖是否知情？」

紅拂女眼中露出痛心的神色，拂塵揚起，嬌叱道：「看招！」

寇仲哈哈一笑，往後飄退。只退半丈，便知自己因無心作戰，致犯了非常嚴重的錯誤。天策府的第一高手，果是非同等閒。

城門在望，徐子陵快馬加鞭，以免因遲到而失約。對俠義豪情的宋魯，他一直保持著崇敬之心，何況他是宋師道的族叔。他從來沒有想過宋師道是這麼情深義重的人。由於出身的關係，他對高門大族的子弟向來沒有甚麼好感，但宋魯和宋師道卻改變了他的想法。宋玉致也是個好女子，可惜……正思索間，十多騎迎面而至，還一字排開，攔著去路。徐子陵連忙勒馬，原來是拓跋玉師兄妹和一眾突厥好手，人人臉色凝重，殺氣騰騰。徐子陵心中叫苦，這時避之已不及，只好策馬迎上。

紅拂女速度之高，身法之美，無不在寇仲意料之外。最頭痛是她手上的紅拂與曼妙的身法配合得天衣無縫，使寇仲根本無從閃躲，而後退只是讓對方得以展開有如長江大河般奔騰而至的凌厲攻勢。一時拂影大盛，旋風般把寇仲捲進狂濤駭浪似的強大攻勢中。

而無心戀戰的寇仲此時已來不及掣出井中月，只能靠雙手應付這紅衣美女排空而至的凌厲硬攻。更糟是她的紅拂可剛可柔，拂隨意轉，長達三尺的拂絲被她控制得像長有眼睛，更賽如靈蛇般專鑽敵手的空檔。連塵拂把手都能刺穴戳脈，無所不用其極，非常凌厲。

甫開始便是一場以快攻快的近身拚搏，使對手沒有喘一口氣的時間。

寇仲則完全陷進捱打的劣局中，只能見招破招，苦待反擊的時機。

「霍！」

拂絲在寇仲的左臂掃了一記，登時衣袖粉碎，現出十多道血痕。還是寇仲知機，在對手這狠辣的一拂戳上胸口之前，憑旋身橫移才堪堪避過要害。

為了抵擋對方不時配以像奇兵突擊般的凌厲腳法，終於被紅拂女水銀瀉地式的拂招覷得可乘之機。十多絲火辣辣的勁氣侵體而入。

寇仲知道若任由如此形勢持續發展下去，自己最終只有伏屍小巷的結局。忙猛提一口眞氣，不但化去對方入侵的氣勁，還聚運全身功力，一掌劈出。在這生死關頭，寇仲把來自《長生訣》與和氏璧的功力發揮致盡。

紅拂女雖穩佔上風，可是寇仲看似平平無奇的一招，卻使她有無從擋卸的感覺。

寇仲這一掌實際上是由一連串動作組合而成，通過無數惑敵的變化，才抵達最終的方位，教她完全無法掌握其突發的掌勢。而所有動作均妙若天成，合成一個不可分割的整體，而且以全身配合，令人感到他把全身的功力和整體心神全投進一掌之內。

最要命是她本想迴拂乘勝掃打他的面門，可是因寇仲這切在空檔間的一掌，卻把她進攻的路線完全封死。

她無可奈何下只能變招迎敵，改而沉腕下戳，以虛實幻變手法相迎。

虛的是擺出挺拂掃往小腹氣穴的姿態；實則是拂絲上揚，掃打對方右手腕脈。

寇仲哈哈一笑，掌勢不變，卻倏地斜移前標，掌尖變成刺往這美女線條優美的粉頸，勁氣嗤嗤。

紅拂女哪想得到寇仲有此反守為攻的應變奇招，雖不服氣，但卻知已被對方看破了自己的拂法，嬌叱一聲，收回麈拂，底下閃電的踢出五腳。

寇仲直到此刻首次找到反擊的機會，一聲長笑，一個倒翻到了紅拂女頭頂上，雙掌下按，不著半點痕跡便避過了此姝使他自愧不如的腳法，避強攻弱。

螺旋勁帶出的狂飆，像一股龍捲風暴般把紅拂女籠罩其下。

紅拂女冷哼一聲，麈拂揚起，同時抽打寇仲正迎頭下壓的雙掌掌心處。

「蓬！」

勁氣交擊。

紅拂女嬌軀劇震，寇仲已在大笑聲中，騰空而去，叫道：「嫂子果然厲害，小弟自愧不如，唯有逃命去也。」

橫空而去，消沒不見。

紅拂女氣得猛一跺腳，偏又知道追之不及。可是給他叫了聲嫂子，終想到他一直沒有拔刀，心中對他的惡感不由消減了幾分。至此方明白夫君李靖爲何如此重視與他們兩人的兄弟情義。

拓跋玉拍馬趨前，來到徐子陵馬側，苦笑道：「徐兄和寇兄實是在下抵達中原後最看重的人物，豪爽而有情義，本意一心結交，豈知最後卻鬧至如此地步，教人惋惜。」

徐子陵暗裏鬆一口氣，他本以爲對方會動手，但聽他口氣顯無此意。點頭道：「人生總難事事稱心遂意。不過縱使彼此立場不同，但我徐子陵仍當拓跋兄是朋友，答應過的事更不會反悔。」

拓跋玉當然知他指的是借《長生訣》一事，欣然道：「我從沒想過徐兄會悔約，因爲你根本不是那種人。」接著壓低聲音道：「我說出來你或許不會相信，突利可汗其實對你們非常欣賞，只不過礙於有跋鋒寒這小子夾在其中，以致難以論交。現在跋鋒寒已去，大家該可以坐下來談談了。」

徐子陵先是愕然，旋即想到突厥的意欲是中原愈亂愈好。而寇仲明顯是一個亂源和破壞均勢的高手，登時明白突利示好的另有用心。

岔開話題道：「拓跋兄的消息眞靈通，我們剛送走鋒寒兄，你們立即啣尾追上來了。」

拓跋玉冷哼道：「若連這點能耐都沒有，怎樣回去向師尊交待。」接著嘆道：「眞教人難以相信，每次再見到這小子，他的功力都精進一層，現在曲傲也敗在他手上。我只想問一句，他是否也在與曲傲一戰中受了嚴重內傷呢？唉！我實在不該作此詢問。」

徐子陵對這陰陽怪氣的突厥年輕高手更生好感，苦笑道：「教我怎樣答你呢？」

拓跋玉精神大振道：「你已告訴我答案了。坦白說，若他沒有受傷，我們縱使追上他亦難以拿他怎樣，現在則似可盡盡心力。」

徐子陵尚未有機會回話，那邊的淳于薇不耐煩地揮著馬鞭嬌呼道：「師兄啊！輪到人家說話了嗎？」

寇仲從屋頂躍下橫巷，轉往天街，左臂中塵拂處雖止了血，但整條左臂仍是陣陣麻痛，傷口則是一片火辣。對紅拂女那使得出神入化的塵拂，實是猶有餘悸。救他小命的是悟自傅君瑜的「奕劍術」。在紅拂女那使他眼花撩亂的拂法下，他根本擋格得非常吃力，更遑論預估其出手的後著與路線。可是當他中拂的剎那，她的拂法反出現一絲令他重振旗鼓的空隙，搶回少許主動之勢。那是一閃即逝的時機，卻給他準確地把握，並盡其全力運掌一擊，不但扭轉了形勢，更搶回主動，故能施出奕劍術的手法。那確等如下棋，使出一著令對方不能不應的妙著，從而拿捏到對手的「應子」。對奕劍法的認識，他又深進一層。

此時他隨著人流走過天津橋，來到董家酒樓的院門前，正要入去，後面有人叫道：「寇兄請留步！」

淳于薇俏臉微紅的道：「自昨晚開始，我開始有點喜歡你了。」

在馬背上凝神細聽的徐子陵嚇了一跳道：「甚麼？」

幸好拓跋玉已回到遠在五丈外的突厥騎士陣中，否則給他聽到才叫尷尬。此女煞有介事的要和自己說話，哪想得到說的是這種話。

淳于薇對他的反應顯然不大滿意，嘟長小嘴道：「有甚麼稀奇的，人家最喜歡精靈透頂的男人，不用像呆頭鵝般被人左哄右騙。只因你不似寇仲般擺出個狡狡猾猾之相，所以人家沒曾注意你而已。」接著「嘻」的露出雪白整齊的可愛貝齒，眼中射出迷醉神色，柔聲道：「哪知道原來你的狡猾是藏在肚裏面的，使得我們只能眼睜睜的瞧著你們從容溜掉。」

徐子陵既啼笑皆非，又大感頭痛，苦笑道：「我只是爲求生存而想辦法脫身罷了！怎可以用狡猾來形容我，你不喜歡寇仲了嗎？」

淳于薇橫他一眼道：「兩個我都喜歡，唉！人家要走了，你不向人說兩句親熱話兒嗎？你會否到突厥來找人家呢？」

徐子陵狼狽答道：「照我看你是找錯對象。若我眞夠狡猾，現在就懂得該怎樣哄你。可惜我卻是招架不來。你有沒有甚麼話兒要我轉告寇仲的。追人急如救火，姑娘似不應爲我這呆頭鵝延誤時機。」

淳于薇不但不大發嬌嗔，反喜孜孜的雀躍道：「這番話說得眞好。有本事的男人總愛不把女人放在眼內。遲些人家將會回來找你們。唉！事實上跋小子也不錯，他若沒有殺大師兄，該有多好呢！」

徐子陵大生好感，這天眞多情的小姑娘最可愛的地方是率直坦白，熱中追求人生美好的一面。

淳于薇甜甜一笑，又特別壓低聲音道：「告訴寇仲要小心突利，他是個既奸又狡的陰謀家。師尊一向不歡喜他。于薇要走了！嘻！很少樣貌好看的男人能像你和寇仲般還那麼有英雄氣概的。」

徐子陵正擔心會遲到，聞言如獲皇恩大赦般，道聲珍重，拍馬去了。

寇仲回頭瞧去，赫然是突利和一眾突厥高手，正甩蹬下馬。

突利讓手下牽馬，像老朋友般來到寇仲身旁，微笑道：「寇兄若只是自己一個，不如一起吃頓便飯，我約好世民兄在此見面的。」

寇仲與他並肩朝酒樓的台階走去，故作欣然道：「可汗的好意心領了。先不說我確是有約在身；由於昨晚我剛和世民兄鬧翻，現在同席吃飯說不定會影響他的胃口，哈！以後總有機會的。」

心中暗自奇怪，怎麼算突利跟他也是敵非友，爲何竟會如此和顏悅色。以突利這種心高氣傲、自恃身分的突厥王族，肯如此低聲下氣，想來必有所圖。

突利停下步來，低聲問道：「跋鋒寒是否走了？」

寇仲隨他立定，訝道：「可汗到洛陽沒多少天？耳目卻這般靈通。」

一眾突厥高手環立四周，擺出阻擋旁人走到兩人置身處的陣勢，累得要入酒樓的客人須多繞步路，行藏頗爲霸道。

突利笑道：「實不相瞞，像洛陽這種天下重鎮，怎可沒有我們的耳目。何況寇兄三人故意張揚，公然策馬出關。假若我們仍茫然不知，還用來中原混嗎？」

寇仲微笑道：「可汗既能看穿我們故意張揚其事，當知跋兄是另有妙法，不怕被人跟蹤了！」

突利雙目殺機一現即逝，從容道：「跋鋒寒可以避過任何人，卻絕避不開芭黛兒。一來因她熟知跋鋒寒的所有伎倆，其次是她精通追蹤術，故跋鋒寒的如意算盤肯定打不響。」

寇仲笑道：「即使追上又怎樣呢？」

突利灑然笑道：「我們這麼說下去，定要再次針鋒相對。坦白說，我對寇兄的行事作風非常欣賞，希望大家化敵為友。至乎看看彼此有否合作的可能性，那對雙方均有利無害。」

寇仲淡然應道：「可汗這麼看得起小弟，實令我受寵若驚。日後有機會盡可把酒詳談，想想有甚麼能令雙方皆可獲利的大計。」

突利欣然道：「寇兄果是識時務與形勢的人，將來必大有可為。時機成熟時，我自會專誠拜訪。」

寇仲乘機告辭登樓。但心中仍在盤算和揣測突利可圈可點的「時機成熟」這句話。

徐子陵隨在一群約有七、八騎的大隊之後進入董家酒樓寬敞的外院，入門後才看清楚其中一人赫然是李世民，卻不見李靖或紅拂女。此時避無可避，唯有希望李世民看不到他。豈知李世民一行人似乎人人同時生出警覺，朝他瞧來。

徐子陵硬著頭皮道：「竟然這麼巧，世民兄亦是到這裏來。」

李世民露出一個略帶驚喜的笑容，趨上來道：「正要找子陵兄詳談，想不到在這裏遇上。」

他的手下人人臉含笑意，沒有半絲劍拔弩張的味兒。但徐子陵卻感到他們的目光在找尋自己的破綻和弱點，無有遺漏。

李世民欣然道：「讓小弟爲子陵兄引見，這位是尉遲敬德兄，不但精通兵法，且擅使長矛鋼鞭，名震江淮。」

年約二十五、六的尉遲敬德踏前一步，拱手爲禮。乍看下此人的體格既不高大也不魁梧，故而並不十分引人注目。可是卻能予徐子陵入目即深刻難忘的感覺，原因是他穩立如山的氣度，自帶一股殺氣騰騰的迫人氣勢，顯示出非凡的功力和氣質。而且信心十足，乃是能於千軍萬馬中視敵人如無物的猛將。他的面容有種樸拙厚重的味道，但雙目精靈閃爍，使人知他絕非可以輕易相欺的人物。

徐子陵打量他時，他亦還以注目禮，微笑道：「相信很快可以向徐兄討教來自《長生訣》的超凡絕技了！」

徐子陵當然明白他說話背後的含意，微笑不語。

另一人踏前一步自我介紹道：「在下龐玉，見過徐兄。」

徐子陵頓時眼前一亮。此人長得高大漂亮，更難得是體型勻稱，沒有任何可被挑剔之處。且風采明朗，給人舉止文雅，擅於詞令但又不會多作廢言的印象。

這兩人都是李世民天策府的中堅人物，更是他和寇仲的勁敵。

立在龐玉後側是個表面看來文質彬彬的儒服書生，白皙清秀的臉上常掛著一絲似是胸有成竹的笑意，說起話來則慢條斯理的，一副好整以暇的神態。

當李世民介紹這人就是長孫無忌，徐子陵記起此人和尉遲敬德都是寇仲特別提過的人，不由心中暗懍。

尉遲敬德不怒自威的霸氣、龐玉的英挺瀟灑和長孫無忌的深不可測，均使他生出警惕之心。

接著其餘兩人分別是史萬寶和劉德威，均是達至精氣內蘊的高手。只是這五名手下，已可略窺李世民驚人的實力。

介紹過後，李世民親熱地挽著徐子陵的臂彎趨往一旁，低聲道：「昨晚小弟與李靖先生竟夜詳談……」

聽到李靖之名，徐子陵頓時按捺不住，截斷他道：「人各有志，不能相強，世民兄莫要看寇仲平時一副玩世不恭的神態，事實上卻極有主見，立定的決心絕不會因別人而動搖的。」

李世民放開他的手彎，灑然笑道：「如此小弟可省回很多說話。將來如有得罪之處，子陵兄勿要見怪，小弟亦是逼不得已。」

深深望了徐子陵充滿感情的一眼，斷然揮手，含笑領著一衆天策府的高手自行入樓去了。

徐子陵暗嘆一口氣，知道他已錯過了最後一個與李世民修好的機會。自這刻開始，李世民將會成爲他們最可怕的大敵。

第四章

董家酒樓

黃易 作品集

第四章　董家酒樓

長著一把美髯的「銀鬚」宋魯風采如昔，而與他形影不離的柳菁也出落得更迷人，像顆隨時可滴出醉人汁液的蜜桃。宋魯訂的廂房位於董家酒樓頂層的南端，與南翼其他廂房以一個小廳分隔開來，益顯出宋閥在洛陽的聲望和地位。通道由五、六個宋閥的年輕高手把守，他們見到寇仲，神態恭敬不在話下，骨子裏亦透出心悅誠服的崇慕意味。事實上寇仲和徐子陵從無名小卒闖出名堂，成了天下有數的英雄人物，早是武林年輕一輩的欣羨目標，比之那些含著銀匙出世的門閥子弟，更使人覺得難能可貴。

寇仲不擺半點架子，有禮而親切地和把門的宋家高手打過招呼，在他們引領下進入廂房。原可擺設十桌酒席的南廂只在臨窗擺著一席，窗外是橫過洛陽南北，舟船往來不絕的洛河，若坐在靠窗的椅子，探頭下望便是有洛陽第一橋之稱的天津橋。

寇仲跨過門檻，一名五十來歲，胖嘟嘟，滿身珠光寶氣，似個大商賈模樣的男子，正立在宋魯身旁喁喁細語。柳菁則小鳥依人般在另一邊半挨在宋魯身上，側耳細聽兩人說話，間中發出銀鈴般的嬌笑聲。宋玉致背門而坐，秀髮似乎經過悉心梳理，宮髻雲鬟，自有一種高貴秀麗的動人韻味。

柳菁瞥見寇仲，美目亮了起來，嬌笑道：「小仲來哩！竟長得這麼高大。」宋魯目光落在寇仲身上，站起來呵呵笑道：「士別三日，刮目相看，想不到我宋魯一向自負目光過人，亦對兩位看走眼。」

那一身俗氣的大胖子眉開眼笑的施禮道：「寇爺肯賞面光臨，乃我董家酒樓榮幸。」

這麼一說，寇仲才知此人是董家酒樓的老闆。

宋玉致文風不動，也沒有回頭瞧他或與他打招呼。

宋魯離座迎上寇仲，伸手握起他兩手，雙目電芒爍閃，同時透出深刻的情懷，嘆道：「自當年一別，隨即得聞君婥的噩耗，人生無常，令人難以排遣。幸好你兩人終不負君婥的期望，想她在天之靈，定感安慰。」

被他勾起心事，寇仲像變回當日在船上那不懂事的孩子，一對虎目紅起來，只懂抓住宋魯溫熱柔軟的手，不懂說話。

坐著的柳菁微嗔道：「今天只准說高興的話，小仲快罰你魯叔一杯。」

董老闆拉開在宋魯座位旁的椅子，笑道：「仲爺坐下先喝口熱茶再說，徐爺不是和你一道來嗎？」

宋魯想起未爲兩人引見，摟著寇仲肩頭朝座位走去，道：「董方是董家酒樓的大老闆，在洛陽無人不識，也是我宋魯三十多年的老朋友，都是自己人，不用客氣。」

寇仲連忙施禮，道：「小陵他隨後便來。」

坐好後，柳菁笑道：「董老不是想練站功吧？爲何不肯坐下？」

雙方顯是非常親熱，董老闆笑道：「爲了賺兩頓飯餬口，我是天生的辛苦命。今天不知刮的甚麼風，三個廂廳都給不能不打個招呼的貴客訂了。唉！夫人該知道我坐下來便再不願起身的。」

衆人聽他語帶自嘲，說得有趣，都笑起來。連緊繃著俏臉的宋玉致亦綻出一絲笑容，但仍不肯迎上寇仲向她灼灼而視的目光。

寇仲笑道：「董老闆真風趣，只不知李世民小子訂的是那一個廂廳呢？」

宋魯顯是知悉他和李世民關係轉劣，沉聲道：「你剛才沒撞見他嗎？」

寇仲淡然道：「我撞到的是突利，李小子約了他在這裏共進午膳。」

董方有點尷尬的道：「秦王本想訂這個廳子的，因可俯瞰天津橋一帶的美景，但我早預留給魯兄，當然不能答應他。」

柳菁擺出一個嬌媚可人的猜估神態道：「那他該是移師西廳，那裏也可看到部分天津橋和朝西苑方向流去的洛河景致。」

董方嘆道：「西廳也給人搶先一步訂了，所以秦王只能屈就東廳，尚幸那裏雖看不到天津橋，仍有洛河東段的景色可供觀賞。」

宋魯呵呵笑道：「誰人如此有面子？照我所知，董老闆是爲了怕來自各地的貴人臨時訂不到最高層的廂廳，寧可空著也不願隨便給人預訂了呢。」

這回宋玉致也露出注意的神色。

寇仲別頭瞧往窗外，洛河兩岸的壯麗景觀盡收眼底。耳內傳來董方的說話聲道：「魯兄確是小弟肚內的蛔蟲，我一向抱著廣交天下英雄豪傑的心意，故哪一方都不想開罪。」

柳菁發出一陣銀鈴般的笑聲道：「那麼誰做皇帝，我們的董老闆仍可大做生意了。」

董方和宋魯呵呵大笑，宋玉致微嗔道：「董叔尚未交代究竟誰要了西廳哩！」

董方答道：「訂的人是我們洛陽首富榮鳳祥大老闆，他要招呼的客人是『知世郎』王薄和來自吐谷渾的王子伏騫，你說我敢否要他們換廳子呢？」

寇仲聞言，一震回過頭來道：「這下有好戲看了。」

徐子陵在一名知客的殷勤帶領下，拾級登樓。

知客介紹道：「宋爺訂的南廳在頂樓的四廳十二房中首屈一指，名聞全市。」

徐子陵正要敷衍兩句，後面有人悄喚他的名字，愕然轉頭，赫然是久違了的美人兒師傅雲玉真。

徐子陵忙支走知客，待巧笑倩兮的雲玉真來到身旁，欣然笑道：「又會這麼巧的？」

雲玉真探出玉手挽著他臂彎，親切地道：「你是愈長愈俊，寇仲卻是愈大愈壞。你兩人若可作點交換就好了！寇仲有沒有告訴你曾見到爲師呢？」

此時已踏足頂層，雲玉眞領著他來到西廳外一個廂房門前旁，停步湊在他耳邊低聲道：「師傅有個重要的消息告訴你：王薄已與宇文化及秘密結盟，現在更全力拉攏伏騫，希望能借助吐谷渾這新興的力量來打天下。」

徐子陵本因雲玉眞太過分的熱情而劍眉緊鎖，尤其是給她如蘭的呵氣直鑽進耳鼓內，既富挑逗性又癢得怪難受的。不過聽得最後兩句，登時渾忘一切，虎目神光閃閃道：「果有此事？」

雲玉眞香唇若有意無意，又似情不自禁的在他耳珠揩了一記，柔情似水的道：「師傅就算要騙任何人，都捨不得騙子陵你。不過伏騫此人城府極深，這次到中原來主要是了解形勢，絕不會輕率地靠往任何一方的。」

徐子陵忍不住把頭挪開少許。在不足三寸的近距離瞧著雲玉眞的俏臉道：「師傅你不是剛抵洛陽嗎？究竟是從何處得知這麼多秘密訊息？」

雲玉眞正要答話，一把柔和悅耳的男聲從廂房內透門傳出來道：「玉眞！你與誰在說話？還不快來。」

徐子陵立即認出是「多情公子」侯希白的聲音，雲玉眞的俏臉飛紅，尷尬應道：「來了！」接著迅快地在徐子陵猝不及防下香了他臉頰一口，說道：「遲些再來找你們。」言罷推門進房。

徐子陵呆了半晌，朝南廳走去。

待董方去了招呼其他貴賓，南廳只剩下四人的時候，寇仲道：「對榮鳳祥這個人，魯叔有多少認識呢？」

宋玉致終於正眼瞧往寇仲，冷然自若的道：「榮鳳祥本身來歷神秘，雖從沒有人見過他出手，但亦沒有人不認爲他武功高強。兼之他爲人圓滑，故在黑白兩道很吃得開。你似乎很在意他呢？」

柳菁橫了寇仲一眼嬌聲責道：「小仲你究竟在甚麼方面開罪了致致，累得我們都要捱受她的冷言冷語。」

宋玉致嗔道：「菁姨！」

宋魯呵呵笑道：「女兒家愛使性子鬧玩兒，如此才見情趣。對了！榮鳳祥跟今天是否有好戲看，兩者爲何會扯上關係？」

寇仲先向嘟長嘴兒、鼓著香腮的宋玉致笑嘻嘻的作揖賠罪，見她仍故意不瞧自己，才朝宋魯和對他大力匡助的柳菁道：「榮鳳祥這傢伙該和李小子有點關係，這次在此宴請伏騫和王薄亦非像表面般簡單。只看李小子訂廂廳的時間緊接在榮鳳祥之後，不難看出李世民和突利兩個小子是衝著伏騫、王薄而來。」

柳菁「噗哧」嬌笑道：「小仲仍是童心未泯，甚麼小傢伙大小子的，想笑死人家麼？」

宋魯點頭道：「這麼說，李世民和突利的目標該是伏騫，此人在中原尚未有根基，所以倘能折辱他一番，他只有黯然而退的結局。」

此時徐子陵進來了，宋魯欣然把他迎進席位，坐在宋玉致和柳菁之間，與寇仲對席而坐。

柳菁有點愛不釋眼地打量徐子陵，媚態橫生的道：「小陵的樣子變得比小仲更厲害，清秀中透出挺拔不群的英雄氣概，誰家女子能不為你傾心呢？」

徐子陵對她騷媚入骨的神態湧起熟悉和親切的溫馨感覺，更勾起對傅君婥逝者如夢的傷情回憶！想起滄海桑田，人事更替，當年聚首長江巨舟上的一幕，像剛發生不久的事，不由應道：「菁姨亦是美艷更勝從前呢。」

柳菁被哄得眉花眼笑，宋魯欣然道：「這種動聽逗人的話，竟是從小陵之口說出來，真教人難以相信。可知乃是有感而發。」

宋玉致盯了寇仲一眼，似在表示若說話的人是寇仲，就全不可信了。

寇仲以苦笑回報宋玉致像會說話的眼睛，問徐子陵道：「你滾到哪裏去了？竟敢遲到。」

徐子陵若無其事的聳肩道：「有甚麼地方好去，只不過是到淨念禪院打了個轉，跟師妃暄說了幾句話兒，哈！為甚麼要那樣瞪著我？」

事實上其他三人的瞳孔都隨著他的說話不住擴大，一臉難以置信的神色。

寇仲失聲道：「你是否把事情全招了出來呢？」

徐子陵瀟灑地攤手道：「醜媳婦終須見公婆，把事情拖著於你我有甚麼好處？」

寇仲大惑不解，仔細打量他道：「你現在是否表面看來雖似好人一個，其實卻是受了嚴重內傷，隨時會倒地暴斃？」

宋魯和柳菁起哄大笑，宋玉致亦玉容解凍，垂首偷笑，那種忍不住被逗笑了的嬌憨神態，出現在這倔強驕傲的豪閥貴女臉上，尤爲動人。

柳菁笑罵道：「去你的，這麼不吉利的話也說得出來。」

徐子陵忍俊不住，氣道：「所以常說你是以小人之心去度人家君子之腹，方外人豈會動輒講打喊殺。那純是王薄從中弄鬼，剛才我碰到雲幫主，證實王薄眞的靠攏了我們的大仇人宇文化及，故……」

寇仲對王薄的事不露絲毫興趣，截斷他道：「師妃暄有甚麼話說？有沒有恐嚇你？」

徐子陵失笑道：「你這小人之心的習慣何時能改掉？人家修的是禪法，專講因果機緣，豈同我們這兩個俗人般有仇必報。唉！眞恨不得能立即去把宇文化及的臭頭割下來送酒。」

宋魯道：「恩怨分明有甚麼不好？佛門也有除妖降魔的說法。宇文化及這種人若當上皇帝，爲害處不下於楊廣。對了！了空怎會那麼輕易讓你見到師妃暄的？」

徐子陵道：「我本也以爲見不到師妃暄，已準備離開，誰知師妃暄卻親身來會。」

柳菁訝道：「難道她看上你了？」

寇仲拍檯道：「這正是我要說的話。」

徐子陵苦笑道：「這想法只能是自作多情。師妃暄是個帶髮修行的方外人，關心的唯有是萬民的福祉。」

宋玉致不解道：「但她仍沒理由肯放過你的？是否你把和氏璧還了給她呢？」

寇仲乘機瞧著她道：「和氏璧已給我們當飯般吃了，何來寶璧還給她？」

宋玉致終和他四目交投，沒好氣地道：「沒有一句是正經的，不跟你說。」

寇仲呼冤道：「我寇仲若有一字虛言，罰我這一世也得不到三小姐的青睞，不信可問你認為老實可靠的陵小子。」

宋玉致立時霞燒玉頰，氣得差點賞寇仲一記大耳光。

宋魯打圓場道：「小陵不妨來說說這是怎麼一回事。」

徐子陵扼要地解釋一遍，此時正酒菜羅列，衆人停止說話。

待夥計去後，宋魯嘆道：「異寶果然是異寶，竟會有此情況出現，教人意想難及。」

柳菁羨慕地道：「你兩個幸運的小子。」

寇仲殷勤地為各人添酒，到宋玉致時，這美女按著酒杯，冷然道：「今天我不喝酒。」

寇仲碰了一鼻子灰，正想改替她斟茶，宋玉致另一手提起茶壺，有點苦忍著笑的道：「我自己來，不用勞煩你的貴手。」

寇仲知她只是「虛有其表」，大樂含笑坐回椅子裏，還故作輕鬆的挨到椅背伸了個如釋重負的懶腰。宋玉致只好「回復原狀」，不再理他。

宋魯分析道：「名傳千古的和氏璧既已報銷，而你們又是陰癸派的大敵，那師妃暄放開此事，乃明智之舉。」

寇仲問道：「現時南方形勢如何呢？」

柳菁蹙起黛眉道：「你還敢問我們？把南方搞得天翻地覆後，你兩個一走了之，留下個爛攤子要人家去收拾。」

宋魯插入道：「幸好這爛攤子對我們有利無害。不過美中不足處是沈法興和杜伏威都因林士宏被削弱實力而坐大，直接威脅到我們嶺南宋家和巴陵幫的聯盟。」

寇仲興趣盎然的道：「老蕭近況又是如何呢？」

宋魯苦笑道：「這是另一件頭痛的事。自鐵騎會煙消雲散後，他全力經略南方，土地幅員大增，兵力增至四十萬，現時對我們雖仍是客客氣氣，但誰都不知他明天會不會變卦。」

寇仲冷哼道：「爭霸天下，始終要看能否控制關外這片土地。我竹花幫的兄弟又如何了？」

宋魯想了想才道：「此事致致會比較清楚一點。」

宋玉致白他一眼道：「你眞是關心你的兄弟，還是怕竹花幫從你的手心又飛走呢？」

寇仲笑嘻嘻道：「若我仍是在揚州和小陵玩石子泥沙的年代，關心的當然只會是朋友。不過現在人長大了，自然要爲自己的事業和將來著想，而朋友則是事業一個構成的主要部分，這麼說夠坦白了嗎？」

宋玉致深深看了他兩眼，有點無奈地道：「你的兒時玩伴桂錫良已成了竹花幫新幫主邵令周的快婿，手掌實權，滿意了吧！」

寇仲和徐子陵對視一眼，同覺愕然。

柳菁笑道：「還不多謝致致，她在此事上爲你用了很多力氣哩！」

寇仲尚未有機會說話，頂層不知何處傳來「轟隆」的一聲巨響，接著是伏騫的長笑聲道：「如此功夫，竟敢在本人面前班門弄斧，確是可笑之極。」

寇仲大喜道：「好戲終於上演了。我們究竟該留在這裏吃東西，還是去湊熱鬧呢？」

話尚未完，柳菁首先離座而起，嗔道：「還用多想嗎？」

董家酒樓有樓梯分於東南角和西北角貫通底下三層，而通往頂層的樓梯卻設在正中的位置，須經過第三層的走道始可由此登上四樓。梯井圍以雕花木欄杆，四周是個廣闊達三丈的空間，連接起通往各廳房的廊道，感覺上既有氣勢亦見通爽。當寇仲等從南廊擁到梯井，四條廊道外均擠滿人，李世民、突利和一眾手下打橫排開在北廊之外，人人虎視眈眈正卓立於欄杆旁負手俯視梯井下層盡處的伏騫。邢漠飛、王薄和一眾吐谷渾高手則散布在伏騫身後丈許處，都是臉露冷笑，頗有劍拔弩張的味兒，針對的應是李世民和突利的一方。東廊處看熱鬧的人群中，寇仲等認得的有「多情公子」侯希白和雲玉眞，其他的該只是適逢其會的客人。

寇仲等循伏騫目光下望，可見一人正伏身在兩層中間的階台上，動也不動，生死未卜，觀其服飾，該是隨突利而來的突厥高手。

寇仲湊到宋玉致小耳旁低聲道：「好致致，那個是否榮鳳祥呢？」

宋玉致秀眉輕蹙，似是有點受不住他帶點刻意的親熱，但卻沒有挪開，皆因另一邊已緊靠柳菁，微一點頭，算是回答。

寇仲指的是立在王薄身旁一個保養得很好的中年男子，臉瘦身高長得頗像王薄，但神情嚴肅，一副難得露出笑容的樣子，卻能予人冷靜自若的感覺。他的目光銳利，鼻子高挺而直，嘴巴在比例上大了少許，額角高隆，確有大老闆的格局。

此時所有人的目光全集中到伏騫身上，此君卻無絲毫不自在的神態，嘴角露出一絲難以覺察的蔑視神色，冷然道：「突利你若要動手，何須遣手下先來送死？」

李世民踏前一步，淡淡道：「勝敗乃兵家常事，請問伏兄慕鐵雄生死如何？其他一切可遲一步再說。」

伏騫訝然朝李世民瞧去，眼中掠過驚異警惕的神色，皺眉道：「閣下何人？爲何要代突利發言？」

突利冷哼道：「伏騫你連威震天下的秦王李世民都有眼不識泰山，卻仍到中原來淌這渾水，小弟也要爲你抹一把冷汗。」

衆人雖仍未清楚伏騫爲何會在此與「悍獅」慕鐵雄打鬥，但看突利現在的語態，均猜到是突利遣慕鐵雄故意挑撥生事，而慘遭「教訓」。至於突利爲何如此不智，則除當事者外其他人都大惑不解。

伏騫發出一陣長笑，道：「久聞秦王之名，今日在此得見，果是人中之龍，伏騫有禮了。」

他無論談笑舉止，均有種睥睨天下的豪雄氣概，懾人之極。最難得是他滿臉虬髯，相格粗豪，仍能令人感到他思慮精到細密，沒有獷漢粗心疏忽的缺點。

李世民含笑回禮，泱泱大度地謙虛答道：「伏兄過獎，世民愧不敢當，假若伏兄不反對，世民要派人去看視慕將軍的情況。」

伏騫哂然笑道：「不必多此一舉。慕兄躺一會該可自行起身。世民兄勿要怪小弟對這些下人狠施辣手，非是如此，亦難以把各位引出來。」

接著環目一掃，當眼光來到寇仲等人處，竟微笑頷首爲禮，神態從容不迫，極有風度。

王薄於此時插入道：「請容王某說句公道話，慕將軍攔路之舉，已屬無禮，還公然辱及王子及族人，王子出手，合乎情理。」

突利點頭道：「勝者爲王，敗者爲寇，所謂合乎情理，大抵如是。但王老當知中原現時形勢，實沒有甚麼情理可言，伏王子既敢率衆東來，自然知道現在並非遊山玩水的好時機。」

董方此時不知從哪裏鑽出來，道：「各位有話好說，能否給老朽一點薄面！」

他話尚未已，榮鳳祥介入道：「董老闆可知此事非只一般江湖爭鬥，貴樓有任何損失，一概由榮某人負責。」

此人說起話來霸氣十足，不留半點予人辯說的餘地。

董方乃圓滑至極的人，哪還敢多言干涉，求助地瞥了宋魯一眼，口上卻道：「有榮老闆的一句話便夠。就算把敝樓拆了，我董方也可重建另一座。」

他的語氣卑中顯亢，顯是不滿榮鳳祥大石壓死蟹的氣勢。宋魯排衆而出，寇仲、徐子陵、宋玉致和柳菁自然緊隨其後，登時惹起一陣混亂。待宋魯來到南廊人堆的最外圍處，這位宋閥的元老高手發出一陣含蘊內勁的震耳長笑，把所有人的目光都吸引到他身上。

宋魯這才抱拳道：「在下嶺南宋魯，有些許愚見，望爲各位接納。」

先不說他剛才憑笑聲顯露的深厚功力，又或他「銀龍」宋魯的威望，僅憑寇仲和徐子陵這兩顆像彗星般崛起於武林的新貴陪侍在側，已使他的話擲地有聲，教人不敢忽視。

伏騫的目光掃過他們，落在宋玉致身上時倏地亮起清晰無比的讚賞神色，最後回到宋魯處，欣然道：「宋老譽滿天下，乃眞正俠義中人，伏某當然要聽命。」

當他的目光凝定在宋玉致如花玉容上時，在她旁的寇仲感到她外表雖然沒有甚麼，但心跳脈搏都生出加速的反應，心中不由泛起苦澀的味兒。知道宋玉致對這來自吐谷渾的皇族高手，非是能毫不在意。

宋魯雙目電芒爍閃，掃過李世民、突利等人，轉到榮鳳祥處，微笑道：「榮老闆請勿見怪，我們這些慣走江湖的人，自愛暢意恩仇，只求痛快。但董老闆曾爲這樓子下過一番心血，若在這裏動手始終有煮鶴焚琴，大殺風景之感，我們何不移師樓下廣場，再作計較？」

只聽他這番說話，便知他並不賣榮鳳祥的面子，但又教對方難以反駁。

榮鳳祥出奇地沒有動氣，只淡淡道：「宋兄教訓得好。小弟怎會有意見呢？」

寇仲和徐子陵卻是心中暗懍，此人能屈能伸，說話大方得體，確是個人物。

伏騫欣然笑道：「在何處動手都沒有問題，就算在這裏，伏騫也可保證能不損片木塊瓦，但對手的情況如何，就非我可控制。」

衆人一陣起哄，這等於伏騫自我限制了出手的方式。

一聲長笑，來自李世民的陣營中，只見英偉挺拔的龐玉大步走出，微笑道：「伏王子此言，惹得龐玉心癢難熬，忍不住要領教高明。不如我們訂下規則，誰若失手損毀任何物件，便算輸了如何？」

若龐玉是來自突利的一方，衆人絕不會有絲毫奇怪。皆因突厥近年聲勢日盛，實行對四鄰侵略的擴張國策，故一向與吐谷渾結有深仇。但出言者竟是李世民天策府的一級高手，便讓人感覺事情並非是一般爭執那麼簡單，而是牽涉到爭霸天下的大業。

吐谷渾一方高手立時躍躍欲試，欲替伏騫出戰，卻給伏騫打手勢阻止，銅鈴般的巨目透出笑意，朝李世民道：「若龐兄一時失手，敗給在下，秦王是否親自下場？」

旁觀者立時止哄，變得鴉雀無聲，看李世民如何應付伏騫的挑戰。

李世民雙目寒芒閃閃，銳利如刀刃的眼神與伏騫毫不相讓地對視了令人心弦緊扯的片晌後，啞然失笑道：「王子果是豪氣逼人，既是如此，不如小弟和王子先玩一場，免得給旁人說我李世民使的是車輪戰術。」

連寇仲也對李世民的膽色風度深為傾倒。

這才是眞正的英雄好漢。要知從沒有人見過伏騫出手，不過只看他敢挑戰曲傲，「悍獅」慕鐵雄則仍躺在梯階之間，便知此人絕不好惹。李世民敢親身犯險，與高深莫測的伏騫交手，豈是儒夫敢為的事。

旁觀者采聲四起，顯都為李世民心折。善玩言語手段的突利竟沒有插嘴，一派坐山觀虎鬥的曖昧神態。李世民一方的尉遲敬德等人，卻沒有露出絲毫不安之色，似是對李世民信心十足。

伏騫頷首讚許，負手從容道：「秦王不必有此顧慮，本人自創的『伏養氣功』，專講潛藏生息之法，一人十人都不會有多大分別，若與龐兄一戰僥倖勝出，反有熱身作用，佔便宜的實是小弟而非世民兄。」

這番說話出口，立時惹來一陣嘩然。表面聽是謙虛非常，骨子裏卻是傲氣凌人，隱有不可一世的豪氣。

龐玉哈哈一笑，踏前三步，離伏騫只有丈許距離，施禮道：「王子既有此豪語，請恕龐玉大膽冒犯，請王子賜教。」

這天策府的高手長得如玉樹臨風，鋒芒四射，予人好感。

李世民笑道：「既是如此，世民自樂得在旁欣賞！」

大局已定，伏騫與龐玉一戰勢在必行。

突利此時長笑道：「如確有機緣，下一場秦王可否讓給我這對王子心儀已久的仰慕者？」此著登時爲手下被辱的突利挽回所有顏面。

誰都想不到董家酒樓頂層的梯井處，突然間會成爲各方領袖爭霸決勝的場所。假若伏騫或突利任何一方敗北，勢將聲勢大挫，動輒還有難以全身而退的慘淡收場。

就在李世民和伏騫尙未作出反應的一刻，寇仲大笑道：「眞有意思，既然如此，王子可否把與秦王的一場比拚讓與小弟呢？」

徐子陵心中劇震，知道寇仲下了決心，絕不讓李世民生離此地。而李世民亦很難拒絕寇仲的挑戰。李世民方面的高手人人臉色微變，目光齊集中到寇仲身上，顯是對他甚爲忌憚。宋玉致亦芳心顫震，正是寇仲這天不怕地不怕的英雄氣概，令她對他既愛且恨，六神無主。由刺殺「青蛟」任少名開始，直至在老虎頭上動土的盜取和氏璧，他表現的正是這種無畏的精神。

「咦！」一把女子的聲音從下面傳上來，接著有人道：「慕將軍給何人封閉六脈，躺在這裏呢？」

事實上在下層亦圍滿了觀者，只是沒有人敢接近梯階，此女於這要緊時刻走到慕鐵雄旁，又出言截住李世民對寇仲的回應，無不深合兵法之道；不但使李世民對寇仲的挑戰有緩衝之機，也削弱了寇仲的氣勢。衆人不由擁前數步，往下瞧去，剛好見到一位氣質獨特的美女，伸腳輕踢了伏身階台的慕鐵雄一記。慕鐵雄應腳劇顫呻吟，茫然坐起。

伏騫雙目奇光連閃，臉上掠過難以掩飾的訝異神情，問道：「姑娘能破在下手法，確是非凡，可否賜示芳名。」

美女仰起俏臉，右掌則迅快無比地在慕鐵雄背上連拍十多掌，後者兩眼倏地回復神采，並閉目運功。衆人均心生驚異，才知剛才此女一腳並沒有全解慕鐵雄被封的經穴，只能令他坐起半身，但已盡收先聲奪人的效應。兼之她現在目注上方，右手卻如有目助般準確命中慕鐵雄後背要穴，只是這一手已教人折服。

美女一點不讓地與高高在上的伏騫對視，冷然自若道：「妾身的過去已死，變成無名無姓的人，王子稱呼妾身作紅拂女又或李夫人，均悉從尊意。」

未待伏騫答話，緊接嬌叱道：「寇仲你我早前一戰尚未竟全功，你憑甚麼向秦王挑戰？」

寇仲望向李世民苦笑道：「小弟服了，收回剛才的說話，嫂子也請放小子一馬吧。」

他說話的內容語調均似示弱之極，但卻沒有人認爲他是怕了紅拂女。不知情者也猜到他是由於某些原因而不想與她動手。

徐子陵心中暗嘆，他最明白寇仲的心情，儘管他們有恨李靖的理由，但兄弟情義始終難以一把抹去，怎能對他的嬌妻痛下殺手。而對著紅拂女這種高手，想手下留情可跟自盡沒有多大分別。

伏騫搖頭嘆道：「女中豪傑，令人敬佩，李夫人請上！」

紅拂女臉容靜如止水的拾級而上，到她歸回李世民一夥，伏騫脫掉外袍，露出懾人的雄偉軀幹，長笑道：「不知龐兄用的是甚麼兵器。」

龐玉淡然道：「兵器乃不祥之物，不宜在此地施用，何不讓我們玩兩手拳腳，王子意下如何？」

此子不愧名震關中的人物，話裏暗藏鋒刃，搶制先機，操握主動。

伏騫微笑道：「祥與不祥，只在一念之間，龐兄既有此雅興，那伏某人另有一個提議。」

眾人只覺奇峰突出，均靜心聆聽。

寇仲湊到宋玉致小耳旁道：「上戰伐心，下戰伐力，好致致有否為此人動心呢？」

「哎！」宋玉致一肘重重撞在寇仲脅下，沒有睬他。伏騫的目光應聲射到兩人處，露出莞爾神色，寇仲則報以苦笑。

龐玉的眼神沒有片刻離開伏騫，沉聲道：「王子賜示。」

眾人忙側耳恭聽。

伏騫在萬眾期待下，好整以暇地道：「我們何不以欄杆作戰場，誰被逼下欄杆來，作負論。」

眾人一陣嘩然，旋又屏息靜氣，看龐玉如何回答。

龐玉卻是內心暗笑。他本身雖善於使劍，但在拳腳上卻下過一番苦功，創出「太虛錯手」，將劍招融進其內，與使劍沒有甚麼分別，所以有剛才的提議。這作「凹」字形的木欄杆是用上等楠木製成，總長度約有五丈，寬達半尺，欄身雖縷雕花飾，但卻非常堅實，縱使不諳武功的人，只要手足靈活，在欄上亦可走動自如，對他們這種精於平衡的高手，與站在平地沒有多大分別。唯一是限制了他們活動的範圍，讓彼此能更準確把握對方的挪移。龐玉的「太虛錯手」遠近俱宜，假若能預測對方變數，威力之大，將更是驚人，所以他對伏騫的提議歡迎還來不及，哪會拒絕。

此人極富智計，深悉兵不厭詐之道，表面卻故意微露猶豫神色，皺眉道：「此法確可保不致因一時失手損毀東西，在下只好捨命陪君子。」

伏騫露出一絲漫不經心的笑意，道：「龐兄請！」

話剛盡時兩人同時騰起，穩然落在欄杆上。旁觀者多人發出采聲，因兩人身法均快如電閃，最難得是不見半點提氣作勢的形跡。更讓人驚異處是他們並非先躍往欄杆的上空，再降下去，而是斜衝掠上，然後像釘子般釘在欄杆上，不見絲毫晃動。只是這收發由心，要停便停的身法，便非一般江湖好手所能企及。

寇仲早預估伏騫身負絕學，故毫不奇怪，但龐玉厲害至此，卻非他所能料及，不由憶起李靖的警告。

此際龐玉單足佇立欄上，左腿翹起貼在右腿後，擺出金雞獨立的姿式，卻比別人雙足立地更穩固安全。尤其是他的立點是一邊欄端至盡處，於穩中又見其險，形成一種非常特別的氣勢。

伏騫則定若泰山般兀然卓立於欄杆的中段，兩腳微分數寸，由於欄杆離地約有五尺的高度，在靠外的四面梯井都是深下去的空間襯托下，他彷如立在崇山之巔，雄偉的體型，更使人有高山仰止的奇異感。

他面向龐玉，從容笑道：「小弟到中原後，尙是首次正式與人交手，不過我例不作主攻，所以龐兄不須因小弟是客而多禮，龐兄請！」

他言談舉止雖是謙彬有禮，但自有一股凌人氣度，壓得人有透不過氣來的感覺，更益顯高深莫測，使人心生畏懾。

龐玉心中暗笑，要知高手過招有若下棋，先手極爲重要，如若功力相當，誰搶得先手主動，往往成爲決定勝敗的因素。若在平地上，縱使失先手，也可藉退避閃躲來部署反攻，但若活動被局限在長不過五丈闊不過半尺的曲形欄杆上，而又不准觸地，那麼先手一失，幾乎肯定有敗無勝。

旁觀者中登時發出一陣嗡嗡議論聲，暗評伏騫不智。

寇仲又湊到宋玉致晶瑩如玉的小耳旁，低聲道：「若爭天下是輪流在欄杆動手，小陵必可坐上皇帝小兒的寶座。」

宋玉致心底同意，若論在窄小的範圍內作近身搏擊，眞沒多少人是徐子陵的對手。她卻挪開少許，狠盯寇仲道：「你是否故意吹氣進人家的耳朵裏？」

寇仲老臉微紅，幸好此時龐玉一聲「冒犯」，登時氣勁作響，宋玉致再不理他，讓這小子逃過此窘。

龐玉像在腳底裝上輪軸般，以一瀉千里之勢，滑過丈許的欄杆，來到伏騫的左側，兩手撮指成劍，左劈右刺，攻向伏騫，登時勁氣狂湧，聲勢駭人。場內立時生出一種慘冽的氣氛，龐玉用的雖是赤手，竟能使人生出劍刺的感覺。

徐子陵偷空觀察邢漠飛等一衆吐谷渾的高手，見到他們全神觀戰，但卻沒有人露出緊張或不安的神色，似對主子信心十足，禁不住心中微懍。以龐玉目前表現的功力，即使換了自己在伏騫的位置，也要應付得非常吃力。

就在此時，場上再生變化。龐玉竟縱身躍起，鷹隼般凌空下撲，兩手撮指爲劍的招式原封不動，只變得改攻向伏騫的面門。現在連瞎子都知道龐玉想要速戰速決，務必迫使伏騫在數招內離開欄杆。伏騫哈哈一笑，到敵招臨頭，往後仰身，其仰幅之大，如他忽然變成了一把彎弓，而右拳則似勁箭般往正面斜上方的龐玉射去。全場人立時生出灼熱煩躁的可怕感覺，更駭人的是感覺不到絲毫拳風勁氣，便似人人忽然聾了，皮膚亦失去知覺，又或如在噩夢裏，驟見電閃，卻總聽不到雷聲。伏騫無聲無息的一拳，比之甚麼拳勁掌風更使人心生寒意，無人不看得目瞪口呆，出乎意料外。李世民、突利等人同時現出驚異神色。

身在局中的龐玉更是苦不堪言，若在平地之上，他尚可在接招後退往遠處，但此刻只能退往欄杆上其中一點。所謂行家一出手，立知有沒有。伏騫這種能收斂風聲的拳勁，龐玉根本未曾想過。拳風並非眞的沒有，而是集束成柱，只集中到自己身上。他似在一個別人感不到摸不著的風暴中，逆風而下，難受至極點。至此方曉得中計。

伏騫此種高度集中的功法，顯屬先天眞氣的一種，實有無可抗禦之勢。

掌鋒先後刺中伏騫的右拳。在旁人眼中，還以爲是龐玉故意變招封刺對手這驚天動地的一拳，只有龐玉和像徐子陵、李世民、紅拂女那般級數的高手才看出伏騫簡單的一拳，竟能封死龐玉掌劍攻勢的所有變化。龐玉便像給萬斤大石轟中兩手，全身如遭雷殛，差點給衝得直彈上天，若撞破瓦頂，這筆「砸破東西」的糊塗賬恐怕誰都不知道該入龐玉的賬，還是歸伏騫的數。

龐玉臨危不亂，猛提一口眞氣，逆改下射爲騰衝之勢，此時伏騫的拳頭倏地擴大，直逼面門。原來他的雄軀像彈簧般從彎變直，故拳勢加速，從封擋變成反擊。龐玉心叫不妙，忙兩手交疊成剪，險險架著對方鐵拳。

「蓬！」氣勁交擊之音，像悶雷般響徹整個空間，震得人人耳鼓生鳴，連正調氣養息的慕鐵雄也忍不住睜眼從下方梯間翹首仰望。龐玉整個人像被狂風拂葉般吹起，直至中樑處伸腳一點，再疾射向仍在欄上穩立如山的伏騫。雖說伏騫所提的條件只是不准觸地，而沒說不可碰及樑柱或瓦頂，但人人都感到龐玉該以輸論。不過卻沒有人敢小覷龐玉。伏騫一拳之威，震懾全場，顯示出足可向寧道奇那般級數高手挑戰的驚人實力。龐玉能硬擋他此一拳而毫無損傷，已是難能可貴。

李世民大喝道：「住手！」

伏騫哈哈一笑道：「領教了！」竟拳化為掌，作出相迎之狀。

灼熱翳悶的壓迫感剎那間消失得無影無蹤，人人都有回復輕鬆的感覺。龐玉亦是提得起放得下的英雄人物，立即化去攻勢，改為與伏騫來個握手為禮，並借其力一起飄落樓板。

李世民嘆道：「佩服佩服，此仗是我方敗了，王子有沒有興趣和在下玩一場呢？」

衆人雖知他這個秦王神勇蓋世，縱橫戰陣所向無敵，卻從未見過他以武林人士的身分跟人動手過招。此刻他在見過伏騫顯示出來深不可測的奇功後，仍敢搦戰，立刻全對他作出新的評估。徐子陵和寇仲則面面相覷，同時心想換了自己是李世民，怕亦會猶豫該不該動手。

伏騫放開龐玉的手，讓他返回本陣，正要說話，突利大步踏出，雙目神光迸射，注在伏騫身上，肅容道：「難怪王子近年能聲名鵲起，果非倖至。世民兄這一場不如讓給兄弟好嗎？」

全場靜至落針可聞，靜待伏騫的抉擇。

這來自吐谷渾豪邁過人的高手仰天長笑道：「痛快！痛快！我伏騫這些年來正為對手難求而引憾，忽然間竟遇到這麼多好對象，確是難得。但己所不欲，勿施於人。此處實非宜於放手格鬥的戰場，兩位可另有提議？」

這番話直有不可一世之概，但自他口中道出，卻沒有人感到他是恃勢凌人，又或氣燄高張；反有理所當然，坦白率眞的味兒。

王薄乾咳一聲，待吸引了所有人的注意力後，微笑道：「來日方長，不如我們先行各自回去喝酒，遲些再作計較如何？」

若論在江湖上的輩分身分，連杜伏威、李子通等都曾是他手下的王薄，在此實是無人能及，他這麼提議，誰都要賣點面子給他，否則就可能先要應付他被譽爲天下無雙的鞭法。

榮鳳祥附和道：「明晚是老夫壽宴之時，屆時再作較量如何？」

李世民欣然道：「兩位前輩的話，誰敢不從。」他的儀範風度，總是那麼恰到得體，教人心折。

當衆人都以爲事情至此會告一段落時，有人柔聲道：「晚輩用的也是鞭，難得有此機會，希望王老指點一二如何。」

諸人循聲瞧去，原來是李世民天策府的高手尉遲敬德。他說得雖然客氣，但誰都知與正式搦戰沒有分別。在天策府的高手裏，論聲名尉遲敬德更在龐玉之上，與長孫無忌齊名，若尉遲敬德更勝龐玉，那誰都不敢懷疑他挑戰鞭王的資格。

王薄眼中殺機一閃即逝，換上微笑道：「長江後浪推前浪，王某和尉遲小弟終有再見機會的。」哈哈一笑，拂袖回廳房去也。

伏騫忙施禮告退，他的手下追隨其後。

李世民的目光從伏騫的厚背移到寇仲和徐子陵處，頷首淺笑後，再向宋魯等告退，偕突利返廳房。

寇仲和李世民目光交戰時，宋玉致卻感到有對能令她心生異樣的目光正對自己灼灼而視，轉眼瞧去，不由芳心微顫，心想世間竟有如此俊秀瀟灑的男子，比之徐子陵的飄逸出塵亦毫不遜色。然後才發覺到他身旁的雲玉真，忙向她微笑招呼。侯希白還以爲宋玉致對他的劉楨平視作出正面回應，立以微笑回報。宋魯此時轉身舉步，宋玉致知對方誤會，可是這種事怎可糾正解釋，只好啼笑皆非又芳心忐忑的隨乃叔去了。

寇仲和徐子陵一臥一坐，在洛堤的青草岸樹蔭下享受午後懶洋洋的平和氣氛。這裏不但成了他們約好碰頭的地點，更是思索、聊天的好地方。後方雖有路人經過，但因遠隔垂柳，宛若兩個不同的世界。前方洛水舟船頻繁，右方遙處跨河的天津橋則車馬行人不絕，亦有河水不犯井水的安寧感覺。漫天陽光下，對岸房舍的人字瓦頂熠熠生輝，造成人工與天然合力營造的燦爛肌理。

當盤膝安坐的徐子陵以爲寇仲睡著時，這小子突然嘆道：「老跋走得太早哩！若給他見到虯髯小子那一拳，保證他會搶在李突兩小子前挑戰。世間竟有這樣的武功，婠妖女和師仙姑怕都沒那麼容易贏得了他。」

徐子陵莞爾道：「甚麼師仙姑，說得她像七老八十的樣子。」

寇仲「哈」的笑道：「這麼快便搶著爲她說話，可見你這小子情根深種，難以自拔，嗚呼哀哉，哈！」

徐子陵沒好氣地不答他。

寇仲見師老無功，不能惹起徐子陵的反應，改變話題道：「你何不躺下來闔闔眼兒，我們這幾晚加起來還睡不到兩個時辰，做人真是辛苦。」

徐子陵卻掏出魯妙子贈他的天星學興趣盎然地翻閱，咕噥道：「你這小子在宋三小姐處碰足釘子，於是滿腔怨氣睡不著，卻來擾我的清靜。若再胡言亂語便你走你的陽關道，我走我的獨木橋，各自修行。」

寇仲連忙投降。不到片刻又忍不住道：「你看的是甚麼東西？說來聽聽行不行？」

徐子陵氣道：「我在看測定一年長短的方法，你想聽嗎？」

寇仲愕然道：「這也可以測量的嗎？是不是唬我？」

徐子陵嘆道：「這就叫前人智慧留下的瑰寶，若要我此時去想，恐怕想一萬年都想不到。但現在我只需看三頁紙，立即清楚明白。」

寇仲忙坐起來，精神大振道：「教訓得好，以後我也要勤力點兒。究竟是怎樣測定的？」

徐子陵以心悅誠服的語氣道：「就是靠一根插在地上的直立桿子，名之爲土圭，當正午太陽射到這桿子時，我們的祖先便作出量度。」

寇仲一呆道：「這有甚麼稀奇？」

徐子陵有感而發道：「大道至簡至易，愈平凡的事物，其中自有愈不平凡之處，只是我們因習慣而忽略了。原來太陽正午的位置沒有一日是相同的，當太陽走到最北而位置最高時，桿影最短，便是夏至；當太陽移至南方最低點時，桿影最長，冬至是也。前人就是從桿影長短的變化周期中，測到一年是三百六十五又四分之一日，明白了沒有？」

寇仲抓頭道：「嘩！古人眞厲害，白老夫子都要靠邊站。」又躺回堤坡上，掏出魯妙子的手抄本，用神觀看。

徐子陵放下書本，凝視一艘駛過的風帆，腦海中幻出宋師道陪著沉睡的美女傅君瑜揚帆北返高麗的情景，嘆道：「你是否定要作宋閥的女婿呢？」

寇仲用書本子覆蓋臉上，苦笑道：「致致使得我既感罪過，又意趣闌珊，不用你說我也想放棄了。何況現在就算沒有宋閥的支持，我也有信心闖出天下來，先決條件是必須起出寶藏。」

徐子陵點頭道：「你以後最好不要再惹玉致，我實在不忍心見到她爲你傷心的日子。」

寇仲道：「你說的話我怎敢不聽。不過我對她並非如你想像的全無感覺和誠意，有時眞想把她摟進懷裏悉心呵護，只不過她不肯合作罷了！」

徐子陵失笑道：「不要笑死我了！哪個美女你不想摟到懷裏親熱一番的？」

寇仲又坐起來道：「不要再提這些令人苦惱的事好嗎，告訴我，伏騫來中原究竟爲的是甚麼？」

徐子陵皺眉道：「你自己不會猜嗎？」

寇仲央求道：「這種事還是你在行些，你總能想到我想不到的竅要。」

徐子陵露出思索的神情，沉聲道：「他到中原是要觀察形勢，看看有甚麼人可供他利用，再看該選哪種手段，來達到他的目的。」

寇仲拍腿嘆道：「這叫英雄所見，定必相同。這小子野心極大，只要覺得我漢人有機可乘，勢將大舉入侵，以擴張領土。假若無機可趁，便與未來的眞命天子修好，攀上交情，以對付突厥和鐵勒人，這實是個非同小可的超卓人物。」

兩人默默坐了半晌，寇仲道：「我約了宋金剛，你要不要一道去見個面。」

這回輪到徐子陵躺回堤坡去，閉目道：「我要睡覺了！回來時喚醒我吧！」

寇仲拿他沒法，自行去了。

寇仲解開縛在樹旁的馬兒，策騎趕赴宋金剛的約會。街上景況依然，但他已有點意興闌珊的感覺。王世充終是成不了大器的人，只可做個地方性的霸主，而不像李密、李世民之輩，乃爭天下的人物。比之杜伏威，他亦遠未能及。自己雖算無遺策，但始終因他的窩囊難以暢展抱負。

李密現在有千百個理由須來攻打洛陽，但以他的忍功，只要知道王世充仍能控制大局，他就不肯犯險。否則縱使戰勝，李世民大軍由關西掩來時，便是為李密敲響喪鐘的一刻。故李密寧願讓王世充多風光一會，好為他擋著李世民，而手下大軍則儘量爭取休養生息的時間，並補充軍員，好恢復元氣。

難道對付李密的大計就這麼功虧一簣？那種得而復失的感覺，等於明知手中的牌可穩贏時，對手卻忽然擲牌不賭般令人遺憾。洛陽現時的形勢每刻都在變化中，誰都不知下一刻會發生甚麼幻變。鐵勒人的撤退，獨孤霸的被殺，會令獨孤閥產生甚麼新部署呢？忽然間寇仲腦際靈光一閃，豁然而悟。

以沈落雁對李密的忠心耿耿，絕不會因私怨而殺死獨孤霸。只看獨孤霸親自到鐵勒人的巢穴，便知獨孤霸縱非在獨孤閥內的親鐵勒派，至少也該是負責穿針引線的接頭人。沈落雁殺他，正是要破壞獨孤閥和鐵勒人的關係。跋鋒寒逼走曲傲，實是幫了李密一個大忙。假設能讓獨孤閥的人知道殺獨孤霸的眞兇是誰，會有怎麼樣的後果？思索至此，旋又大感頹然，心知獨孤閥絕不會信他的話。

馬兒此時來到天津橋的最高處，往下踱去。街上雖滿是行人車馬，但寇仲卻感到無比的孤獨，像彼此生活在不同的世界裏。他的思潮轉到李世民身上去。他的實力確是出乎意料之外的強大，天策府的高手無不是智勇雙全之輩，隨便點幾個出來都要叫人吃不完兜著走。

現在跋鋒寒走了，他兩人實力大減，雖解決了師妃暄的問題，但卻補出個令他同樣頭痛的李世民，使他覺得隨時會有殺身之禍。在這種情況下，該不該立即撤走，趁李世民未返關中之前，起出楊公寶藏。抵洛陽後，他還是初次心萌退意。想到這裏，猛一咬牙，掉轉馬頭，下決心先往皇城設法找虛行之，連宋金剛的約會都置諸腦後。

「徐子陵！」徐子陵把秘本闔起，納入懷裏，頭也不回的冷冷道：「這回又要怎樣害我們呢？」

沈落雁來到他旁，盈盈坐下，嘆氣道：「蒼天為何如此作弄人，將你和我安排在敵對的立場上？」

她一身素白，消瘦了的玉容於清麗中帶著某種難以形容的楚楚動人的風韻。徐子陵忽地怒氣全消。她說得對，值此天下大亂之際，不同立場的人拚智鬥力，無所不用其極，等於在賭桌上的人個個竭盡全力想把所有錢贏到自己袋裏去。有甚麼可怪別人的。

沈落雁淡淡道：「走吧！王世充氣數已盡，遲點你們想走都走不了。」

徐子陵仍回味著剛才從魯妙子的鉅著中得到的天文知識，心中一片寧和，思慮清明。從容道：「告訴我，我怎樣可以分辨你的提議是惡意還是善意？」

沈落雁幽幽道：「讓我告訴你一件事，獨孤霸的屍身已被發現，從他身上的傷痕，幾可肯定是你和跋鋒寒下手的。」

徐子陵微一愕然，旋即醒悟過來，苦笑道：「好一條嫁禍的妙計！」

沈落雁對他沒有勃然震怒大感奇怪，好半晌垂首低聲道：「每次要害你時，我心中的痛苦實不足為外人道，你明白嗎？你還是走吧！」

徐子陵大感不妥，偏又不知問題出在甚麼地方。沈落雁若不是有把握在這場東都之爭中有必勝的把握，是不會以這種語調神態和自己說話的。他直覺感到她是經過內心的一番掙扎，才來勸自己離開，還透露了絕不該讓他知道的陰謀。獨孤閥若不顧一切為獨孤霸報仇，又在他們全無準備下，他和寇仲的小命確是危如懸絲。

沈落雁抬頭美目深注的瞧著他道：「要說的話已說了！不該說的也說出來，大丈夫能屈能伸。子陵保重！」

最後一句聲細如蚊蚋，說罷沈落雁似要逃命的走了。

徐子陵霍地站起，深吸一口氣。他現在唯一該做的事，是找到寇仲，看看應如何應付盛怒下的獨孤閥。

寇仲正思量著如何可以不惹人注意的找到虛行之，宋蒙秋在後面叫著他道：「寇兄弟，尚書大人正要找你。」

寇仲在尙書府入門的台階上停下，轉身施禮道：「宋將軍這兩天定是很忙，否則我怎會有很久沒見過宋將軍的感覺？」

宋蒙秋來到他旁，挽著他的手朝內走去，入門後停下來道：「這些日子我們連睡覺的時間都沒有，所以尙書大人也要找些東西來鬆弛一下。」

寇仲從開始便對這人沒有好印象，總覺得他圓滑虛偽，口不對心。不過為了找虛行之，心想從他入手怎都好過直接問王世充，不得不先敷衍道：「我真想不到有甚麼事情可令我們這些沒一覺好睡的人忘憂無慮。」

宋蒙秋故作神秘地湊在他耳邊道：「當然是女人，還得是最標緻的美人兒，聲色藝俱全，美得能令人忘掉老爹姓甚麼。」

寇仲差點忘掉虛行之，大奇道：「誰家美人兒有這種魅力和威力？」

宋蒙秋欣然道：「當然是有天下第一名妓之稱的尚秀芳，除了她誰還配稱聲、色、藝俱全呢？」

寇仲忖道原來是她。伏騫第一次約戰曲傲於曼清院，王薄本請了她來當衆獻藝的，卻給他和徐子陵、跋鋒寒三人破壞了。而他們亦因要帶走上官龍，致和她緣慳一面，對她是否有過表演都弄不清楚，想想都覺得好笑。

宋蒙秋得意道：「王大人知她明晚唱完榮鳳祥那台戲後便要入關中，所以千方百計把她請來，還擺了兩桌酒席，囑我們找你去湊熱鬧。」

寇仲摸著肚子道：「現在是甚麼時候，我剛剛飲飽唱醉，想多塞半個包子亦無能爲力。」

宋蒙秋哪知他是想趁王世充無暇分身之際去找虛行之，啞然失笑道：「寇兄弟是否在說笑，醉翁之意，豈在酒菜？尚美人出名愛睡午覺，所以若要約她，只能在未時之後，來吧！」

寇仲陪他走了兩步，停下來道：「我要先去方便一下。免得入席後看得精采之時卻欲離難離就不妙之極了。哈！」

宋蒙秋只好點頭道：「待會見吧！」

寇仲暗叫天助我也，脫身而去。

徐子陵來到馬兒旁，一邊憐愛地撫弄馬兒的頸子，一邊思索該如何著手去找寇仲。

要找寇仲，首先要弄清楚宋金剛目前在洛陽的落腳地點，此事唯有聯絡青蛇幫的任恩，在洛陽他總比自己有辦法。正要飛身上馬，有人迅快接近。徐子陵別頭望去，只見一個作僕役打扮的年輕瘦小子，從遠處迎面走過來，眉清目秀的，頗爲眼熟，卻一時想不起曾在哪裏見過。

那青年露出一個友善的笑容，待來到他身旁才道：「徐爺不認得彤彤了嗎？那天徐爺和劉帥見面，人家還給你斟茶哩！」

徐子陵記起是與劉黑闥重逢後在他落腳處見到的清秀女子彤彤，她現在改穿男裝，所以一時想不起來，否則以他過目不忘的記憶力，怎會忘記。論艷色，她當然及不上沈落雁、宋玉致那種有傾國之色的美女，但勝在單純秀麗，爽朗可人，令人感到易於親近，另有一股獨特氣質。

微笑道：「你的裝扮術是否諸葛德威兄親傳？一點也沒有女扮男裝的破綻。我還記得劉大哥讚你的飛刀了得呢。」

彤彤一對明秀的美目亮了起來，欣然道：「想不到徐爺這麼沒有架子，初見你時，人家還有點怕你哩！」

徐子陵一呆道：「我有甚麼可怕的？」

彤彤興奮地道：「不是眞的怕，只是覺得徐爺是那種不愛說話，永遠和別人保持一段距離那副樣子的人。你知道的啦！徐爺的名氣又那麼大。」

徐子陵見她神態天眞，給勾起童心，笑道：「那只是我裝出來唬小女孩的。」

接著皺眉道：「你沒有隨劉大哥北返嗎？這樣留你下來太危險了。」

彤彤此時彷彿記起甚麼似的，環目一掃，道：「此處太露形跡，徐爺可否隨彤彤到別處說話？」

徐子陵一來有點不忍心拒絕這清秀的美女，二來心想說不定可從她那裏探得宋金剛的住處，點頭道：「沒有問題，不過我有要事須處理，所以不能花太多時間。」

彤彤雀躍道：「只一會便成。馬兒可留在這裏，我們自有人爲你看管。」

聽她這麼說，徐子陵立知她並非一個人留在洛陽，欣然隨她去了。

寇仲來到尚書府設宴的正廳入門處，心中暗嘆，才跨門內進。門衛肅然致敬。剛才他東闖西撞，差點問遍所遇見的人，最後從一位俏婢口中得知虛行之也是這遲來午宴的座上客。換了從前，他必會因虛行之益受王世充重視而欣悅，現在因心中已打響退堂鼓，這情況只能平添煩惱。就算有方法通知虛行之他做好的決定，兩人同時或先後藉故離席均是不很妥當的。

廳內果是筵開兩席，此時差不多滿人，並列於廳堂南端。在這華麗大廳東側處，十多位樂師模樣的男女肅坐恭候，顯是爲尚秀芳伴奏的班子。加上侍候的婢僕，全廳雖接近五十人，但大多數人嚴守安靜，即使席間有人談笑，也小心翼翼，有種官式應酬的味道。

寇仲的來臨，立時吸引了所有人的目光，居於主席的王世充哈哈笑道：「寇先生請到這裏來！」

寇仲似乎尚是首次給人稱作先生，立時渾身豎起雞皮。在詐作和各人打招呼時，目光迅速與位於另一席的虛行之傳遞了個不知他能否明白的訊息，然後朝王世充的一席走去。

坐在主席的八成是熟人，只有兩名男子是不認識的，卻不見尚秀芳，也沒有董淑妮。

王世充吩咐下人拉開與他隔著一張空椅子的座位，打趣道：「還以爲你會錯過盛會，見你這麼有緣，就賜你坐這鳳座旁的龍位，近水樓台，以後就要看你的造化了！」

除了玲瓏嬌外，席上所有的男人都發出曖昧的笑聲，連歐陽希夷都不例外。王世充此舉可說給足寇仲面子。不過因他屢建奇功，又是客卿身分，兼之近來在洛陽聲威大振，誰都不會認爲王世充的安排不妥當。

寇仲甫坐下故意埋怨道：「看來王公仍不是那麼夠朋友，若王公肯在今早告訴我約得尚小姐，那即使獨孤峰闔家老少攔在皇城入口，我也要打進來哩！」

他的話登時惹起一陣哄笑，打破先前嚴肅的氣氛。

王世充不知如何心情極佳，故意嘆氣道：「小仲你有所不知了，秀芳姑娘直至個許時辰前才通知我肯來赴宴，你說我今早能通知你甚麼呢？」

衆人附和的笑聲下，坐在寇仲對面的王玄應欣然道：「爹現在的面子比天還大，本來秀芳小姐這回到東都來只肯唱兩台的，其他一概拒絕。此番破例，肯定會招來很多人的羨慕哩！」

寇仲這才知道尚秀芳的架子這麼大，不由也生出要一睹芳容的好奇心。

王世充聽了兒子的奉承老懷大慰，道：「顧著說話，差點忘了給寇先生引見。」

在他介紹下，原來那兩人分別爲顯洲總管田瓚和管州總管楊慶，乃王世充駐守洛陽外圍城市的得力手下。這兩人當然不會專爲聽曲而來，可見王世充正不斷召回手下，作出部署。席上其他人還有王玄恕、王弘烈、王行本、玲瓏嬌、楊公卿和郎奉，加上未到的尚秀芳，剛好是十二人，卻不見可風道長和張鎮周。前者大概不願出席這種聲色場合，而後者則可能離開東都，往某處負責某一軍事行動。

另一席是較次級的官員和像虛行之那類幕僚，寇仲對其中數人曾點頭打過招呼。

坐在寇仲旁的歐陽希夷見王世充與旁座的楊公卿密語，湊近少許道：「仲小兄該怎樣謝我？」

寇仲一呆道：「前輩爲小子做了甚麼好事呢？」

歐陽希夷笑道：「你的座位是老夫特別讓出來給你的，你說該不該謝我？」

寇仲心中一陣感激，這前輩高手對自己實在呵護備至，連忙道謝。

樂隊忽地弦管並奏，悠揚的樂韻，繞樑迴盪。尚秀芳終於來了。

徐子陵和彤彤穿過外舖，重回當日與劉黑闥聚晤的房子。

坐下後，彤彤奉上香茗，坐在他旁道：「獨孤霸是否徐爺下手的呢？」

徐子陵苦笑道：「我本想殺他，但下手的卻是另有其人，但現在怎樣都脫不了關係了。」

彤彤若無其事道：「獨孤霸臭名遠播，他的死訊只會大快人心。但這事最奇怪的地方，就是不覺得獨孤峰會有甚麼顯著行動，令我反而爲徐爺擔心。」

徐子陵心中不妥當的感覺更強烈了。究竟是甚麼理由，可使火爆暴躁如尤楚紅者按捺得住？若看不透敵人的部署，他和寇仲可能要一敗塗地。

沉聲道：「他們是甚麼時候發現獨孤霸屍身的？」

彤彤答道：「該是昨天三更時分，他的屍體被巡更的人發現，吊在天津橋。」

徐子陵心中一震，沈落雁的嫁禍之法確是非常毒辣，任誰都會想到是他們故意懸屍於此，好報復稍早之前在橋上被圍攻的仇怨。

彤彤續道：「有謂不是你死，就是我亡。徐爺和寇爺最好先發制人，否則必會吃虧。」

徐子陵苦笑道：「我正要找寇仲商量此事，你知不知道宋金剛落腳的地點？」

彤彤點頭，並爽快說出地點。

徐子陵訝道：「你的消息倒靈通。」

彤彤喜孜孜地道：「這正是我們留在此處的任務。還有一個非常重要的消息須知會徐爺，照我們猜測，王世充的陣營中應該有一個與獨孤峰暗中勾結的內奸。」

徐子陵愕然道：「何有此言？」

彤彤肅容道：「這是從一些蛛絲馬跡推測出來的。坦白說，宮城內也有我們的眼線，例如楊侗的大臣元文都一向貪生怕死，可是儘管王世充枕重兵於皇城，他仍是照樣風花雪月，談話間不但顯得毫無忌憚，還曾說過曉得王世充的整盤計劃。」頓了頓續道：「只看獨孤閥要不擇手段地對付寇爺，便知獨孤峰清楚是寇爺爲王世充運籌帷幄了！」

徐子陵終於色變。若事實如此，那不但他和寇仲陷身險境，連翟嬌等人也隨時有殺身大禍，甚至可能牽連到宋魯和宋玉致等人。

徐子陵倏地立起，斷然道：「我要立即去找寇仲。」

第五章 絕世名妓

黃易 作品集

第五章　絕世名妓

當尙秀芳像從夢境中的深邃幽谷來到凡間的仙子般出現於衆人眼前，大廳之內，不論男女，目光都無法片刻離開這顚倒衆生的名妓。

她令寇仲同時想到師妃暄和婠婠。尙秀芳既能令人想起前者清雅如仙的天生麗質；同時亦擁有後者那種迷迷濛濛的神秘美，合而形成另一種毫不遜色於她兩人的特異風姿。最使人傾倒的除了她修長勻稱的身段，儀態萬千的舉止神情外，更動人的是她那對能勾魂攝魄的翦水雙瞳，其含情脈脈配合著唇角略帶羞澀的盈盈淺笑，確是沒有男人能抵擋得住的。寇仲瞧得差點忘了此行的目的。

此時樂音忽變，一身素黃羅衣，淺綠披肩的尙秀芳，就如她的美麗般那麼出乎所有人意料之外地載歌載舞起來。寇仲忽然醒覺她玉臉沒施半點脂粉，可是眉目如畫，比之任何濃妝艷抹要好看上千百倍。更不知她是否剛從浴池走出來，沒有任何簪飾就那麼隨意挽在頭上的秀髮，仍隱見水光，純淨美潔得令人心醉。

只聽她唱道：「珠淚紛紛濕綺羅，少年公子負恩多。當初姊妹分明道，莫把眞心過與他。仔細思量著，淡薄知聞解好麼。」

她唱腔透出一種放任、慵懶而暗透淒幽的味兒，別有一番無人能及的清綺情味，聲腔技巧均沒半點可供挑剔的瑕疵，配合動人的表情，誰能不爲之動容。

「洞房深，空悄悄，虛抱身心生寂寥。待來時，須祈求，休戀狂花年少。淡勻妝，周旋少，只為五陵正渺渺。胸上雪，從君咬，恐犯千金買笑。」

歌聲把在場諸人引進了一個音樂的奇異境域裏，婉轉誘人的嗓音，透過不同的唱功腔調，呈現出某種豐富多姿，又令人難以捉摸的深越味道，低迴處傷情感懷，彷如澎湃的海潮般把所有人的心靈大地全淹至沒頂。但最使寇仲不能自已的，仍是她那種「懶起畫蛾眉，弄妝梳洗遲」，不經意流露出來的放任自然的美態。

一曲既終。樂聲倏止。隔了好半晌，全場發出如雷掌聲，不自覺地紛致頌讚歡辭。

王世充讚嘆道：「此曲只應天上有，人間哪得幾回聞。不知小姐此曲是出自何人手筆。」

尚秀芳輕垂螓首，顯露出如天鵝般優美的修長粉項，柔聲答道：「尚書大人請勿見笑，此曲乃妾身所創。」

王世充欣然道：「我早就猜到，只是要由小姐親口證實吧！果是名不虛傳。尚小姐請入席。」

除玲瓏嬌和歐陽希夷外，眾男士紛紛離席少許，待這天生麗質，才藝雙全的絕色佳麗坐好，始敢重新入席坐下，以示尊敬。給她坐在伸手可及的旁席，寇仲也不由心跳加速。此時所有人的目光全集中到她身上，可是卻沒有人敢露出色迷迷的樣子，一來是被她高貴的氣質所懾，更怕是被她看不起，那就永遠失去討她歡心的機會。

王世充首先介紹她與各人認識，輪到寇仲，尚秀芳美目滴溜溜地在他臉上打了個轉，嬌笑道：「尚書大人不用介紹哩！那晚秀芳還為寇公子擔心了好一陣子。幸好他終大展神威，把奸邪活擒而去。」

她不但口齒伶俐，嘴角生風，且深懂討人歡喜之道，捧讚得親切而不著痕跡，不愧是走遍大江南北的名妓。寇仲在近處觀之，更覺她像朵盛放的鮮花，幽香襲人。而最動人的是她的風姿，無論是甜美的聲線，抑揚頓挫的語調，至乎眉梢眼角的細緻表情，都有種醉人的風情，使人意亂神迷。

旁邊的歐陽希夷忽然發出一聲低沉得只有寇仲聽得到的嘆息。

寇仲登時清醒過來，連帶記起此行的目的，隨口應道：「若早知小姐的歌聲比天籟更好聽，那晚定要先聽飽小姐的仙曲才動手。哈！」

尙秀芳見寇仲眼中露出若有所思的神色，心中大訝。她今年雖只芳華二十一，可是自十三歲滿師出來賣藝，甚麼男人沒見過？尤其像寇仲那般年紀的男子，鮮有見到她而不神魂顚倒的。

這時王玄應爲了表現識見，竟跟尙秀芳討論起當時流行的燕樂來。寇仲乘機湊往歐陽希夷細聲問道：「前輩因何事嘆息呢？」

歐陽希夷眼中射出傷感神色，低迴道：「太相似了！太相似了！」

徐子陵以腳代馬快奔抵目的地，宋金剛那座房舍有位威武的大漢剛推門而出，兩人打個照面，同時大喜。此君赫然是雲玉眞的副手卜天志。

徐子陵忙道：「原來是卜副幫主，寇仲是否在裏面？」

卜天志皺眉道：「寇爺並沒有依約前來，我正想找他。」

徐子陵的心直沉下去，暗忖難道他出了事？

卜天志低聲道：「徐爺，我們可否找個地方說兩句話。」

徐子陵見他神情嚴肅，雖心切寇仲的安危，也只好點頭道：「卜兄喚我作子陵便可以，萬勿再稱作甚麼徐爺的。」

卜天志欣然道：「子陵雖已名滿天下，可是情性態度仍和以前全無分別，只是這點便沒有多少人及得上。」

徐子陵把寇仲的事暫拋一旁，心想他自有能力應付危險。與卜天志並肩朝里坊出口的方向走去，淡淡道：「名是虛名，有甚麼可憑恃的。卜兄不是和雲幫主一道的嗎？」

卜天志默然片晌，搖頭道：「幫主要陪心上人，怎有暇分身？只命我在宋金剛處等候寇爺，看看結果如何。」

徐子陵訝然瞥他一眼，道：「聽卜兄的語氣，似乎對雲幫主心存不滿。」

卜天志沉聲道：「子陵和寇爺是我卜天志心中佩服和信任的人，所以也不想瞞你們。我對雲玉眞的不滿，已非今日始，幫中有這意念的更非只是我一個人。」

徐子陵為之愕然無語。

卜天志指著對街一間小酒舖道：「不如我們到裏面稍坐再說。」

尙秀芳隨口答王玄應道：「所謂潮流，就是以新為美，以奇為佳。胡樂本身未必勝過我們中土源遠流長的音樂，但卻可供我們借鏡。如天竺、龜茲、疏勒、安國、高麗、高昌和康國的音樂各有特色異采，尤以龜茲樂境界最高。在北朝齊、周時傳入，便出現不少把胡樂變化改編成帶有濃厚外族色彩的佳作。」

她以內行人的身分說出在行的話，登時惹起一陣由衷讚美之聲。玲瓏嬌乃龜茲人，見尙秀芳對自己的音樂評價甚高，大生好感。可是尙秀芳的心神卻暗繫在寇仲身上，他和歐陽希夷是席上兩個沒有用神在她身上的人。歐陽希夷已是飽歷滄桑，年齡近百的老人，對她無動於中毫不爲奇；但看來像風流種子的寇仲對她視若無睹，她卻既不服氣也生出對他的好奇心。

寇仲此時正感受著歐陽希夷那濃得化不開的傷懷情緒，思忖著這令人尊敬的前輩高手，正因尙秀芳某一酷肖舊情人的特質和神態，致勾起滿腔傷心往事。同時也記起石青璇傳自其母碧秀心的動人簫曲，比之尙秀芳的曲藝亦毫不遜色。就在此時，尙秀芳甜美的聲音傳來道：「寇公子對胡樂有甚麼看法？」

這個問題換了要徐子陵回答，必是坦白地自認無知。可是寇仲慣了胡謅，順口答道：「當然是很好哩！」

王玄應見尙秀芳主動逗寇仲說話，妒念大作，追問道：「好在哪裏呢？」

寇仲登時語塞。眼角瞥見尙秀芳正期待地瞧著自己，心中叫糟，只好繼續胡說道：「音樂和舞蹈，都是心中感受的抒發。只要想想邊疆外廣闊的草原、沙漠和雪山，遍地的牛羊鹿馬，塞外民族馳馬追逐的豪邁氣氛，便知從這種種不同環境發展出來的樂舞，必是非常精采。」

接著還怕王玄應繼續逼他，忙扯到正杏目異彩漣漣瞧著她的玲瓏嬌處，笑嘻嘻道：「嬌小姐究竟是那裏人，照我看嬌小姐該是個樂舞的第一流高手。」

先前說那番話時，他是想著「托身白刃裏，殺人紅塵中」尙武游俠的跋鋒寒和他對塞外的描述來說的，不由也勾起幾分別緒離情。尙秀芳卻聽得芳心微顫，點頭道：「寇公子這番話極有見地，秀芳尙是初次聽到有人會從這麼廣闊的角度去評說胡樂。」

王玄應卻差點給氣死了，心中不由對寇仲生出既恨且妒的意念。

王世充笑道：「寇先生總能令人驚異，請問各位，誰想得到他對胡樂認識如此之深呢？」

寇仲暗叫慚愧，玲瓏嬌輕輕道：「奴家是龜茲人，對樂舞只是九流低手，以後不要再亂說了！」她的說話表面雖帶有責怪之意。但實際上對寇仲的態度已有頗大的轉變，至少肯告訴他自己是哪一國的人。

尚秀芳嬌笑道：「原來嬌小姐是龜茲人，眞想不到哩！幸好秀芳沒有班門弄斧，否則定要惹姐姐發噱。」

歐陽希夷從深刻痛苦的回憶掙扎出來，接口向玲瓏嬌道：「聽說貴國有種吹管樂器叫篳篥，以木或竹製成，上有九個按指孔，管口處插有蘆哨，音色嘹喨淒怨，在草原上吹奏更如泣如訴，頓挫抑揚，圓轉不斷。不知嬌小姐懂否吹奏？」

寇仲暗忖這才叫懂得胡樂。

玲瓏嬌不知想起甚麼心事，似要回答，旋又搖頭道：「晚輩不懂。」

楊公卿乃老江湖，看玲瓏嬌的神情，知別有內情，非是眞不懂得。岔開話題問尚秀芳道：「近百年來，自外域傳入的樂器，不知凡幾，除夷老剛才所說的外，廣爲流傳者尚有琵琶、五弦、箜篌、笛、胡笳、角、羯鼓等，秀芳大家認爲比之我們的琴、瑟、笙、鐘、方響、拍板分別在甚麼地方呢？」

寇中心想幸好問的是尙秀芳，若要自己去答，立即當場出醜。

尙秀芳謙虛道：「秀芳怎當得大家之稱，楊大將軍太客氣了。大抵一種樂器的產生，均在某一程度反映該民族的生活習慣和特性。西域各民族大都過著逐水草而居的游牧生活，因而影響到樂器的形制。首先要攜帶方便，故形體較小；其次是由於多在荒野曠地吹奏，故響亮清越，音可遠傳。比之我國形體大而不便、變化較少的樂具，便顯得特別新鮮活潑和狂野。」

包括寇仲在內，眾人瞿然動容。此女識見高超，實非一般名妓可以比擬。

寇仲此時正絞盡腦汁，想找出與虛行之一道離開又不啓王世充疑竇的妙計，尙秀芳覷得眾人對樂器各抒己見，議論紛紛的空檔，湊近寇仲低聲道：「寇公子是否心有所屬，正惦念著別位女子呢？」

這種有點近似打情罵俏的話，對尙秀芳這慣於與各式男人打交道應酬的名妓，實是平常不過的事。但落在寇仲耳內，卻有高度的挑逗意味。

坦白說，尙秀芳的風情萬種，確是寇仲平生首遇，對他有龐大的誘惑力。不過由於他現在心神全集中在如何速離洛陽的事上，又給她勾起對李秀寧的思憶，想到兩女名字中間都嵌有一個「秀」字，給逗得灼熱起來的心又冷卻下去，答道：「是正想著小姐你哩！」

尙秀芳興趣盎然地道：「妾身有甚麼好想的？」

芳心暗笑原來你和其他好色的男人並沒有分別。

寇仲笑嘻嘻道：「人不是挺奇怪嗎？小姐來此之前，我們還是陌不相識，現在卻成了可以交談的朋友，還可逐漸認識對方，哈！以下我可不知該怎麼說了。」

尙秀芳默然不語，顯是因他的話惹起感觸。

寇仲忽然在眾目睽睽下湊到她耳旁道：「我要走了！但小姐的曲藝聲色，我寇仲此生絕不會忘記。」

接著寇仲長身而起，施禮告退。

王世充訝道：「寇先生有甚麼天大重要的急事呢？」

尚秀芳則垂下頭去，隱隱捕捉到寇仲離去之意，不只是離開宴會場所那麼簡單，心中竟浮起對她來說罕有為男人而生出的惆悵情緒。

寇仲向王世充打個曖昧的眼色，道：「王公忘了嗎？我約了人哩！」

王世充只好充作明白。

寇仲再敷衍各人幾句，轉往另一席打個招呼，乘機到虛行之背後，熟絡地搭上他的肩頭，暗曲尾指寫了個「走」字，虛行之登時會意，立起道：「讓在下代主人送寇先生一程吧！」

卜天志淺嚐一口後，把酒放下，壓低聲音道：「近年來，我們幫中兄弟大部分人對雲幫王很多作為非常不滿，其中一項就是做了巴陵幫的走狗。」

徐子陵不解道：「貴幫不是一向靠出賣情報賺取金錢嗎？但巴陵幫本身已擁有天下間最完善龐大的情報網，哪裏用得著你們呢？」

卜天志道：「他是看上我們日益壯大的船隊，且在長江沿岸所有城鎮均有立足據點。自海沙幫式微，大江會和水龍幫又聲勢下挫，我們的勢力正默默拓展，蕭銑怎敢輕視。」

徐子陵仍是不解，問道：「現在天下大小幫會，無不依附各方勢力，蕭銑的梁國目前隱為南方第一大勢力，聲勢尚在宋閥之上，為何卜兄對依附他們這麼反感？」

卜天志冷笑道：「我不信蕭銑是可成大器的人。若說玩弄陰謀手段，確沒有多少人比得上他這個偽君子。甚麼都不說，只看他因懼怕杜伏威而不作北圖，便知他大業難成。」接著嘆道：「這還不是最主要的原因。」

徐子陵連忙追問，他關心的當然是素素。

卜天志頹然道：「誰願意和人口販子同流合污呢？」

徐子陵色變道：「他們仍在幹販賣婦女的勾當嗎？」

卜天志冷哼道：「現在當然不會明著來做，可是由於這會帶來他們數之不盡的好處，以蕭銑那麼實際勢利的人，怎肯輕易放棄。」頓了頓續道：「開始時，雲玉眞向我們保證與巴陵幫的合作只是權宜之計，豈知她和香玉山有一手後，便……」

徐子陵失聲道：「甚麼？」

卜天志忙道：「那是香玉山娶素素姑娘前的事了！後來他們有否往來，我便不太清楚。」

徐子陵的臉色變得有多難看就有多難看。恨不得能脅生雙翼，飛返南方看看素素的情況。

卜天志臉上險霾密布，嘆道：「幫主不知爲何自認識了獨孤策這小子後，變得非常厲害，若不是我們看在她有大功於本幫，早把她廢了。現在她整天周旋在各式男人之間，武功退步不在話下，連幫務都懶得打理，這樣下去怎麼行。」

這就是家家有本難唸的經，自己何嘗不是因素素的事心煩意亂，六神無主，偏又無法有所作爲。徐子陵苦笑道：「你們有甚麼打算？」

卜天志道：「在亂世之中，誰不希望闖出一番功業來。衆兄弟曾多次商議，均認爲寇爺和子陵你們最令我們心悅誠服，所以想請你兩人領導我們。」

徐子陵嚇了一跳，道：「那雲幫主豈非要恨我們入骨，卜兄有否和寇仲說過？」

卜天志正容道：「這是全體兄弟的意思，哪輪到她來左右。我已約了寇爺待會見面，但怕他貴人事忙忘記了，所以特在宋金剛處等他。宋金剛智勇雙全，名震北疆，他也對寇爺和子陵你推崇備至，更堅定我們的信心，兩位切勿推卻。」

徐子陵苦笑道：「此事最好先由卜兄和寇仲從長計議，我們和貴幫主始終曾有過一段情誼。而我則對名利爭鬥看得很淡，寇仲才是你們要求的人選。」

卜天志笑道：「我們哪會不知子陵你的性情，但無論如何，你都會站在寇爺這一方的，對嗎？」

徐子陵苦笑不語。

卜天志沉聲道：「你實不必為雲玉真操心，倘若不是她和蕭環兩人慫恿香玉山，香玉山也未必會追求令姐。」

徐子陵驀地暴喝道：「甚麼？」

那坐在一角的打瞌睡的唯一夥計給嚇得驚醒過來，幸好此時鋪內沒有其他客人，否則更會令人側目。

卜天志嘆道：「當時我們很看不過去。就算要籠絡兩位爺們，也不須用這種害了人家姑娘終生幸福的手段吧！」

徐子陵雙目射出前所未有的森寒殺機，一字一字地緩緩道：「若香玉山有半點薄待素姐，我會教他死無葬身之地。」

兩人尚未走出府門，寇仲已扼要地把必須立即離開洛陽的理由說出來。

虛行之扯著他來到無人的偏廳處，從容道：「寇爺萬不可於此時離開，否則將無望爭天下。」

寇仲苦笑道：「我豈是臨陣退縮的人，只不過明知不可爲而爲，只會白白把我們三條小命一起送掉。」

虛行之思索片刻，沉聲道：「現在形勢相當奇怪，表面上我們似是佔盡上風。但看敵人的動靜，卻是好整以暇，成竹在胸。獨孤峰和楊侗，憑甚麼能面對我們優勢的軍力仍是有恃無恐？」

寇仲一震道：「你說得對，若只憑刺殺，成敗尚是未知之數，難道李密的大軍已以奇兵姿態祕密潛至，正準備裏應外合，殺進城來。」

虛行之笑道：「若是如此，楊侗和獨孤峰就是大笨蛋，前門驅虎，後門進狼了。」

寇仲苦思道：「那他們究竟在玩甚麼把戲呢？」

虛行之雙目閃耀著智慧的光芒，低聲道：「所謂推己及人，我們之所以心生懼意，皆因對敵人異乎尋常的情況摸不清看不透。反過來說，敵人之所以能若有所恃，該是對我們的虛實智珠在握，瞭如指掌，以致不怕我們。」

寇仲色變道：「你是否指我們之中藏有內奸？你提醒過王世充沒有呢？」

虛行之搖頭道：「這只是憑空猜測，兼之我又是初來甫到，妒忌者衆，怎敢在沒有證據前魯莽說出來。」

寇仲有點六神無主地道：「現在該怎辦才好？」

虛行之不答反問道：「晁公錯來此已多天，爲何尚毫無動靜呢？」

寇仲皺眉道：「當然是等待時機。」

虛行之搖頭道：「不能掌握主動，豈是智者如沈落雁之所爲？這更證實了我的猜測，是敵人已知悉我們明晚的誘敵之計，故準備將計就計，趁機擊殺王世充，那時我們將眞的完蛋了。」

寇仲深吸一口氣道：「我明白！假設明晚我們仍找不到那內奸，就要王世充取消赴宴一事，然後全力攻打皇宮，回復以前與李密對峙的局面；然後我們再施施然離開，以後須看王世充自己的造化了。」

接著一震道：「糟了！翟嬌的事豈非已被內奸知曉？」

虛行之從容道：「寇爺放心，沈落雁絕不會於行刺王世充未成事前，先打草驚蛇，所以只要寇爺明晚之前有所布置，將可保他們無事。」

寇仲斷然道：「我要立即找青蛇幫的人幫忙，通知翟嬌。你則快回去，否則會令人懷疑。」

虛行之低聲道：「寇爺小心。」語後匆匆回廳，寇仲則離府策騎出城。

徐子陵轉入天街，頗有人海茫茫，何處尋覓寇仲的頹喪感覺。素素和香玉山的事已鑄成大錯，現在連兒子也生了，無論他和寇仲如何了得，亦已回天乏力。他對雲玉眞一向沒有好印象，現在更是深惡痛絕，心生卑視。水性楊花的女人始終是水性楊花，不會改變。

他和寇仲從未做過對不起她的事，可是她卻屢以最卑劣的陰謀來算計他們，還累及無辜的素素。歸根究柢，仍該從李靖的負情算起。

不知不覺間，來到天津橋頂。徐子陵憑欄俯視洛河，對身後熙來攘往的車馬人流，渾然不理。他是否該立即折返巴陵，看看素素的狀況？可是內心深處卻又害怕回去，矛盾得想仰天大叫，以宣洩抑鬱悲痛。爲何世上總有那麼多恩將仇報的人，無論對香玉山或雲玉眞，他們都是有施恩而無結怨的。

這叫我不犯人，人卻犯我。所以寇仲要主動出擊去爭霸天下，亦非全無道理。現在擺明是強權便是一切，根本沒有道德理性可存身之地。

就在此時，身旁忽然多了個人出來，與他一起朝洛河看望，柔聲道：「徐兄爲何愁思難解，一臉悲憤神情呢？」

只從她仙體散發出的芳香氣息，便知是雅淡如仙的師妃暄。這絕世美女仍作男裝打扮，說不盡的俊秀儒雅。

徐子陵沒有別過來瞧她，苦笑道：「我現在明白爲何有人要出家了，因爲衆生皆苦，一旦給捲進人世內，便糾纏不清，至死方休。惟有斬斷世情，才可四大皆空。不過小弟現在已是泥足深陷，欲罷不能。」

師妃暄玉容不見半絲波動，淡淡道：「徐兄肯聽妃暄說個故事嗎？」

徐子陵默然無語。

師妃暄悠然道：「寒山惟白雲，寂寂絕埃塵。草座山家有，孤燈明月輪。石床臨碧沼，鹿虎每爲鄰。自羨幽居樂，長爲世外人。」

她柔美如天籟的聲音，以一種帶有音樂般的動人語調，於這鬧市之中娓娓誦來，實具有無與倫比的感染力。詩文不住惹起徐子陵的聯想，似乎寒山白雲，孤燈明月，都因出自她的香唇而有了新的意義，展現出俗世裏而超乎俗世的意象境界，感覺美得令人屏息。兩人的目光雖沒有接觸，但因同是凝注著下方流動不休的河水，又藉之微妙地聯結起來。此時太陽漸下，餘暉染紅了城市西方的空際。

徐子陵沉吟道：「這不像一個故事！」

師妃暄嘴角逸出一絲笑意，淡淡道：「只是故事的前奏，亦只是想培養徐兄聽故事的情緒氣氛。否則對牛彈琴，枉自浪費言詞。」

徐子陵忽然岔往別處道：「是否眞有來生果報這回事？」

師妃暄答道：「徐兄既非計較功利的人，何須像世俗人般要著緊這種事？」

徐子陵一震朝她瞧去，奇道：「你好像對我很清楚呢！」

師妃暄沒有答他，也沒有以美目迎接他的眼神，只秀眸深注地凝視著下方的流水。她側臉的輪廓美得令人呼吸頓止，彷若天地靈秀，盡萃於她臉龐完美的線條上。徐子陵儘管愁腸百結，但心神仍不由被她深深吸引，像在戰火漫天的悲慘世界中尋找到避開亂世的桃花源。

師妃暄似是一點也不介意被他在不足兩尺的近距離欣賞，玉容靜如止水，輕輕道：「有人問和尚道：『和尚修道，還用功否！』和尚答道：『用功。』又問：『如何用功？』和尚答『飢來吃飯，困來即眠。』於是問者大奇道：『一切總如是，同是用功否？』和尚答道：『當然不同，他們吃飯時不肯吃飯，百種思索，千般計較，所以不同也』。」

接著澄明深邃的眼神迎上他的目光，柔聲道：「這故事有趣嗎？」

徐子陵深深瞧著她，感受著她一塵不染的平靜心境，點頭道：「小姐的故事深含至理，不過首要條件卻需把自身從衆人的淒苦中完全抽離，始能達到這類無慾無求的情況，進而探討人生存在的問題。這也是極端解放和自由的境界，類似莊周老子的自然無爲，本來無事的追求。可是除非能像小姐般割斷世情，否則誰能無情呢？」

師妃暄秀目閃過訝異神色，旋又回復平靜，輕柔地道：「徐兄果然是具有大智慧的人，難怪可掌握《長生訣》的竅要，又破解開和氏璧深埋千古的秘密。徐兄剛才的問題，只在不明白本身的眞識眞性，本來具足的至道。徐兄想聽另一個故事嗎？」

徐子陵苦笑道：「我現在根本沒有聽故事的心情，不過小姐的故事實在太動聽了，使我也變得難以自拔，只好身不由主地洗耳恭聽。」

師妃暄移開目光，重投在下方的流水中。瞧著一艘小舟，載著男女老幼一家大小，在夕照的彩霞下逐漸遠去。徐子陵亦循她目光觀望，波動的心情緩緩平復。身後原是頻繁的交通人流漸趨稀疏，喧嘩稍減。天津橋乃遊人到洛陽必訪之地，故兩人並肩憑欄，乃常見不過的事情，不會惹人注目。徐子陵此時才想到師妃暄今日方見過自己，現在又忽現仙蹤，其中必有自己不明白的深意。

師妃暄的聲音傳入耳內道：「有位道家的仙長，開爐練丹，萬事俱備，獨欠一個守爐的道僮。」

徐子陵訝道：「我還以爲小姐說的會是另一個佛門的故事。」

師妃暄微笑道：「佛門道家有甚麼分別？正如你和我，只是人罷了！」

徐子陵不解道：「人是每個不同的，否則爲何你叫師妃暄，而我則喚徐子陵？」

師妃暄從容不迫地答道：「即心即佛，也非心非佛。既不是心，不是佛，也非是物。人就是人，自我只是障翳和阻礙，所以會吃飯而不知吃飯哩！」

徐子陵直至今天才是初次接觸禪道高人，無論了空又或師妃暄的說話，表面雖淺白易明，但內中總深藏令人難解的玄機，只好謙虛地道：「我要仔細想想才行，小姐請繼續說故事，我不會再打岔了！」

寇仲把馬兒寄在董家酒樓的馬廄，朝青蛇幫設在碼頭的總壇走去。他因怕被人跟蹤，致發現他和任恩的關係，故甫離大街，立即展開腳法，忽然奔掠於橫巷，忽而串房過屋，又以種種反追蹤法肯定沒有人吊在身後，才全速朝目的地馳去。在斜陽的眷顧下，連綿的房舍與綠樹繁花互爲襯托，而隨處可見的廟頂塔刹，則爭寫天上之奇姿。可惜寇仲視而不見，只在盤算如何教翟嬌等避過殺身大禍。

寇仲捨正門而從屋頂翻下去，尚未著地已臉色劇變。

師妃暄不徐不疾地娓娓說道：「終於有人來應徵作守爐的道僮，那道長說：『你若能由現在開始不作一言，便可作我的道僮。肯嘗試嗎？』那人堅定地點頭，接著天旋地轉，墮進無數世輪迴之中，但不論富貴貧賤，王侯將相，販夫走卒，他仍堅持不語，每次由生至死，都是不作一言的啞巴。」

徐子陵聽得眉頭大皺，這故事有著仙道玄奇怪誕的色彩，卻不知與剛才的話題，有甚麼關聯。

師妃暄續道：「最後他在某世變成一婦，嫁夫生子，豈知兒子出世後尚未彌月，賊人來了。」

徐子陵給引起好奇心，愕然道：「那怎辦好呢？」

師妃暄道：「賊人在她眼前殺她丈夫，又把她污辱，她仍能堅持不作聲，到最後賊人要把嬰孩也殺掉，她終於忘記了輪迴的目的，狂叫阻止。」

徐子陵虎軀劇震，明白過來。

師妃暄淡淡道：「於是他從輪迴中醒轉過來，發覺自己仍立在丹房之中，一切沒有改變，只多了一臉熱淚。仙長嘆道：『罷了！你仍是割捨不下母子之情。』」

接著輕輕道：「寇仲來了！妃暄別矣。」

寇仲和徐子陵坐在洛堤土坡處，位置與今早大致相同，心情卻有天淵之別。

寇仲出奇地沉著冷靜，低聲道：「行兇者肯定只有一人，但青蛇幫總壇內二十五人卻無一倖免，可見其行事的快、狠、準，至少接近媗媗那個級數。但肯定不是陰癸派的人幹的。」

徐子陵心中狂湧起爲青蛇幫幫主任恩和其手下復仇的熾熱情緒，語氣卻是非常平靜，淡淡道：「憑甚麼你能那麼肯定？」

寇仲狠狠道：「因爲從各人的死相和傷勢，都不像是天魔功所爲。任恩等表面毫無傷痕，但五臟俱碎，顯是一種剛中含柔、霸道至極的劈空拳掌之勁。」

徐子陵倒吸一口涼氣道：「任恩等人的武功雖不算高明，可是若要我在沒有人逃出屋外前盡殺壇內之人，恐怕亦辦不到。所以此人武功當在我們之上。這樣的高手在江湖上屈指可數，究竟會是誰呢？」

這時夜幕剛垂，華燈初上，繁盛昇平的氣氛，與他們灰黯無光的心情相比，似帶著濃重冷嘲的味道。

寇仲頹然道：「坦白說，我當時眞想大哭一場，以宣洩心中的悲苦和痛楚。但卻知萬萬不可如此，還要更堅定地去應付反擊。我現在滿腦子是他們屍橫壇內的淒慘景象，你能否替我分析一下。」

徐子陵的心情當然不會比他好，可能還更沉重，深吸一口氣，道：「首先是對方如何知道我們和青蛇幫的關係？毀掉青蛇幫對他又有何好處？且此人爲何要單獨出手？只要想通其中一點，可推測出是哪一方的人幹的。」

寇仲嘆道：「最大的嫌疑仍是陰癸派，但我總覺得不是他們幹的。」

徐子陵點頭道：「應該不是陰癸派。行兇者若和洛陽其中一個地方幫會有聯繫，很容易就能查出青蛇幫這兩日來爲我們奔走出力。而陰癸派失去洛陽幫後，等於斷去所有眼線。所以最有可能的是獨孤閥，但細想卻又有點不對。」

接著把沈落雁將獨孤霸之死嫁禍給他們一事說出來。

寇仲雖恨得牙癢癢的，仍斷然搖頭道：「獨孤閥成竹在胸，絕不會小不忍而亂大謀，因爲過了明晚，他們便可爲所欲爲，難道這麼一天半晚都等不了嗎？」順便把疑有內奸的事告訴徐子陵。

徐子陵亦把彤彤供給的情報和盤托出，卻暫時隱瞞了雲玉眞出賣素素的事，以免再困擾寇仲，也沒提起師妃暄曾找他說話。

兩人苦思半晌，仍是茫無頭緒之際，寇仲苦惱道：「怎辦好呢？我本想找任恩遣人送個信給翟嬌，教她小心李密，現在誰能助我？」

徐子陵劇震道：「我猜到是誰下的毒手了。」

寇仲一呆道：「這跟送信給翟嬌有甚麼關聯？」

徐子陵雙目閃過濃烈的殺機，沉聲道：「告訴我，除了你外，誰還知道翟嬌到了哪裏去？」

寇仲道：「這麼重要的事，我怎會輕易告訴任何人？」

徐子陵點頭道：「好了！告訴我，假若你全不知道內奸的事，現在見到任恩和二十多名手下慘被屠殺，會有怎樣的反應？」

寇仲開始有點明白，恨得咬牙切齒道：「此計果是毒辣，我當然會提醒所有明裏暗裏曾幫過我的人要提高警惕。因爲此人若連任恩與我們的秘密關係都瞭如指掌，翟嬌恐也不能倖免。」

徐子陵拍腿嘆道：「這正是關鍵之處，而順理成章地，你很有可能請王世充爲你派人聯絡翟嬌，那勢將洩出她藏身的地點。告訴我，誰會如此處心積慮去殺翟嬌呢？」

寇仲呆了半晌，大罵道：「沈落雁那婆娘實是豬狗不如，否則怎會那麼巧她到這裏來向你警告，而那邊卻已死了人。出手的定是晁公錯那殺千刀的死老鬼。去了翟嬌這心腹之患，她的老闆以後可高枕無憂了。」

旋又皺眉道：「你這推測該十有九準。不過我若根本不去知會翟嬌，沈落雁豈非只會打草驚蛇？」

徐子陵苦笑道：「不要自己騙自己了！我們定因過分關心翟嬌的安危，設法示警。沈落雁太明白我們哩。」接著冷然道：「若我們能將計就計，定可把元兇引出來。」

寇仲搖頭道：「王世充才是沈落雁的頭號目標。但我卻可故布疑陣，使她完全摸錯翟嬌藏身的處所。」

徐子陵點頭道：「你可應用明修棧道，暗渡陳倉之計。明的由王世充去辦，暗的則請卜天志弄妥當。」

寇仲失聲道：「我全忘了卜天志的約會。咦！你怎會忽然提起他而非雲玉眞。這女人我始終不大信任她。」

徐子陵扯著他站起來道：「邊走邊說吧！你現在去找王世充，並請他代辦任幫主等人的後事。而我則聯絡卜天志，現在不用你說服我，我也會竭盡全力對付李密。」

寇仲低聲道：「若找不出內奸，此仗就算你肯助我，亦必敗無疑。」

徐子陵默然片晌，道：「那你和我一道去見卜天志，然後再見王世充吧！」

兩人與卜天志商議妥當後，卜天志先離開，而兩人則留在酒肆內。舖內只有三檯客人，但由於正在猜拳或行酒令，輸了的還扯開喉嚨大叫大嚷，甚至高歌一曲，吵得屋樑顫震起來。這種喧嘩的環境，反給他們商議秘密提供了掩護。

寇仲沉吟道：「卜天志和一眾巨鯤幫兄弟這麼看得起小弟，想隨我寇仲打天下，本是求之不得的美事，只是心中總覺得對不起美人兒師傅。」

徐子陵冷哼道：「你怕我會反對才這麼說而已！放心好了，此事我絕不會阻止你的。」

寇仲一震道：「究竟是怎麼回事？不像你陵少的風格。」

徐子陵嘆道：「之前卜天志告訴我很多事，包括素姐的婚姻，實是香玉山、蕭環和雲玉眞深謀遠慮下的布置，目的是爲了我們的楊公寶藏。」

寇仲失聲道：「甚麼？」

徐子陵苦笑道：「我們實在太天眞了，很容易相信別人的話。現在大錯已成，累得素姐把終生幸福斷送在奸邪之手。」

寇仲霍地立起，掠往門去。徐子陵大吃一驚，放下酒資，全速追出。

寇仲背著他呆立路旁，街上雖人來人往，他雄偉的身型卻顯得無比的孤獨。徐子陵移到他旁，赫然發覺寇仲滿臉淚珠，從虎目滾滾流下，卻沒有發出任何聲音。他也是心中惻然，想起師妃暄說的仙長煉丹的故事，哽咽道：「不要哭了！」

英雄有淚不輕彈，只因未到傷心處！自傅君婥香消玉殞後，素素成了他們唯一的親人，在某一程度上代替了傅君婥。無論他們如何成爲叱吒天下的風雲人物，在素素跟前總會變回那對沒有機心的大男孩。其中深切眞摯的感情，外人是難以明白的。

寇仲以衣袖拭淚，沉聲道：「我要把雲玉眞殺掉，誰都不能阻止我。」

徐子陵胸口劇烈地起伏，搖頭道：「此豈是智者所爲？現在我們等於有人質落在香玉山手上，必須投鼠忌器，謀定後動，否則素姐的遭遇將更不堪。」

寇仲雙目忽晴忽暗，好一會後軟弱地道：「小陵！你教我該怎辦好呢？我現在不但恨他們，也恨自己。若不是我們要和香玉山那小奸賊合力對付宇文化及，素姐不會這麼的被人害了。」

徐子陵道：「現在我們先要應付眼前的危機，然後去把楊公寶藏起出來，諸事妥當後，我將返巴陵，把素姐母子帶走。而你則專志於爭天下的大業。」

寇仲一呆道：「我怎放心得下，蕭銑是老狐狸，香玉山則是小狐狸，兼之那是他們的勢力範圍，我……」

徐子陵苦笑道：「你領著千軍萬馬去找他們，又能起甚麼作用？此事我自有計算，有信心可辦得妥貼穩當。」

寇仲頹然道：「此刻我有種萬念俱灰的感覺，眞想放棄一切，然後……」

徐子陵截斷他道：「不要胡思亂想了！首先是任恩幫主之仇，我們不能不報。其次是翟嬌正等著你的好消息。而你雙龍幫的一衆兄弟，亦在關中等候你去起出楊公寶藏。此外還有其他人呢！這種事開始了便欲罷不能。現在唯一該做的事，是振奮起來，爲己爲人勇敢迎敵，再無他途。」

寇仲急速地喘了幾口氣，好半晌平復了點，道：「現在我們是否該去見王世充？」

徐子陵抓著他的臂彎沿街緩行，低聲道：「若你把內奸的事通知王世充，他會有甚麼反應呢？」

寇仲清醒過來，動容道：「想來確是沒有甚麼好處，首先他必不肯以身犯險，然後懷疑身旁每一個人，等於平白向敵人露出形跡。」

徐子陵道：「誰人曉得翟嬌的事？」

寇仲道：「能參與王世充機密的人，除了他的兒子和兩個皇親國戚外，親信手下則有張鎮周、楊公卿、郎奉和宋蒙秋四人。另外還有幾位貼身保護他的名家高手。照我看，宋蒙秋最靠不住。」

徐子陵道：「你不喜歡他是一件事，他會不會背叛王世充則是另一回事。撇開將來的發展不說，現在的形勢顯然是王世充較強，宋蒙秋若勾結外人來砸自己的飯碗，對他有何好處？獨孤峰和楊侗難道眞會重用一名叛將嗎？」

寇仲登時語塞，尷尬道：「我此刻心如鹿撞，六神無主，還是你比較清醒點。」

徐子陵露出哭笑難分的表情，道：「虧你在這種情況下，仍要逗我開心，『心如鹿撞』一般是描述女子對心儀男子心動的情景，哪能用在你身上！告訴我，那些名家高手是何方神聖？」

寇仲道：「吃飯的當然有一大批，但可與聞祕密的只有歐陽希夷，可風道人，還有一個叫『鐵鉤』陳長林的小子和來自以樂舞名聞天下的龜茲美人兒玲瓏嬌。此女一向對我不太友善，故反不似是內奸；歐陽希夷更無問題，而可風道人則對我愛護有加，咦！」兩人同時四目交投。

因爲若照寇仲的推理，對他特別友善的人反更有可能是內奸。

寇仲旋又搖頭道：「我們怕是疑心生暗鬼吧？這人看來仙風道骨，且是方外之人，視名利錢財如糞土，怎會是叛徒？反是那陳長林血氣方剛，沈落雁或獨孤鳳只要略施色誘，他在爬秀榻前恐怕連祖宗出賣了也毫不在乎哩！」

徐子陵哂道：「若論仙風道骨，可風是否及得上辟塵？」

寇仲一震道：「當然尙差一截。不知辟塵練的是甚麼邪功，邪得竟像仙人下凡的出塵模樣。」

徐子陵道：「郎奉或宋蒙秋若投靠敵人，王世充恐怕進不了城門口，所以可肯定他們沒有問題。反是張鎭周和楊公卿長期鎭守外地，說不定因見李密勢大，投向他也很合道理。」

寇仲忽然反手拉著徐子陵，轉入一道橫巷去，低聲道：「可風眞有可能是奸細。昨晚我們在天津橋被人圍攻，他正是力主支援的人。而絕非奸細的歐陽希夷則大力反對。」

徐子陵苦笑道：「問題是我們不能據此作實。他究竟是個甚麼傢伙？爲何王世充那麼信任他。」

寇仲道：「他好像是來自洛陽附近某一道派的人。歐陽希夷還說這個道派的人罕有插手江湖的事，這回王世充是有天大的面子。所以我看他應該不是奸細。不如集中注意力在陳長林那小子身上，看他會不會忍不住去和沈落雁幽會。」

徐子陵忽地劇震道：「他是不是來自邙山翠雲峰之巓的老君觀？」

寇仲目瞪口呆道：「你怎麼會知道？」

徐子陵斷然道：「我們立即去見王世充。可以肯定內奸是可風妖道。時間無多，我們邊走邊說。」

密室內，王世充聽罷色變道：「竟有此事？老君廟的主持避塵仙長乃我多年的朋友，可風怎會害我？」

這回輪到寇仲和徐子陵同時色變，失聲叫道：「辟塵？」

王世充愕然道：「有甚麼不妥？」

寇仲道：「避塵的眞名是辟塵；乃陰癸派外另一邪派的教主，至於怎樣邪法我便不清楚。但了空既親口告訴小陵老君廟為奸人所把持，而我們又知辟塵的底細，可風是奸細一事，再無任何疑問。別忘了昨晚他是一力主戰的人呢。」

王世充顯是心緒大亂，問道：「了空怎會平白無端地向子陵透露這消息的？」

徐子陵遂把今早往見師妃暄的經過道出。當然瞞起和氏璧曾被他們取到手這一秘密。

王世充終被說服，道：「現在該怎麼辦？」

寇仲興奮起來，道：「此事現在只可你知、我知和小陵知。然後我們才可巧施計中之計，保證這次沈落雁要陰溝裏翻船，吃個大虧。」

兩人踏出尚書府門，心情大是不同，至少眼前目標明確，讓他們有了奮鬥的方向。

侍衛牽來馬兒。兩人正要上馬，可風的聲音在背後響起道：「兩位小兄請留步。」

寇仲轉身施禮道：「道長是否有甚麼急事？此刻我正趕著送敝友出城。」

可風來至兩人身前，微笑道：「這位定是寇小兄的好拍檔子陵小兄了。貧道只是過來打個招呼吧！」

接著漫不經意地道：「徐小兄要往哪裏去？」

徐子陵裝作無心下衝口而出道：「是要到淮陽去。」

寇仲臉色立時變得很不自然，煞有介事地壓低聲音道：「此事連王公都只知其一不知其二，道長請幫個忙，千萬不可洩露出去。」

可風肅容道：「究竟是甚麼事這般嚴重，徐小兄需立即出城，有沒有甚麼需要貧道幫忙之處？」

徐子陵擺出說漏了口的尷尬神情，囁嚅道：「此事牽涉到一些朋友的安危，道長務要嚴守祕密，我們便感激不盡。」

可風皺眉道：「那徐小兄明天豈不是不能參與我們的行動？」

寇仲苦笑道：「這件事來得非常突然，小陵實在是不得不立即趕往那地方。」

可風點頭道：「如此貧道不敢再浪費徐小兄的時間，至緊要事事小心，貴友必能逢凶化吉的。」

兩人策騎離開皇城，朝東門急馳而去，到城門時遞上由王世充親發的令牌，加上守城的兵頭又認得寇仲，立即放行。出城後兩人裝模作樣地在山野間趕了近十里路，在一處山頭歇下來休息，讓馬兒可鬆一口氣。

兩人在丘頂遠眺半晌後，寇仲道：「該沒有人敢啣尾跟來吧？」

徐子陵迎著清涼的夜風深吸一口氣，沒好氣道：「敵人自會以飛鴿傳書一類方法，通知淮陽的同黨，張開羅網待我前去。當我和翟嬌見面，他們將以雷霆萬鈞之勢，一舉把我們解決，以絕後患。何須這麼辛苦來跟蹤我們呢？」

寇仲抓頭道：「我的腦筋仍是不太清醒，唉！想起素姐我便想痛哭一場了。」

徐子陵冷然道：「你哭過了，以後不要再哭。現在我們唯一該做的事，就是堅強地面對所有已發生的不幸事，並竭盡全力去應付眼前的危機。可風應該已被我們騙倒。接著輪到沈落雁，然後是李密。時間差不多了！你最好趕快回城，免令人懷疑。」

寇仲道：「你可小心點！」

徐子陵點頭道：「你也是！」

門開，把門的宋閥好手愕然道：「原來是寇爺，請問是要找七叔還是三小姐？」

寇仲跨過院門，道：「三小姐若仍未睡，我想請她出來說兩句話。」

那人領他朝主宅走去，另有其他人過來替他牽馬，當然還有人飛報內院的宋玉致，無不是神態恭敬得以能爲他服務爲榮。

到大廳坐下，那領路叫宋傑的年輕人親自奉上香茗，歉然道：「婢子在後院休息，誰猜得到寇爺會忽然大駕光臨呢？」

寇中暗忖宋閥不愧是南方首屈一指的大家族，隨便一個看門的小頭領，非但武功不錯，且說話應對得體。微笑道：「哪裏哪裏？宋兄無須客氣才是。」

接過香茗，呷了一口後，道：「宋兄何不坐下聊聊？」

宋傑微笑道：「這不合規矩，寇爺請隨便下問。幸好寇爺要見的是三小姐，因爲七叔仍赴宴未返。」

寇中再呷一口熱茶，動容道：「甚麼茶這麼香的？」

宋玉致的聲音傳來答道：「這是西湖的龍井茶，若能以當地的虎跑泉水沖泡，更是香清味冽，生津止渴，號爲雙絕。」

寇仲朝她瞧去，登時眼前一亮。她穿的是以眞絲織成純白色的素衣裳，領、胸、袖、褲腳等部位都恰到好處地配以梅花彩繡。花形清麗，色澤悅目，虛實對比，層次分明。加上衣質柔軟飄逸，輕盈軟滑，穿在這美女身上，眞是有多動人就有多動人。宋傑連忙告退。宋玉致沒有半絲表情地在他對面靠窗的椅子坐下，彼此隔了整個廳子近兩丈半的遠距離。

寇仲嘆道：「實不相瞞，剛才我見到三小姐，差點立即要開小差逃亡。因為我在三小姐像天上明月的艷光照射下，忽然生出自慚形穢的強烈感覺。」

宋玉致沒好氣地道：「你最懂哄人，最擅講些口不對心的話。現在是甚麼時候哩？」

寇仲笑嘻嘻道：「這正是我想問的話，現在是甚麼時候呢？三小姐為何尚未就寢？」

宋玉致顯然拿他沒法，氣道：「不跟你胡扯，再不說出你深夜來此所為何事，我不理你了。」

寇仲一本正經地道：「我來此是希望能借宿一宵。」

宋玉致杏目圓睜地失聲道：「甚麼？」

寇仲翹起二郎腿，擺出流氓無賴的樣兒，好整以暇地道：「今晚剩下小弟孤家寡人一個，又沒有小陵和我睡在街頭時輪流守夜。我想睡個好覺，唯有來求三小姐收留。唉！溫柔鄉是英雄塚，天涯何處是吾家？」

聽到他最後兩句不倫不類的胡言亂語，雖明知這小子順便調侃自己，宋玉致仍忍俊不住，只好苦忍著笑道：「快給我滾。找王世充收留你這流浪漢吧！」

寇仲長身而起，伸個懶腰道：「三小姐的閨房在哪裏？若沒地方過夜，只好將就點借三小姐的香閨一用，哈！三小姐的香閨該是特別香噴噴的。」

就那麼朝內進走去。宋玉致嚇了一大跳，又氣又嗔的追上去，伸指便點往他背脊要穴。這一指含「恨」出手，果是不同凡招。豈知寇仲應指便倒。宋玉致哪想得到他不閃不避，連忙搶前扶著。寇中癱瘓了似地倒進她香懷內，還發出濃濁的鼻鼾聲，宋玉致終曉得中了奸人之計。

天陰。城門才啓，徐子陵戴上面具，換過藍色長袍，立即搖身變成盜取和氏璧時那副模樣，憑正式的通行證，緩步入城。他並沒有故意佝僂起高拔的身軀，帶點蓬散的蒼蒼白髮，配上清癯而威嚴的臉容，他這老人予人的形象頗令人注目。他腰上還掛有長刀，一副僕僕風塵的老江湖形相。

因離開與寇仲約好見面的時間仍有兩個時辰之久，遂隨意在城內蹓躂，不知不覺間，又走上熟悉的天津橋。橋上人車漸多，徐子陵想起昨夜在此聽師妃暄說故事的情景，心中湧起既動人而又略帶惆悵的難言滋味。她爲何會忽然離開靜修的禪院前來找他呢？又或者她是在辦其他事時忽然遇上自己。總言之她的行事每每出人意表，暗含玄機，教人難以測度。

步下天津橋，心神轉到跋鋒寒處。這位曾與他同生共死的超卓突厥劍手，並非像他外表擺出來般無情，至少他對芭黛兒心存疚意，須千方百計避而不見。就在此時，他看到兩個熟人。而天上烏雲疾走，暴雨將至。

雨點灑在屋簷窗際，由稀轉密，眨眼間房子外整個天地充滿淅瀝的雨聲，彷如大自然的妙手奏起最曼妙的樂章。擁著香潔的被舖正作元龍高臥的寇仲，先想起露宿荒野的徐子陵，接著是尙秀芳令人百聽不厭的動人歌聲，然後是倚在宋玉致懷內那溫柔得可使人溶化的醉心感受，鼻孔裏似仍充盈著她如蘭的體香。這對自己又愛又恨的美人兒出乎意料之外地沒有把他摔在地上，竟還把他抱起「擲」到長椅處，接著命手下將他抬進這客房來，眞教他受寵若驚。若說自己對她沒有好感和愛意，便是自己騙自己的，至少有她在旁，他從不感到寂寞，時間溜走的速度也快了很多。

自竟陵戰敗後，他從未有過睡得如此香甜的滋味。外面的雨聲，尤使他感到房內的安全和寫意。李秀寧的印象忽地模糊起來，代之的是宋玉致喜嗔交集的動人風姿。

足音響起。「砰」的一聲，房門洞開。接著是關上窗子的聲音。寇仲不用看也嗅出來者是宋玉致，心中訝然。這種該由婢僕做侍奉漱洗的事，何用勞煩她三小姐的一對嬌貴玉手。這個意念仍在腦海中盤旋，宋玉致來到帳外，嬌喝道：「睡夠了嗎？還不滾起來！」

寇仲伸個懶腰，把手探出帳外，道：「三小姐拉我起來好嗎？」

「啪！」宋玉致狠狠朝他攤開的手掌重重賞了一記，氣道：「你若再胡鬧，我把你擲到門外去。」

寇仲雪雪呼痛地坐了起來，抱怨道：「輕點打不行嗎？」

宋玉致氣得背轉嬌軀，怒道：「無賴！」

寇仲把雙腳探出帳外，離床而起，剛好站在她粉背後，笑嘻嘻道：「三小姐昨夜仗義收留的大恩大德，我寇仲差點永誌不忘。」

宋玉致一呆道：「甚麼差點？」

寇仲湊到她香肩上的小耳旁，柔聲道：「若三小姐肯以自己的香閨招待我，那就眞的永誌不忘。」

宋玉致移前一步，轉身揮掌。「啪！」寇仲臉上立時呈現五道血痕，瞬又散去。

宋玉致愕然道：「你爲何不避？」

寇仲捧臉涎笑道：「我令三小姐這麼氣惱，理該受罰的。」

宋玉致眼中射出複雜的神色，嘆道：「寇仲你究竟是怎樣的人呢？」

寇仲頹然坐倒床沿處，素素的事湧上心頭，眼中射出沉痛的神色，低聲道：「三小姐除非是心甘情願嫁我，否則我絕不會逼你。」

宋玉致玉容平靜下來，緩緩移往靠園的窗旁，輕輕道：「既是如此，你以後不要再在玉致眼前出現好了。」

寇仲一呆道：「三小姐若有此意，我寇仲定必遵從。唉！想不到竟是我自作多情，眞個好笑！」

宋玉致玉旋風般轉過身來，狠狠盯著他道：「你心裏根本沒有我，還說甚麼自作多情，再說我便殺了你。」

寇仲愕然道：「我心裏怎會沒有你？昨晚我還夢見在三小姐的香閨內和三小姐，嘿！那眞是個令小弟畢生難忘的美夢。」

宋玉致俏臉飛紅，差點拔出佩劍，失去了平靜地跺足大嗔道：「狗嘴長不出象牙的大無賴，佔人家的便宜還佔得不夠嗎？」

寇仲一本正經地點頭道：「昨晚確是佔了三小姐頗大的便宜，那是人世間最香甜的美事。」

宋玉致拿他沒法，生氣的坐倒在窗旁的椅子上，一時說不出話來。

寇仲赤腳來到她椅旁，單膝跪地，兩手抓著椅柄，仰頭打量這正鼓起香腮的美女，柔聲道：「我敢向蒼天打報告，寇仲心裏絕對有宋玉致。」

宋玉致迎上他的目光，哂道：「當然有啦！因爲我是你去爭天下的其中一塊踏腳石嘛。」

寇仲搖頭道：「開始時我確是帶點功利之心。但到昨晚，我才發覺自己難以自拔地想著玉致你。」

昨晚他回城後，因任恩等被慘殺和聽到素素的不幸而致苦痛難堪，不知如何竟忽然很想見宋玉致，故登門找她。

宋玉致玉容出奇地靜若無波止水，徐徐道：「寇仲你須謹記大丈夫言出如山，你剛才答應了以後再不會來煩玉致，現在怎能反悔？我不理你是眞心還是假意，總之我的心無法容你，言盡於此，你走吧！」

寇仲的心像給萬斤大鐵槌重擊一下，疼痛得差點翻倒地上。忽然間，他清楚知道由於自己開始時擺出的不當姿態，已深深觸怒了宋玉致，令她無法接受自己。她肯定對他寇仲有深切愛意，但恨意亦是同樣深切。現在已是錯恨難返。

他除了臉色轉白外，表面的神態並沒有顯露出內心的感受。他長身而起，深深瞧了她一眼後，頹然道：「玉致珍重！」就那麼赤足地回到風雨漫天的戶外去。

徐子陵打著剛買的傘子，躡在鄭淑明和白清兒兩女的身後。

鄭淑明乃長江聯的女當家，由於丈夫死在跋鋒寒手上，於竟陵外率聯盟旗下的清江派、蒼梧派、江南會、明陽幫、田東派等組成的聯軍，圍攻跋鋒寒，卻給自己和寇仲湊巧碰上，破壞其事。後來鄭淑明含恨之下和錢獨關、惡僧、艷尼等聯手，在城內伏擊他們。兩人脫身突圍，撇下了鄭淑明。想不到她此時會到洛陽來。這新寡文君美艷如昔，與白清兒共撐一傘，說說笑笑的，在天街的胭脂水粉舖流連出入，似乎渾忘了喪夫之痛。

徐子陵橫豎閒來無事，更希望能由白清兒身上得到點陰癸派的線索，遂隨她們走了一個街口。在滂沱大雨掩護下，跟蹤起來也易於隱蔽形跡。就在此時，有人來到他身旁，低聲道：「這位老丈，可否借一步說話。」

徐子陵可以肯定從未聽過這人的聲音，沒有朝來人瞧去，沙啞著嗓子冷笑道：「老夫沒有興趣和任何人說話，給我滾開。」

那人怒哼道：「這叫敬酒不喝喝罰酒，讓鄭某人看你有多大道行。」指風襲至。

徐子陵移形換位，閃身到了另一位置，跟施襲者隔了兩堆共七、八個其他躲在屋簷下避雨的人。那人咦了一聲，顯因徐子陵的高明而大感意外。

徐子陵猜到對方應是「河南狂士」鄭石如，心知自己跟蹤兩女的事已被發覺，遂打著傘子快步轉入一條橫巷去。地上的低窪處此時積滿雨水，雨點仍不住灑下，屋簷地上水花激濺，各具奇姿異態，織出這偉大城市的雨景。

鄭石如在後方追上來，狂喝道：「止步！」

徐子陵手按刀柄立定，冷冷道：「老夫已有數十年沒動刀子殺人，你最好不要逼老夫破戒。」

鄭石如沉聲道：「老丈高姓大名？」

徐子陵不屑地哂道：「你明知老夫不會說出姓名，仍要出口相問，豈非多餘之極。」

戴上這個連髮的假面具，徐子陵便感到代入了另一個身分中，變成個非常霸道冷酷的老者。

鄭石如哈哈笑道：「不用你說出來，我鄭石如也猜出你的身分，當年名震陝北的『霸刀』岳山，何時變得如此藏頭露尾了？」

徐子陵心中好笑，有機會定要查查「霸刀」岳山是甚麼人，悶哼一聲，朝前續行。

鄭石如竟不敢追來，只叫道：「岳老師此次出山，當是要一雪前恥，但現在時勢已變，個人之力實難展抱負，岳老師請三思，石如稍後再拜會。」

徐子陵頭也不回地走了一段路，肯定沒有人跟蹤後，閃到一角，換上「刀疤大俠」的面具。心想這「霸刀」岳山必曾是威震一方的高手，後因某種挫折，歸隱不出。只看以鄭石如這級數的一流高手，仍對他心存畏敬，又大力招攬，便知其武功非同小可。但這時已無暇多想，匆匆往會寇仲。

寇仲濕淋淋的跨過福成綢緞莊的防水閘，踏進這洛陽最著名店子廣闊的前進大堂，老闆李福成正向鄭淑明和白清兒推介手上的貨式道：「這是正宗的魯錦，特別在織造前須預先染色，故色澤多而鮮艷，圖案變化萬端。由打棉、捻布芯、紡線、染色、上漿、絡線、經紗、穿綜、上機織布、整理，到最後的嚴格檢驗，所有工序一絲不苟。我現在手上這幅喚作萬人迷，若……咦！」

到這刻，他才發覺白清兒和鄭淑明的兩對美目望到了別處去。

事實上店內的五名夥計和其他三組客人的目光正全集中在寇仲，和從他身上濿滴而下沾濕了大片地板的水漬上。寇仲似絲毫不知自己成了衆矢之的。而若非他體型剽悍，兼背負長刀，早給人轟出門外。

他一邊從懷裏掏出以防水絹包好的秘本、錢袋等物，邊嚷道：「我不要女人穿的萬人迷，只要一套現成的男裝，另加一對馬靴，這裏若沒有就給我到別處弄回來，我當照付雙倍價錢。唉！眞難受！」

鄭淑明美目射出森寒的殺機，聲如冰雪的從玉齒縫處吐出來輕叱道：「寇仲是你！」

「寇仲」兩字甫出，李福成和衆夥計立時露出敬畏之色。

李福成隨手拋下給他讚得天上有地下無的魯錦，躬身道：「原來是寇爺，失敬失敬，尙書大人是福成的老朋友，請到裏面坐下先喝口熱茶，一切自會爲寇爺辦得妥妥貼貼。」

寇仲暗忖洛陽不但是天下交通總匯，還是消息傳遞得最快的大都會，欣然道：「待我先和老朋友交代兩句，老闆要不要為我量度尺寸，小弟比較喜歡較寬鬆的衣裳，哈！」

李福成像忘記了兩女似的，連忙接過夥計遞來的軟尺，又不顧寇仲濕透的身子，在他身前團團轉忙碌起來。

寇仲向正對他怒目而視的鄭淑明眨眨眼睛，笑道：「小弟並非跋鋒寒，那樣瞪著我幹嘛？淑女和君子同級，所以君子動口時，淑女也不可動手。遲些我訂桌酒席向女當家賠罪好嗎？」

白清兒「噗哧」嬌笑，挽著鄭淑明的臂彎道：「姐姐不要睬他，我們到別處玩兒，眼不見為淨。」

寇仲怎肯放過她，微笑道：「彼此彼此，別忘了通知婠妖女，早晚我定會舊恨新仇一併跟她算賬。」

白清兒嘟起紅彤彤的美麗小嘴，若無其事地道：「我根本不知你在說甚麼，我們走。」

鄭淑明卻疑惑地道：「甚麼婠妖女？」話尚未完，已被白清兒拉得朝街外走去。

寇仲高呼道：「除了陰癸派的妖女外，哪裏還有妖女呢？哈！唉！」想起宋玉致，他笑的心情立刻消失。

徐子陵的疤臉大俠撐著傘在街上徐徐漫步。脫掉外袍後變成一身勁裝疾服，再沒有先前「霸刀」岳山的影子。

即使沒有鄭石如的事發生，他也準備好改裝換面，好令進城的老人家徹底消失，不留任何可供人追尋的痕跡。行人道與車馬道間的渠道變成兩條小溪河，加上從兩旁瓦頂屋簷像簾幕般傾瀉而下的雨水，似生力軍般不斷注往街上，頗有衝奔之勢。幸好洛陽的排水系統發揮功能，否則勢成澤國。地上雨花處處，遠近視野模糊，街上人車稀疏，徐子陵不由生出天地間獨我一人的奇異感覺。假若師妃暄正陪他在此豪雨中漫步，聽她娓娓動人的故事，嗅著她身體傳來的芳香，會是怎樣的一番感受。他記起了這淡雅如仙的美女從橋欄處凝視洛水的側面，表情是如此地專注，似完全感覺不到他瞥視的目光，只沉醉在某一神奇的思維空間裏，與他像活在兩個不同的天地間。

師妃暄出人意表的相會，不但令他難忘，且令他尋味無窮。他從來沒有體驗過像師妃暄般般予他的震撼和感受，猶如一股無名的力量把他帶進一個從未曾踏足，但又是直至此刻也難以相信其確實發生了夢幻般的境界去。這令人傾倒的美女，她內心深處究竟是怎樣的一番情況。假若他徐子陵以強而有力的雙臂把她擁入懷內，她那對純美得不食人間煙火的深邃美眸，會生出怎樣的變化呢？

徐子陵嘴角飄出一絲苦笑。自修練《長生訣》後，他對男女之情日漸淡薄。過去亦從來沒有這種渴望，但不知是否這場突來的豪雨，卻使他生出使人黯然神傷的馳想。說到底她終是方外之人，且修爲甚深，追求的是崇高的理想而非男女情慾，任何對她的痴心妄想到頭來只是鏡花水月，空留殘怨。徐子陵深吸一口氣，萬念化作一念，一念轉作無念。所有惱人的思想立時一去成空，心平氣和地朝目的地走去。

第六章

會師中原

黃易作品集

第六章　會師中原

宋金剛把寇仲迎入廳內，笑道：「寇兄肯來已是信人，其他的事何須解釋？」

寇仲坐下接過宋金剛手下奉上的香茗，望往窗外，若有所思的道：「雨停哩！」

宋金剛挨在椅背處，與他一起把目光投往窗外，點頭道：「洛陽以前只夏季有這種雨勢，這回是來早了！」

寇仲把茶杯放在兩人間的几子上，像警醒過來般注視宋金剛道：「宋兄究竟想與小弟在哪方面合作呢？」

宋金剛漫不經意地道：「我想你去救李子通。」話畢別過頭來瞧對方反應。

寇仲愕然道：「你不是要我去行刺杜伏威吧？」

心忖若答案乃「是」的話，只有斷然拒絕。他若眞要殺杜伏威，必須是在千軍萬馬對壘中明刀明槍去幹，而非採暗算的手段。對杜伏威，他絕無半絲惡感，反眞有一點類似兒子對父親的孺慕和敬意。

宋金剛從容笑道：「這只是下下之策，且難以辦到。我只想請寇兄去爲李子通守穩江都，另一方面則攻打竟陵，逼杜伏威退兵，如此沈法興勢難有作爲。而同一時間，蕭銑會渡過長江作出姿態，使杜伏威不敢妄動。」

寇仲開始明白爲何雲玉眞願替宋金剛穿針引線。

宋金剛確是雄才大略的人，在密謀攻打李閥的同時，絲毫不忽略天下的軍事形勢。假若李密與王世充兩敗俱傷，杜伏威北進失敗，而宋金剛又能攻下太原，那劉武周的勢力便可輕易伸展至黃河南北這關鍵的區域，成爲最強大的霸主。

寇仲皺眉道：「此事對我有甚麼好處呢？」

宋金剛道：「只有保住李子通，杜伏威才會因受牽制而不敢進攻飛馬牧場和受其保護的兩個大城，那時只要寇兄攻下竟陵和襄陽，我們可在洛陽會師，到時是敵是友，又或平分天下，成其兩朝之局，再從長計議。」

寇仲啞然失笑道：「從長來計議是敵是友，小弟尚是初次得聞。且宋兄似乎太過推崇小弟了！李子通亦未必肯聽我的話。」

宋金剛淡然道：「寇兄既能說服王世充這老狐狸，區區一個李子通算得甚麼。更何況敝主與李子通關係一向不錯，你又有只憑殘軍堅守竟陵十天的輝煌紀錄，兼之李子通現正身處絕境，那輪得他去從容考慮。」

寇仲苦笑道：「宋兄可能是繼蘇秦張儀後最好的說客，不過這等煩事我定要和我兄弟商量一下才成，你可否多等幾天？」

宋金剛道：「我現在須立即離開，但會留下聯絡之人，只要寇兄點頭，小弟會爲你們安排一切。」

寇仲與他研究了聯絡的方法，又談過有關江都的情況後，告辭離開。

城西宣風坊一座靠通津渠而建的小巧樓院內，徐子陵獨坐廳內，等候寇仲。這是王世充提供給他們的秘巢，用以避人耳目。

此時寇仲來了，頹然在他左方椅子坐下，一反常態的沒有像平時般口若懸河地說個不休。

徐子陵淡淡道：「發生甚麼事？」

寇仲意氣消沉地道：「我和玉致正式分手了，再沒有挽回的希望。」

徐子陵奇道：「怎會弄成這樣子？憑你仲少三寸不爛之舌，白可成黑，鹿可為馬，有甚麼是不能挽回的。」

寇仲嘆道：「還說是兄弟，我現在這麼慘，仍要耍我。唉！我的問題是眞的對她生出愛意，所以不爛之舌也無用武之地。」

徐子陵愕然道：「你不是在說笑吧。」

寇仲失聲道：「說笑？」

旋又露出一絲苦澀的笑容，直勾勾地瞧著剛買來穿上的新靴子道：「我答應不再在她面前出現後，苦惱得就那麼赤足走在風雨中。那時整個人虛乏無力，呼吸不暢，眼前模糊，心就像鐵匠的大錘子砸在鐵砧上一樣砰砰地響，越來越重，雷鳴般轟得腦子發脹，差點走火入魔。」

徐子陵難以置信地呆瞪著他好一會，道：「你忘了李秀寧嗎？」

寇仲淒然道：「今早起床時，我眞的忘了她，心中只有宋玉致。唉！這回比那次失戀更慘，整個人好像浸溺在海水深處，壓得心口悶翳痛楚。」

徐子陵道：「讓我去和三小姐說說吧？」

寇仲斷然道：「萬萬不可，是我兄弟的就讓它過去。我寇仲要爭天下，何須靠姻親的關係？哼！但願玉致她沒有我仍可以得到幸福。」

徐子陵苦笑道：「不要以爲她沒有你沒有幸福。這樣也好，否則我們怎對得起宋師道。」

寇仲怒道：「你仍不信我對三小姐是眞心的嗎？」

徐子陵伸手過來抓著他肩頭，搖晃兩下，嘆道：「你可以忘記李秀寧，自亦可以忘記宋玉致，留點精神幹別的事吧！」

寇仲默然片刻，感受著徐子陵對他的安慰和關懷，點頭道：「我正有要事須和你商量。」

徐子陵聽罷沉聲道：「蕭銑終於要北上了！」

寇仲亦一震道：「有道理！而且這是一石三鳥之計，蕭銑和香玉山不愧是陰謀家。」

徐子陵嘆道：「虧他們想得出來。可見劉武周要會師的不是你這沒有資格的小子，而是蕭銑。當他們會師關外，可先陷洛陽，再攻打關中。兩個老小子一個偏南，另一個偏北，只有如此合作，始有機會平分天下。」

寇仲早便想過這問題。

要知寇仲現在無將無兵，飛馬牧場更非他的下屬。劉武周這種雄霸一方，又有突厥作後援的霸主怎會看得起他，充其量寇仲在他眼裏只是一隻非常有用的棋子。由於蕭銑等人對他有較深認識，所以此奸計必是蕭銑等精心構思出來的。假若他中計，並運用影響力令飛馬牧場和竟陵城舊部全力攻打竟陵，那時蕭銑便可乘虛而入，攻下飛馬牧場和附近的兩座大城。最厲害的是商秀珣等縱使明知巴陵軍渡江北來，仍會誤以爲只是聯合軍事行動的一部分，到成爲無援孤軍，除了投降外再無其他選擇。那時蕭銑將取得長江以北大片土地，而杜伏威則在江都泥足深陷，坐看蕭銑蠶食他西面的領土。此時蕭銑可揮軍北上洛陽，完成與劉武周會師的美夢。

寇仲道：「小陵你教教我該怎麼辦？」

徐子陵狠狠道：「由於有素姐在蕭銑手上，我們現在是投鼠忌器。而且無論任何軍事行動，皆必有其確定目標。但我們卻是既不能公然和蕭銑反目，又要保存飛馬牧場，且更不可讓老爹得逞，有這麼多矛盾牽制和難以並全的情況糾纏在一起，你說我該怎樣教你？」

寇仲的眼睛亮了起來，道：「上兵伐謀，只要我們能保住江都，又不使老爹太傷元氣，而商美人則是裝模作樣佯攻竟陵，暗則對付蕭銑，當可解決眼前的危機。」

旋又苦惱道：「有甚麼法子可既保全江都，又不太傷老爹的實力，這根本是不可能辦到的。」

徐子陵道：「總有辦法的，但須到江都掌握形勢後，才能隨機應變，現在不如先想想今晚的事情好了。」

寇仲默然片晌，望向徐子陵的疤臉，笑道：「馬車早恭候多時，請問疤臉將軍我們該起程了嗎？」

當寇仲和徐子陵隨著王世充等人抵達榮府門外，也爲其熱鬧的情景嚇了一跳。榮鳳祥這洛陽首富的府第，建於城東北一座小丘之上，佔地極廣，規模宏大。一眼瞧去，林木間房舍星羅棋布，氣象萬千。就在入門處的廣場正中，搭架起龐大的鰲山，高結彩柵，遍懸奇巧花燈，不下萬盞之多，輝煌炫目，照得內外明如白晝。

到賀的賓客車馬不絕，四處擠滿錦衣繡裳的仕女，在鞭炮震耳，硝煙彌漫中，喧笑玩鬧，尤勝過年的氣氛。府內處處張燈結綵，婢僕全體出動，招呼來客。王世充的車隊亦是陣容鼎盛，近百名精選出來的衛士，護著八輛馬車，徐徐進入榮府。

徐子陵、寇仲和歐陽希夷共乘一車，後者看到兩人好奇地擠向車窗外望，微笑道：「老夫少年時也像你們般愛湊熱鬧，現在對熱鬧場所則是避之爲吉。」

徐子陵改戴另一面具，變成個相貌平凡的漢子，毫不起眼。此時心中一動，問道：「前輩有聽過『霸刀』岳山此人嗎？」

寇仲奇道：「這人只聽名字便霸道非常，你在哪裏遇上他呢？」

歐陽希夷是王世充外唯一知悉徐子陵身分的人，爲的是可盡力爲他掩飾身分。聞言露出緊張的神色，道：「徐小弟是否眞的遇上他？」

徐子陵道：「晚輩只是聽人提起他的名字，所以生出好奇心吧！」

歐陽希夷明顯地鬆了一口氣，道：「原來如此。岳山乃我們那一輩橫行一時的高手，成名前有段傷心往事。故刀法大成後心狠手辣，殺人如麻，聲威尤在祝玉妍之上。後來被『天刀』宋缺所敗，失去影蹤。宋缺當時只有二十多歲，就是此役奠立了他天下第一刀法大家的聲威。」

此時馬車停下，歐陽希夷似乎不大想談論這人，催他們下車。

寇仲鑽出車廂，香氣立即襲鼻而至，打扮得花枝招展的翠兒迎上來道：「歡迎歡迎，寇公子大駕光臨，實爲榮府的光榮。」

寇仲愕然道：「曼清院今天不用營業嗎？爲何翠兒你竟到了這裏來作迎賓。」

翠兒挨過來親熱地挽著他手臂，媚笑道：「榮大老闆有命，休息一天也不行嗎？何況所有貴客都到了這裏來，我們曼清院的姑娘只好也改到這裏來了！那麼簡單的事，聰明的寇公子還故意問奴家。」

寇仲一邊享受著她酥胸的擠碰，一邊留意四方的動靜。停車處顯然是早經安排的地點，沒有其他的馬車。王世充等紛紛下車，由榮鳳祥親自招呼。

歐陽希夷和徐子陵下車後移到王世充附近，與包括內奸可風在內的其他高手和將士負起保護之責。郎奉、宋蒙秋和楊公卿三人均沒有出席盛會，前兩人是負責城防和監視楊侗方面的動靜，而楊公卿則統率駐在皇城的軍隊。至於董淑妮，由於與榮姣姣的關係，午前時分早到了榮府湊熱鬧。

此時榮鳳祥和王世充正互相酬酢，翠兒湊到寇仲耳邊嗔怨道：「公子累得奴家很慘！該怎樣賠償呢？」

有些賓客無意間往這邊走來，都被王世充的近衛客氣和有禮的勸阻回轉頭。

寇仲正瞧著可風往徐子陵移去，顯是想摸摸這突然出現的陌生人的底子，隨口應道：「我做過甚麼害苦翠兒的事情呢？」

翠兒幾乎是咬著他耳朵道：「昨晚明明說好讓清菊、清蓮和清萍來陪你們的嘛，你又私自溜走，人家差點給怨死了。」

翠兒的軟語糾纏，四周的鞭炮聲和喧鬧聲，輝煌眩目的燈火，王世充與榮鳳祥的寒暄，可風對徐子陵的探問，如臨大敵的近衛更提醒他即將到來的刺殺，所有種種正在進行著的事像小溪匯聚成河般湧進寇仲的意識裏，令他生出極端奇異的感覺。那便像在一個永遠不會醒過來的夢境中，吵鬧的頂點反令人只看到動作而聽不到聲音。且不知是否由於多天的期待，眼前一切有種似曾經歷過詭異得令人毛髮悚然的感覺。一切放緩放慢，當他瞧著可風靠近徐子陵，以他一貫慈和長者的姿態開口之際，他竟可清楚把握到兩人對答時兩唇的翕動以至乎身體肌肉所有最細微的變化動作。接著是歐陽希夷為徐子陵解圍，然後王世充和榮鳳祥在婢僕和近衛簇擁下，並肩朝大門走去，賓客紛紛讓路。

翠兒的聲音似從萬水千山的遙遠處傳來，縈繞迴旋耳內。「你說哩！該怎樣賠償人家？」步過身旁的龜茲美女玲瓏嬌狠狠盯他一眼，對他投以隱含嗔怪的目光。

寇仲倏地回復過來，敷衍道：「過兩天小弟空閒些兒，到曼清院來賠償你們好了。」心中卻是無比的震盪。

經過多日來的連番惡鬥鍛練，他終於在武技上有所突破，踏足更上一層樓的境界。

接著從翠兒熱情如火的糾纏下輕柔地脫身出來，追在王玄應和王玄恕兩人身後，進入鼓樂喧天的大堂去。

榮鳳祥不負洛陽首富之名，只是由三進組成的主宅已盡顯奢華富貴的能事。前堂不僅面積大，空間高，裝飾華麗，其氣勢更比得上宮內的殿宇。中央六根瀝粉蟠龍金柱直上屋頂，天花布滿紋雕，中央的藻井是二龍爭珠立體浮雕。其他家具、掛飾均非常講究。此時堂內擺設了近二十桌酒席，又聚了百多名賓客，仍沒有予人擠迫的感覺。

隨王世充進來的近衛只有八個人，其他留在門外。縱是如此，加上寇仲等人，這一行仍是聲勢浩大實力雄厚。一個是洛陽掌權的政客，一個是首富兼壽星公，所過處自是頌祝之聲陣陣響起。在王世充和榮鳳祥的領頭下，他們沒有停留地穿堂越廊，直抵只接待最重要貴賓的後堂。與前堂同樣寬敞的空間，只設十席，其中四席居中，六席平均靠邊分布兩旁，突顯出堂中四席的尊貴位置。能被安排到內堂的賓客若非是洛陽最有頭臉的人物，就是像李世民、突利那類身分尊貴的外來客人，不夠斤兩的只能在其他兩堂參宴。

寇仲環目一掃，首先入目的是裝扮得像彩雀般眩人眼目的董淑妮，正與另一姿色與她難分軒輊卻別具一格的美麗少女，在一群七、八個貴介公子簇擁下言笑甚歡。

此女當然是與董淑妮並稱「洛陽雙艷」的榮姣姣，確是天生麗質，美貌誘人。顧盼間雙目艷光流轉，奪魄勾魂，似是脈脈含情，又若含羞答答。舉止更是嬌巧伶俐，儀態萬千。比董淑妮尚高出少許，亭亭玉立，冰肌雪膚，誰能不神為之奪。

董淑妮只瞥了他們一眼，便噘噘小嘴，擺出不屑神態，再不看他們。似因寇仲的緣故，把王世充也惱在一塊兒。反是榮姣姣的妙目在寇仲身上打了幾個轉，抿嘴淺笑，垂下螓首，使寇仲的心跳亦為她動人的神態加速了少許。

入門處的左方有一隊十八人的女樂工，頭梳低螺髻，窄袖上衣，束衣裙，披巾，分三排站立演奏。從箜篌、琵琶、橫笛、腰鼓、貝等傳送出迴響全場歡樂悠揚的音韻。

在席間的空地處聚著十多組人，認識的有突利、李世民、王薄、伏騫等和他們的手下親信。宋魯也來了，正與王薄和七、八個人在談笑。卻不見宋玉致，不知是否為了避開寇仲，故不來參宴。

步入後堂，衆衛首先散往一旁，只由歐陽希夷、可風、陳長林和徐子陵陪在王世充之側，在榮鳳祥引領下與衆賓客逐一招呼。不知有意還是無心，寇仲在瞧著王玄應兩兄弟擠到董淑妮、榮姣姣那組人湊熱鬧時，身邊只剩下玲瓏嬌一人。

玲瓏嬌目注徐子陵瀟灑的背影，沉聲道：「此人是個一等一的高手，夷公從何處把他請出來的。為何事前完全沒聽提起？」

寇仲為了遷就她嬌巧玲瓏的身段，俯頭湊在她耳邊道：「他是我的兄弟徐子陵喬扮的，這是一著厲害的棋子，遲些姑娘自會明白。」

或者是因寇仲的坦白和毫不隱瞞，使玲瓏嬌出奇地沒有挪開，反迎住他的目光道：「這麼重要的事，為何要瞞著我們？」

寇仲一邊在近距離飽餐秀色，一邊道：「因為我們懷疑尚書大人身邊中有人是內鬼，姑娘明白嗎？」

玲瓏嬌露出震動的神色，然後垂下頭輕輕道：「你敢肯定我不是內奸嗎？」

寇仲柔聲道：「當然肯定，姑娘秀外慧中，曠達豪邁，是那種絕不會幹卑鄙勾當的人。」

玲瓏嬌俏臉微紅，以蚊蚋般的低聲道：「我開始有點喜歡你哩！假若你能少去點曼清院，我會對你更有好感。」言罷橫他一眼，朝王世充走去。

徐子陵跟陳長林隔遠站開，只留意王世充四周的變化。他雖然沒可能改變高度，但頭上卻刻意地紮上紅色的武士巾，身上的武士服亦使他看來臃腫些。除非是有心人，否則該看不出破綻，尤其是各方均以為他早離城去了。不過要等到李世民和突利過來和王世充應對時，他才眞的放下心來，因為連隨在李世民身旁的李靖亦只看了他一眼便沒再留意他。

他沒有注意他們在說甚麼，更不擔心沈落雁會於此時發動攻擊。郎奉負責在所有通往榮府道路上設置關卡哨站，若敵人大舉來攻，只會遭到迎頭痛擊。由於可風的情報，沈落雁定會將計就計，於王世充返回皇城的途中進行刺殺，所以在宴會場地時反是最安全的。

聊不上幾句，這群掌握萬民生死的政治軍事家和鉅富，三句不離本行地談起貨幣的問題，可見此實有關天下民生經濟的首要之務。

只聽有人道：「現在人人私鑄，以代替舊朝五銖錢，但新幣質劣，遂形成米、布等日用品價格大漲，令人束手無策。」

王世充道：「若是出自官爐的錢幣，品質上絕沒有問題；問題是出在民間的私爐錢上，這些劣錢連錢上的字樣都模糊不清，簡直只得一個輪廓。」

李世民旁的長孫無忌嘆道：「官爐錢又產生另外的問題，自漢以來，金銀銅鐵鉛汞等礦產，已漸歸官營。但舊朝爲了保證有足夠的銖錢流通市面，同時更要保持質素，故必須大量開礦。楊廣便曾在武陵等十二個縣內開闢二十多個金場，役民達六十萬，死傷無數，只採得五十多兩黃金，卻是廢地百里。採礦之官，變成戕民之賊，未見其利，先見其害。」

徐子陵聽得眉頭大皺，他可以肯定寇仲從未想過這方面的事，只有像王世充、李世民這類長期管政治民的人會思索到這方面的問題。這長孫無忌不負智士之名，說出來的話發人深省。他同時留意到突利非常用心聆聽，腦際靈光一閃，頓時體會到突厥人爲何只通過由他控制下的中土人來進行侵略，因爲要治理這麼廣闊的一片土地，實非以遊牧起家的民族所能勝任。所以突厥人一方面掠奪中原的財物子女，另一方面則支持有作爲的義軍。

李世民插入道：「現在的所謂新幣，不外是把舊朝的五銖錢熔掉改鑄；而民間的劣幣，則是於在熔掉的五銖錢內加上其他鐵質雜物，於是一文錢可化爲幾文錢，在有利可圖下，更禁之不絕。唯一解決的方法，是把天下重歸一統，通過一個強大有力的中央，杜絕此風。像現今的情況，誰都一籌莫展。」

徐子陵聽得心中佩服，若非寇仲是自己兄弟，在任他揀選一人的情況下，怕亦只有選擇李世民作爲未來治理萬民的君主。這想法使他感到很不舒服。李寇兩人無論誰勝誰負，另一方都只有被殺命運，此事該如何了局？

寇仲還想調侃這一向對他冷若冰霜的龜茲美女幾句，豈知她已翩然去了。伏騫、邢漠飛和兩名吐谷渾美女則朝他迎來，卻不知玲瓏嬌的離開是否爲了避開他們。在伏騫引見下，才知兩女較高的芳名莉安，另一叫花娜，均是充滿異國風情，更帶點中土美女罕有的野性和大膽，瞧寇仲時比他看她們的眼光更要肆無忌憚。尤其是花娜，波浪形的栗色秀髮就那麼自然寫意的披在肩上，紛紅色的香唇，棕色的美眸，眼角朝上斜傾，配著高隆的顴骨，如絲細眉，溫軟而富彈性的肌膚，加上眉宇間誘人的風情，愈看愈有味道，實不遜色於沈落雁、宋玉致那級數的美女。

寇仲不知兩女和伏騫究竟是甚麼關係，避開了兩女充滿挑逗性的目光，向伏騫笑道：「今晚似乎不宜動手呢？」

伏騫目掃全場，最後凝定在李世民、突利、王世充、榮鳳祥那組人處，隨口應道：「要動手甚麼地方都可以動手，榮老闆該亦不會介意。不過我尚是初次參加你們漢人的盛宴，不想破壞現在那和平熱鬧的氣氛。」

寇仲感到他漫不經意的幾句話，似乎另有暗示，語含玄機，笑道：「所以若在擂台之上，又或戰火連綿之地，王子就可大展所長了。對嗎？」

伏騫微微一笑，岔開道：「李世民旁那個正瞧著你的人是何方神聖？」

寇仲一看苦笑道：「這人叫李靖，乃紅拂女的夫婿。」

伏騫點頭道：「此人確是非凡，難怪可入紅拂女的慧眼，紅拂女為何沒有來呢？」

花娜嬌笑道：「王子何『勃』直『則』問他呢？奴家猜他要過來了！」

她的語音不純，「不」和「接」兩字說成「勃」和「則」，但卻別有種逗人的味兒。

李靖果然緩緩朝他們走來，步履穩定有力，自有一股逼人而來之勢。

伏騫讚嘆道：「此人可作將相之才。」

寇仲愕然道：「王子只憑看看便知道嗎？那李世民又如何？」

伏騫淡淡道：「我最善觀人於微之術。他見我們在談論他，不但沒有絲毫不安之狀，反主動來會，兼且步伐間信心十足，可知乃是果敢有為之士，非是平凡之輩。」

邢漠飛插入道：「李世民肯重用的人，該不會差到哪裏去。」

此時李靖來到五人前，施禮道：「李靖見過伏騫王子。」接著望向寇仲道：「可否借一步說幾句話？」

伏騫哈哈笑道：「李兄可否先答本人一個問題呢？」

李靖目不斜視的迎上伏騫銳如利箭的眼神，從容道：「王子請賜問。」

伏騫仰天長笑，登時吸引了大堂內所人的注意，朗聲道：「貴主若幸得天下，會否似楊廣的好大喜功，向西域炫耀示威，擴展國土？」

廳內立時肅靜，連侍候眾客的婢僕都停止走動，只餘樂音悠悠，可見這幾句話的鎮懾力。寇仲暗叫厲害，即使突利、王世充也要側耳恭聆，看看李靖如何回答。

這問題本該由李世民親自回答最妥當。但問題是李世民並非太子，若搶著回答，就擺明他要與乃兄李建成爭奪皇位的繼承權。而且這更牽涉到李世民的抱負，李靖答與不答，同樣不妥當，若言詞閃縮的話，只會令伏騫瞧不起他。伏騫終出招試探。

李靖從容一笑道：「不論誰得天下，也該明白漢胡之別，是在於地域習慣風土之殊，其情實一也。人主者只患德澤不加，而不必猜忌異類；蓋德澤洽，則四夷可使成一家，猜忌多，骨肉也不免為仇讎。伏王子以為然否？」

這番話連消帶打，眾人聽得由衷讚許。

伏騫再發出一陣笑聲，連叫了三聲「好」，然後壓下聲音向李寇兩人欣然道：「兩位請自便！」

寇仲與李靖繞過酒席，從側門離廳，來到靠廳而築的遊廊石欄處。今早的大雨雖停了，但天氣仍未好轉，星月無光。欄外是個堆有假石山的魚池，池旁遍植牡丹花，卻因大雨而殘落，花瓣浮在池面，隨水飄盪。

李靖沉聲道：「小陵昨夜出城到了哪裏去？」

寇仲很想諷刺他是否派了人十二個時辰的監視著城門出入口，但念起終曾做過兄弟，按下性子道：「他有急事去找朋友。」

李靖嘆了一口氣道：「唉！為何竟會弄至如此難以收拾的地步？」

寇仲凝望池內游魚，淡淡道：「說得好！昨天我差點給嫂子的紅拂掃掉了小命。」

李靖一震朝他瞧來道：「甚麼？」

寇仲聳肩道：「沒有甚麼，我不會怪她，這叫愛夫情切嘛！」

李靖無語良久，好一會有點難以啓齒地道：「你們何時返回南方？」

寇仲露出一個苦澀辛酸的表情，只要想起不幸的素姐，他便感覺到所有的成就，均是虛浮不實，沒有任何可足炫耀之處，滿腹無奈無處訴的道：「你不要再理素姐的事好嗎？現在我們連怪責你的力氣都消失了。」

李靖色變道：「究竟發生甚麼事？你今晚總有點委靡不振的頹唐神態。」

寇仲思前想後，差點要大哭一場，一咬牙揮手便去。

李靖探手抓著他的臂膀，喝道：「究竟發生了甚麼事？」

寇仲嗚咽道：「素姐一生最大的錯事，就是認識了我們三個人，夠了嗎？」甩脫他的掌握，踉蹌入廳。

寇仲剛衝進廳內，迎面撞上一人，對方一把扯著他道：「正要找你！」

寇仲此刻哪有心情陪人說話，沒好氣地道：「侯兄有何貴幹？」赫然是「多情公子」侯希白。

追到身後的李靖見他和人說話，嘆了一口氣，悵然走開。其他賓客開始入席，只餘下李世民、王世充等幾組人仍在談笑閒聊。榮鳳祥則和伏騫寒暄，一片歡騰熱鬧的氣氛。雲玉眞也來了，與宋魯和柳菁喁喁細語，不知在說甚麼。新增的賓客尙有白清兒、鄭淑明和鄭石如。樂隊暫停演奏，鞭炮聲、勸酒和說笑的戲謔聲，少年男女嬉玩的喧叫，不斷從前兩堂和後園裏傳來，比起來內堂的氣氛嚴肅多了。

侯希白把寇仲扯到一角，低聲問道：「子陵兄呢？他為何不來湊熱鬧？我昨天見過妃暄，她說已解決了和氏璧的事。」

寇仲道：「小陵他有事不能來，你究竟有甚麼事？」

侯希白的俊目朝已入席並排而坐的董淑妮、榮姣姣瞥了一眼。那一席是設在中央四主席之一，差不多坐滿人，包括王玄應、王玄恕兩兄弟在內，全是年輕一輩，人人搶著向兩女大獻殷勤。但兩女的目光卻不時朝寇仲和侯希白飄來，顯示對他們很有興趣。

侯希白道：「鋒寒兄和子陵兄有向你提過我曾跟蹤陰癸派妖女的事嗎？」

寇仲這才想起徐子陵曾向他說過，勉強振起精神，道：「怎麼樣？究竟是誰？」

侯希白湊近些許道：「就是那穿雲南蠟染的美人兒。全場只有她一人穿這種衣服，顯是非常愛出風頭。」

寇仲從來不大留意女孩子穿甚麼衣服，純憑直覺判斷她是否好看。皺眉道：「你是對女孩子的專家，我卻是一竅不通，不說那麼深奧行嗎？」

侯希白啞然失笑道：「我不方便指點她出來，因為全場的年輕女子正在對我們虎視眈眈。蠟染的特色是在浸染的過程中因蠟角裂，被染料沿裂隙滲入，遂成千差萬化的冰炸紋，變化自然，毫無定式，色調素雅而變化萬千。」

寇仲發覺董淑妮的彩衣正是那個樣兒，一震道：「你不是說那衣作藍紅間色的刁蠻女吧？」

侯希白喜道：「寇兄果是一點便明，正是此女，絕對錯不了，她是誰？」

寇仲倒吸一口涼氣道：「竟非榮姣姣而是她，眞令人意想不到，不過她的輕身功夫確非常好，只是不知她亦深諳武技而已。」

侯希白催道：「她是誰？」

寇仲苦笑道：「她是王世充的外甥女，但應不會是陰癸派的妖女。」心忖我還和她有過一段香火緣。此女的高明處是自認輕功了得，而武功平常，而他們則從未懷疑過她的話，因為她實在沒有說謊的理由。

侯希白愕然道：「你敢肯定嗎？」

寇仲道：「若她眞是陰癸派的妖女，我和小陵早完蛋哩！還怎能和你在此說話。」

榮鳳祥的笑聲打斷了各人的談話，接著他情意殷勤的招呼衆賓客入席。

礙於現在扮演的角色，徐子陵只能坐往靠邊的東三席之一去，幸好不是與李靖同檯，否則很容易便露出馬腳。他和陳長林分坐於玲瓏嬌左右兩旁，對面是邢漠飛和那兩位眼睛像會說話的吐谷渾美女，其他經自我介紹後都是坐於主席者的子女或親信等。能與榮鳳祥同席者當然是有分量的人，包括李世民、突利、王薄、宋魯、柳菁、伏騫、歐陽希夷，可風道人和另三位洛陽有頭有臉的人物，卻不見榮鳳祥的夫人。

寇仲被安排與雲玉眞、侯希白同席，幸好他和雲玉眞間隔著鄭石如，不便說話，否則他說不定會藏不住心中怒火，與她席前反目。白清兒和鄭淑明坐在他對面，本是仇人見面，分外眼紅。但出奇地鄭淑明像當他不存在般，只和白清兒淺談輕笑。

當各人坐好後，寇仲發覺右旁的席位空了出來，問侍候的小婢，小婢只說是依管家的吩咐，其他一概不知，令他摸不著頭腦。鄭石如和他敷衍兩句，便向侯希白和雲玉真搭訕，沒再理他，而他亦樂得耳根清淨，遊目四顧。

此時榮鳳祥長身而起，欣然舉杯道：「今天是榮某人五十賤降的日子，難得各位貴賓大駕光臨，其中更不乏遠自千里而來的好友，令榮某人備受榮寵，謹藉一杯水酒，聊表敬謝各位的心意。」

衆人紛紛起立回敬，氣氛登時熱烈起來，恭維與鬥酒之聲不絕於耳。好一會後衆人坐回原位。

榮鳳祥神秘一笑道：「在菜餚上桌前，榮某人先送給各位貴賓一點驚喜，有請尙秀芳小姐。」

衆人一齊嘩然叫好聲中，樂隊起勁地吹奏起來，廳內洋溢著一片歡樂的氣氛。侯希白更是目射奇光，聚精會神地等待這位名妓出場獻藝。

尙秀芳甫一登場，登時令董淑妮、榮姣姣、雲玉眞這等一衆美女也失去點顏色。若論容光艷態，衆女是各有特色，頗難判別高下，可是尙秀芳那種別具一格的風韻儀態，卻把諸女比了下去。她顯然比較擅長哀怨纏綿的小調，所以今天演唱歡樂的賀壽歌曲，雖仍是非常出色動聽，寇仲總覺得稍遜於昨天在尙書府中的表演。不過自她開腔後，大廳中幾乎人人聽得如痴如醉，徐子陵和寇仲卻是例外的兩個。他們兩人現在的心情，都對歡悅的調子感到抗拒。

徐子陵乘機從容觀察四桌主席中一衆人等的反應，神情最投入的是侯希白，差點聞歌起舞的樣子。李世民和伏騫雖全神聆聽，卻仍是神態從容冷靜。其他人則形神不一，但都爲尙秀芳簡直如天籟仙音的曲藝與優美妙曼的舞姿而動容，突利更是目射奇光，似恨不得骨嘟一聲把這活色生香的紅伶一口吞掉。尙秀芳那對勾魂攝魄的翦水雙瞳，配合著身段表情滴溜溜地轉動，不住朝席上掃去，弄得把持力稍弱的年輕一輩更是神魂顛倒。一曲既罷，立時掌聲如雷，采聲震耳。

餘音仍是縈耳不去之際，榮鳳祥親自離座迎迓，把尚秀芳送至寇仲身旁的空位去，在一衆男士起立歡迎下，榮鳳祥向寇仲打了個曖昧的眼色，笑道：「寇兄弟給老夫好好招呼秀芳大家。」

這麼一說，席上各人均知尚秀芳坐於寇仲之側，非是隨意的安排。

介紹過後，尚秀芳坐下，榮鳳祥離開。鄭石如尚未坐穩便視寇仲如無物般向尚秀芳不停口地讚美她的色藝。侯希白雖含笑瞧著尚秀芳，卻絲毫沒有急色之態，風度極佳。此席不知是否蓄意的安排，佔了大半均爲女賓，只有寇仲、鄭石如、侯希白和另兩個洛陽權貴世家的公子哥兒叨陪末席。菜餚此時不斷端上，而由前、中兩堂進來敬酒的人群則川流不息，把宴會的氣氛推上高峰。榮鳳祥酒量極佳，來者不拒，只間中要席上諸人代喝，代喝得最多的一個當然是他身旁的王世充。徐子陵把所有情景看在眼內，暗忖榮鳳祥不知有意還是無心，竟有點像要灌醉王世充的樣子。不過王世充功力深厚，又是老江湖，自該有他的分寸。

正思索間，玲瓏嬌湊近他道：「你剛才爲何對尚秀芳的演唱漫不經心呢？是嫌她唱得不好，還是不愛好樂曲？」

徐子陵呆了一呆，始知她一直在留心自己，有點尷尬的道：「我只是比較愛聽情調幽怨的調子。」

玲瓏嬌悠然神往的道：「崑崙山南月欲斜，牧人向月吹胡笳。胡笳羌笛，聲最悲切，有機會公子定要一聽。」

心中不由憶起石青璇感人至深的簫聲。

那邊的尚秀芳終找到和寇仲說話的機會，低聲道：「妾身住在曼清院，假若明天有空，可否找點時間來見見妾身呢？後天秀芳便要到關中去了！」

寇仲想不到她如此大膽，微一點頭，算是答應。然後發覺鄭淑明、白清兒和雲玉眞人人緊盯著他們。只好希望因人多喧鬧，使三女聽不到尙秀芳對他的邀約，那種唯恐人知的心理連他自己都不大明白。

就在此時，門官高唱道：「禁衛統領右武侯大將軍獨孤峰到！」

衆皆愕然。

一身官服的獨孤峰在四名內侍臣的簇擁下，昂然進入大廳，高聲道：「獨孤峰奉皇泰主欽命，特來爲榮老闆賀壽，並代皇泰主賜贈玉樹。」對王世充他卻視如不見，眼中似是只得榮鳳祥一人。

在此頒賜時刻，李世民等外人均依例紛紛避往一旁，而所有被楊侗管治的臣下，包括榮鳳祥在內，無不下跪迎接由楊侗恩賜的禮物。只餘王世充和一衆從人，不知如何是好。要知名義上，王世充仍是奉楊侗爲主，甚至兵逼皇宮，也只是號稱要擒拿元文都和盧達兩個「奸臣」，而非公然謀反。値此與李密對抗的緊急存亡之秋，假若他公開表明眞正的立場，勢將名不正言不順，說不定會失去部分洛陽軍民的支持，有害無利。若要廢楊侗，必須先有部署，待時機成熟始可付諸實行，而現在無論如何盤算，都要受此一辱。想到這裏，王世充長身而起，跪伏榮鳳祥之旁。王玄應和王玄恕等只好照辦。

寇仲等是客卿身分，故只須避席，並不會令人側目。

獨孤峰大爲得意，高呼道：「諸位平身！」

王世充一肚子氣的站起來。寇仲和徐子陵則心叫厲害，沈落雁是看準了他們「示敵以弱」之計，才以這種手段，挫折他們的士氣和銳氣。獨孤峰從內侍手中接過錦盒，送到再跪倒接禮的榮鳳祥手上，儀式告畢。

榮鳳祥手捧錦盒，笑道：「獨孤大人務要留下喝杯水酒。」

獨孤峰顧盼自豪的哈哈笑道：「小弟有皇命在身，不宜久留，各位請了！」不待王世充有任何還擊機會，就那麼傲岸走了。榮鳳祥慌忙相送。

衆人再度入座，王薄忽然發出一陣笑聲，向李世民道：「貴屬尉遲仁兄不是想和老夫玩兩手嗎？何不趁此機會讓老夫領教一下。」

大廳內喧聲立止。誰都想不到王薄會主動挑戰，顯是爲尉遲敬德對他的「不敬」非常介懷。

李世民尚未答話，坐於旁席的尉遲敬德霍地立起，抱拳道：「王公請不吝指點後學！」說罷大步走至主席與大堂間的空曠處，神態威猛至極。

衆人對他的豪勇均肅然起敬。要知王薄聲名之盛，尤在李密、杜伏威等人之上，手中「定世鞭」，更被譽爲天下第一鞭，故只是尉遲敬德不畏強敵的膽量，已是非同等閒。

王薄微微一笑，從容離座，朝尉遲敬德走去，欣然道：「今天乃榮兄大喜的日子，所以我們的比試只是助興性質，點到即止，尉遲仁兄以爲如何？」

這番話從他口中悠然道出，益發襯托出他的大家風範和尊崇的身分。

尉遲敬德施禮道：「請前輩手下留情。」

他的答話更是得體。誰都知他只是禮貌上的客氣話，並非眞的怕被對方所傷。但卻能對王薄生出很大的心理壓力，明示你勝原是應當，輸了勢將聲名掃地。寇仲特別留意李世民的神情，只見他仍保持一貫的冷靜，沒有絲毫緊張的情狀，不由心中暗懍。尉遲敬德之所以敢先挑起戰端，當然須李世民點頭才成，而他為何如此針對王薄，其中必有深意。

尉遲敬德虎目如炬，逼視著在十步許外立定的王薄，喝道：「得罪了！」往左腰一抹，長鞭在手。

王薄的目光落在他鞭上，淡淡道：「此鞭何名？」

尉遲敬德執著繞了數圈的鞭子的右手往上揚起，鞭子像變魔術似的倏地蹬得筆直、斜上直達王薄頭頂上，朗聲道：「此鞭名歸藏，長兩丈三尺，前輩請不吝賜教。」

他並沒有抖回鞭子，輕輕鬆鬆地像持著一根兩丈多長的黝黑鐵棍，教人無法相信那本是一條長鞭，只是這份持恆的內力，已令在座不乏宗師級高手的旁觀者刮目相看。在燈火照射下，映得鞭身滿布吸盤似的突出小圓點，詭異莫名。王薄哈哈笑道：「好鞭！」接著突然迅移，宛如流水行雲般迫近對手，右手中指疾點，攻向尉遲敬德大露的空門，竟沒掣出仗之成名的定世鞭。

變化驀生。本是斜挺半空的歸藏鞭忽地變成在尉遲敬德頂上盤旋數匝的鞭圈，然後移往胸前，一圈接一圈的往王薄攻來的中指迎去，神乎其技至極點。眾人早猜到他鞭法高明，否則怎敢應王薄之挑戰，但仍想不到他那手鞭法如此出神入化，簡直到了隨心所之的大家境界。寇仲忍不住和正朝他瞧來的徐子陵交換個眼色，都看出對方心內的驚異。難怪李靖要勸他們走了。

王薄臉上現出凝重之色，原來他發出的指風，刺進尉遲敬德第一個迎來的鞭圈，竟給鞭圈生出的勁氣削減近半，到透入第四個圈子，指風已消失得無影無蹤。以他的老練深沉，也不由駭然而驚，試探到對方功底之深，已到了能與自己抗衡的地步。縱稍有不如，亦所差非遠。這是完全出乎他意料的事。

王薄大喝一聲，腳踏奇步，倏忽間閃到對手右側，右手猛縮，同時袖內飛出一截白色的影子，以波浪似的怪異路線，點向尉遲敬德的右頸側，迅若靈蛇，且像可隨時改變方向，含蘊著詭毒奇幻，莫可抗禦的霸道威勢。一時勁氣侵逼，寒意大作。這揚名數十年的鞭王，終於亮出他仗之成名的定世鞭。

廳內爆起一陣如雷采聲。

此著確是出人意表，以尉遲敬德之能，亦因這前輩高手的步法、手法和驚人的先天勁氣結合而成的凌厲反攻，一時間找不到硬架之法。連忙側身一閃，歸藏鞭尖梢像長了眼睛般，先往下潛，觸地時再斜標而上，點往王薄小腹處，竟是以攻對攻的狠辣招數。

兩人交手不過兩招，衆人都有看得透不過氣來的感覺。

王薄冷笑一聲，定世鞭靈蛇般縮回袖內，左手撮指成刀，又狠又準和疾快無倫地下劈在對方攻來的鞭梢處。氣勁交擊，發出如雷的一下悶響。尉遲敬德渾身一震，往後退小半步，雙目威稜四射，長鞭化作萬千鞭影，像驟雨狂風般向王薄罩去，務要強佔攻勢，威猛無儔，一點沒有因功力稍遜而被挫。寇仲等無不看得點頭稱許，只有著著進攻，才可克制王薄那種神出鬼沒，教人防不勝防的鞭法。

王薄哈哈一笑，在對手縱橫飛舞的鞭勢中有如珠走玉盤，以行雲流水的身法，細膩玄奧的指招，右手中指連續戳了六、七下，每一指均準確無誤的點中敵鞭。而一指強勝一指，果然是盛名之下無虛士，非是浪得虛名之輩。但尉遲敬德能逼得他全力施展渾身解數，亦足可名動天下。

尉遲敬德又再一聲暴喝，鞭勢再變，右手同時執著鞭把和梢端，功貫鞭身，加上左手把持，登時像揮舞著一根長達丈許的軟鐵棍般，向對手施出一套可剛可柔的奇異棍法招式。王薄心中震駭莫名。他乃鞭法的大行家，無論對方的鞭招如何詭變莫測，他也可在眨眼的功夫內看透對方的後著變化。故交手至此，心中已有勝算，豈知對方竟然會以鞭作棍，其變化已非是鞭法的範疇，登時使他重新摸索，好夢成空。此時他更清楚這年輕的對手才智非凡，絕非可欺之輩。他也被迫作出應變，雙手同出，忽劈忽拍，勁風急疾震耳，以強絕一時的掌勁，應付對手排山倒海的攻擊。榮鳳祥於此時回抵內堂，負手立在大門處觀戰，沒有露出半點驚訝模樣，反似是早知必會如此的神色。

「噗！」王薄一掌重劈在鞭棍上，眞勁透棍而入，整根鞭棍竟彎曲起來，尉遲敬德則往後跌退。各人正為他擔心時，王薄的定世鞭竟從左袖飛出，覷準對方咽喉，疾點過去。驚呼聲起。尉遲敬德的鞭梢彈離右手，點在刺來的鞭梢處。交手迄今兩鞭尚是首次交鋒。鞭梢交擊，發出一下清脆激響。

王薄長笑聲中，左袖射出長達丈許一截長鞭，似乎被對手反震力撞得變成一條九彎十曲的長蛇，但波動的幅度大得不合常理；因為以他剛才表現出的功力，該可穩勝尉遲敬德一籌的。反是這年輕高手的歸藏鞭，像是氣勢如虹，迴轉繞至，惡龍般往敵手噬去。變化倏生。王薄迅往左移，細如人指的定世鞭以肉眼難以看清楚的高速，作螺旋形的前進，電光石火般一下子把歸藏鞭纏個結實，接著往後疾退，不但避過鞭梢的進擊，還把對方的鞭子拉個筆直。同一時間，另一條定世鞭從袖內鑽出，先溜到地上，再竄往對手，到離敵雙腳五尺許處，有如毒蛇昂首吐舌般，電疾般朝尉遲敬德小腹戳去。那種把細軟長鞭控制得像活了過來、隨心所欲的境界，確教人嘆為觀止。

這次連李世民都臉色微變。王薄功力之高，實力之強，確是名不虛傳。尉遲敬德卻是夷然不懼，閃電橫移後仰，借著兩鞭纏拉的力度，就以王薄為中心，陀螺般轉了半個大圈，接著竟往王薄疾衝過去。糾纏的兩鞭立時生起不斷擴大的波浪紋樣。

王薄冷哼一聲。他已借鞭子向對方攻出十多重內勁，震得敵人血氣翻騰，但尉遲敬德脈力之強，亦出他意料之外，使他心中萌生殺機。假以時日，終有一天尉遲敬德會超越他，成為新一代的鞭王。

右定世鞭縮回袖內。王薄坐馬沉腰，定世鞭再次抖直，氣貫鞭梢，立時把尉遲敬德「推」回去。正要催勁施展殺手時，尉遲敬德的歸藏鞭隨著急退的步勢，倏地與他的鞭子分離，變回十多個鞭圈握在手上，人剛好退到榮鳳祥之旁。拱手施禮道：「王公的鞭法確是獨步江湖，天下無出其右。敬德今晚獲益匪淺，他日有成，實拜王公之賜。」

王薄暗叫可惜，表面只有裝出豁達大度的模樣，鞭收袖內，呵呵笑道：「長江後浪推前浪，王某老啦！」

采聲雷動中，榮鳳祥擺出主人家的身分，殷勤侍侯兩人歸席。侯希白卻於此時到了外面的園子去。此時榮姣姣、董淑妮等一眾年輕小輩擁到榮鳳祥那席處，向壽星公敬酒，歡騰熱烈的氣氛，代替了早先的鞭風掌影。

輪翻敬酒後榮鳳祥在一眾小輩的簇擁下，往前兩堂應酬去了。

鄭石如仍隔著寇仲向尙秀芳表現他的才情，不過他確是博學多才，從講唱文學如變文、經文、詞文、詩、書、賦等到樂舞、百戲、酒令伎藝，以至乎曲詞的創作，傳奇的興起，敘事詩的發展，隨手拈來，均說得生動入微而有見地。寇仲雖對他心存敵意，知他與陰癸派有密切的關係，亦不得不承認他在這方面的識見可穩作白老夫子的師公，即是他寇仲太師公的級數。更令他驚異的是尙秀芳在對答上一點不遜色於對方，顯示出她在各方面的識見均不下於「河南狂士」鄭石如，又有意無意把問題帶出，讓席上各仕女參加討論，令座上氣氛更爲熾烈。

寇仲卻半句話都插不上口。

他特別留意白清兒的反應，發覺她對鄭石如向尙秀芳的殷勤討好不但沒有妒忌，還不時助上一臂之力，使寇仲對他兩人間的關係更感撲朔迷離。鄭淑明和雲玉眞較少發言，只是不時拿俏目來瞧寇仲，看得他頗爲不自在。

此時尙秀芳身旁一位叫凌偉的年輕公子，正暢論當時開始流行的「綺羅人物畫」。此子是北方米行社邑長凌謀的公子，他的老爹與榮鳳祥同席，由此可見其地位身分。

行業性的結社，是商業發展的產品，同行業者多結成社邑、義邑、義社等自發性的民間組織，藉以壯大聲勢和影響力。同時釐定統一價錢，避免惡性競爭。像米、絹、帛、鹽這類大社邑，組織更爲嚴密，入社有一定的資格審定和手續，而一經入社，往往不許輕易退社，甚至有父死子繼的規定。能當上社長邑長者，除了出色當行外，還要在黑白兩道吃得開，人緣夠廣。沒有這些社邑的支持，任何政權都難以站穩，像榮鳳祥便是北方賭業的社長，連洛陽幫都要找他出來代上官龍作老大，可見他德望之高。

只聽凌偉道：「前代仕女圖，多爲烈女或孝女，寓有教誡之意。現今仕女的繪畫卻不拘一格，遊春、擣練、攬照、憑欄、下棋，甚至出浴都可入畫。小弟曾慕西蜀『川樣美人』之名，親往蒐羅，喜得三畫，無不畫功精細，所採『琴絲描』法，細勁有力，溫軟動人，使畫中美女呼之欲出。秀芳小姐若明天有空，能到在下寒舍鑑賞，在下必倒屣相迎。」

寇仲心中暗笑，看來鄭石如遇上另一個公開追求者了。這米行大豪之子生得儀容俊偉，風度翩翩，談吐不俗。雖不及侯希白那級數，卻是同一類型能輕易討得女性歡心的男子。

不知是否因約了寇仲，尙秀芳對他的邀請毫不動心，黛眉輕蹙地「唉喲」一聲道：「凌公子眞個客氣和賞臉，不過要待我下回到洛陽才行哩！」

鄭石如不待凌偉有機會再下水磨功夫，笑道：「寇兄對『綺羅人物』畫又有甚麼高見呢？」

眾人的目光集中到寇仲身上，皆因自開始談文論藝後，他便像變了個啞巴般，沒作半聲。

寇仲心內連鄭石如的祖宗十八代都罵齊，心中此時只能想起侯希白筆下的扇面美女，卻擺出從容不迫的神態，微笑道：「我對書畫是門外漢，哪會有甚麼卓論高見。只知好的畫下筆必須像用刀般力求準確，不多一分，不少半毫，筆到像成，刻劃入微，此番管見，諒要貽笑方家呢！」

尚秀芳動容道：「寇公子說這番話時，既透露出一種深刻的感情，又是見解獨特，豈是外行人的說話。」

寇仲尚未來得及沾沾自喜，白清兒抿嘴一笑，嬌聲嗲氣的道：「原來寇公子是鑑畫的大家，不知寇公子對用色方面有甚麼高見？」

寇仲心知肚明她是要助鄭石如一臂之力，好讓自己在尚秀芳面前出醜。而他卻連色彩用甚麼材料製成或在繪畫能起甚麼作用，都一無所知。最糟的是他唯一認識的只出自侯希白妙手繪成的美人畫，卻全是水墨作品，沒有半點色彩，簡直評無可評，說無可說。

幸好若論急才，他卻是一等一的高手，硬架不行，便來一招卸訣，故意肅容道：「只聽清兒夫人這番話，便知夫人乃丹青高手，不知小弟有否猜錯？」

白清兒微一愕然，哪想得到寇仲不但曾到過她的畫室，還曾偷偷躲進她放畫紙的大櫃去，好一會才大惑不解道：「妾身確曾習畫，卻非甚麼高手，寇公子是憑哪一方面作出如此猜測？」

寇仲見鄭淑明瞪大烏溜溜的眼睛瞧著自己，心中好笑。先向尚秀芳和雲玉真各贈一個燦爛的笑容，好整以暇的道：「這道理簡單非常，就像愛好劍術的人，才會對如何用劍的竅訣生出興趣。坦白說，我對甚麼娘！噢！不是甚麼娘，而是對繪畫只止於欣賞而已。愚見以為，無須用色而生出色彩繽紛效果的畫才是畫道最高的意境，不信的話可請侯兄把他的摺扇打開來看看。哈！一說曹操，曹操就來了。」

衆人循他目光瞧去，果見侯希白瀟灑的身形映入眼簾。

玲瓏嬌返回座位，湊近徐子陵低聲道：「王公有話，待會榮老闆敬酒回來時，我們立即離開。」

徐子陵點頭表示知道，又把此事轉告另一邊的陳長林。

對面的邢漠飛正對他用神打量，此時微笑道：「爲何小弟總覺秦兄有點兒眼熟？是否在哪裏曾碰過面？」

徐子陵現在用的化名是秦節原，雖是隨手拈來的名字，卻以師妃暄的秦川爲姓，事後想起也有些異樣的感覺。

兩位吐谷渾美女莉安和花娜兩對大眼睛亦不住朝他瞧來，看來是他那百中無一的英偉身型，即使欠上張俊臉，也可令這對異族美女生出興趣。

徐子陵如前運功改變嗓子，以微笑回報道：「說不定曾在某處街頭與邢兄碰過頭吧，那時尚未相識，所以現在有似曾相識的感覺。」

邢漠飛哈哈笑道：「秦兄之言隱含深理，可見絕非平凡之輩。偏是小弟從未聽過秦兄大名，此事確是奇怪。」

玲瓏嬌冷冷道：「中原地大人多，邢兄尚是初抵中原，未聽過秦兄弟之名何奇怪之有？」

邢漠飛並沒有因她的針鋒相對露出不悅神色，從容道：「小弟來此之前，曾下過一番苦功，自問對中土各派名家高人所知頗詳，所以對秦兄生出好奇之心吧。只不知秦兄是屬何派的高人？」

徐子陵淡淡道：「請恕小弟要賣個關子。此乃尚書大人的吩咐，請邢兄見諒。」邢漠飛點頭一笑，不再追問。

「什！」

侯希白的摺扇張開少許，露出一位躍然於扇上的美女圖像，氣清蘭麝馥，膚潤玉肌豐，雖只是水墨之作，但果如寇仲所言，不著半點顏色而自具五彩之艷。最難得是把美女那「身輕委回雪，羅薄透凝脂」的驚人美態，表現得淋漓盡致，又恰到好處。

尚秀芳「啊」的一聲愕然道：「侯公子何時將妾身寫到扇上去？秀芳蒲柳之姿，怕會污了公子的寶扇。」

誰都從尚秀芳的神情看出她被侯希白的畫藝深深打動，而事實上席上男女亦無不為侯希白妙絕天下的畫筆動容。

雲玉真秀眸射出妒嫉的神色，但又無可奈何，打開始她便清楚侯希白這種到處「留情」的性情。包括鄭淑明和白清兒在內，各女都艷羨難禁。獨是寇仲則有解脫出來的感覺。遠是李秀寧，近則宋玉致，先後兩次發生在不同時空的感情打擊，加上曾與他有肉體關係的雲玉真和董淑妮，都在暗中算他害他，使得他對於所謂愛情心淡之極。故國色天香的尚秀芳雖似是對他青睞有加，他卻提不起任何興趣，反覺得是不必要的煩惱。倘尚秀芳把目標轉到侯希白身上，他只會高興而不會妒忌失落。

鄭石如卻因橫裏殺出這麼強勁的對手，一時慌了手腳，招架乏力。

侯希白收起摺扇，輕吟道：「粉胸繡臆誰家女，香撥星星共春語。芳姑娘有傾國傾城之色，顛倒眾生之藝，希白拜服。」

此人文采風流，措詞優雅，誰個女子不爲之心動。

寇仲哈哈笑道：「小弟對綺羅畫的認識，就是從侯兄扇上活色生香的美人兒而來。現在有侯兄在，各位不用再聽小弟的胡謅哩！」

尙秀芳白他一眼，心中奇怪，暗忖難道此人心胸廣闊至全不會妒忌的境界。她走遍大江南北，見慣衆生之相。像寇仲這類有資格向她追求的男子，在她面前總是力求表現，設法壓倒其他對手，像孔雀開屏般以博得她的垂注。只有寇仲這特別的人是反其道而行，大力表揚其他人。想到這裏，侯希白予她的震撼，不由減弱幾分。

此時宋魯駕臨，和衆人打個招呼，向寇仲道：「來！我想和你說兩句話。」

寇仲賠罪後，隨他步出側門外的半廊處。

陣陣喧鬧聲，從前兩堂的方向傳來。宋魯憑欄而立，凝望魚池，沉聲道：「你是否開罪了致致？」

寇仲苦笑道：「她可是走了哩？」

宋魯點頭道：「她連我的話都不聽，就那麼走了。」

寇仲深深嘆氣，說不出話來。

完了！他和宋玉致是徹底的完了，再沒有挽回的希望。卻不能怪任何人，只能怪自己。

宋魯忽然道：「你有甚麼打算？」

寇仲頹然道：「魯叔指的是哪方面呢？」

宋魯嘆道：「我也有點弄不清楚，其實哪方面都行。我只想知道你心中究竟有甚麼計劃。剛才在席上，表面上各人都客客氣氣，其實敵意甚濃，話裏有話。」接著目光移到他臉上，沉聲道：「你要小心王薄，適才他向王世充多次暗示你是個很有野心的人，手段卑劣。」

寇仲苦笑無言。一旦捲入爭霸天下的洪流去，千種萬樣的煩惱危險亦隨之而來，教人防不勝防。

宋魯低聲道：「你對起出楊公寶藏，究竟有多少成把握？照我看李世民對此正虎視眈眈，絕不容許你成功，免得破壞了目前對他有利的形勢。」

寇仲只好道：「這仍是未知之數。唉！玉致走時，有說過些甚麼呢？」

宋魯道：「你該清楚她的性格，甚麼事都只會藏在心內。她的事不必放在心上，說不定遲些她下了氣，會回心轉意。」跟著拍拍他肩頭道：「放手去幹吧！我會爲你說好話的。幸好你是南方人，大家比較親近一點。」

寇仲愕然道：「魯叔的意思是……」

宋魯目光落在魚池旁的一叢牡丹花上，冷哼道：「北方『虜姓』諸族，一直力圖摧折我們南方血統和文化純正的士族。楊堅之輩，雖爭習南風，意圖恢復我漢族王朝的正統，骨子裏還不是胡人嗎？假若你能以南人統治北方，我們宋家定會大力支持，你明白嗎？」

寇仲精神大振道：「明白了！」

堂內人聲喧沸。榮鳳祥終於應酬回來了。

第七章

危中見機

黃易 作品集

第七章　危中見機

車隊開出大門。寇仲等一衆高手，以馬代車，與百多名近衛隊形整齊的護著王世充的馬車，離開仍是熱鬧喧騰的榮府。

轉入另一條大街，爲王世充作御者的徐子陵忽然勒馬停車，衆人奇怪時，車窗簾幕掀起，王世充探頭出來道：「希夷兄，道長，寇小弟，請到車內說話。」

除了寇仲、徐子陵和歐陽希夷三個知情者外，其他人都大惑不解。玲瓏嬌，陳長林和其他十多個高手，忙躍上兩旁屋頂，以防止敵人趁此時機潛至。

車廂內眞假王世充並排而坐。

寇仲三人在前後座位安頓好後，王世充低聲道：「我要改變路線。」

可風道長愕然道：「那豈不是很多布置都用不上來？」

王世充道：「我忽然記起當年張良於博浪沙遣力士以巨石投擲始皇的馬車，假若敵人重施故技，而擲巨石者乃晁公錯、尤楚紅、獨孤峰、王伯當之流，而我則躲在暗格裏，實在非常危險。」

寇仲裝模作樣的失聲道：「那麼我們示敵以弱之計，豈非盡付東流？」

可風也道：「敵人若要以鐵錘重石一類施襲，必須要預知我們返回皇城的路線才成。」

歐陽希夷卻道：「內奸難防，世充兄的話不無道理，如若世充兄眞的出了事，那就不是示敵以弱，而是爲敵所乘。」

王世充微笑道：「我們目標明顯，敵人若要行刺，總會有辦法的。我們改由天街經御道回皇城，由於路旁有樹木阻隔，敵人只能採取近身行刺一法。就如此決定吧！」

接著朝御座上的徐子陵喚道：「節原你到車裏來，我有幾句話要吩咐你。」

寇仲三人魚貫下車，歐陽希夷故意把可風拉往一旁說話，阻擋他的視線，令他看不到脫下外袍露出與徐子陵同樣裝束，又戴上面具搖身變成「秦節原」的王世充登上御者的座位。

大隊開出。本是寂靜的長街，充滿馬蹄和車輪摩擦的聲音，那種風暴來臨前的壓力，使衆人都有呼吸沉重的感覺。天上烏雲重重，正醞釀另一場風雨。徐子陵此時已應用從諸葛德威處學來的易容術，在假王世充的幫助下扮得有王世充五、六成模樣，不過若非有鬆鬚掩飾，又是在晚夜黑暗之時。恐怕誰都可一眼看出破綻。

原先那個假王世充抖顫著低聲道：「我不想死，大爺……」

徐子陵拍拍他肩頭道：「放心吧！我怎都會護著你的。」心中嘆一口氣，躲進暗格內去。

領頭一組二十人組成的騎隊，終轉上天街，徐徐開入御道。

玲瓏嬌策騎來到寇仲之旁，與他並騎前進，低聲道：「這條路線妥當嗎？敵人可輕易藏身樹上進行刺殺。」

寇仲心中奇怪，此女近兩天似對他態度大改，像這般主動找自己說話，在以前是難以想像的。欣然笑道：「最怕是他們不來。」頓了頓又隨口問道：「龜茲究竟在哪裏？」

玲瓏嬌輕輕道：「為甚麼想知道？」

寇仲低聲道：「人傑地靈，龜茲能孕育出天下無雙的樂舞和像姑娘那麼美麗的女子，定然是一片非常美麗的土地，所以我寇仲忍不住動心打聽。」

他巧妙地同時抬捧了龜茲國和玲瓏嬌，又把樂舞和人連起來說，故雖語帶調侃的味兒，卻沒有露骨或突兀的感覺，使這冷若冰霜的美女照單全收後難以斥責。

玲瓏嬌俏臉微紅，在前後燈籠火光的映照下益發美艷不可方物，默然半晌後低聲應道：「你是眞心那麼想的嗎？」

寇仲心中生出輕微悔意，暗忖胡女確有別於中原女子，坦白直接，若誤會自己愛上了她，可能會有意想不到的後果。不過這時已騎上虎背，難道告訴她自己只是信口開河說來玩玩的嗎？

只好把心一橫答道：「當然是由衷之言。」

玲瓏嬌橫了他嬌媚的一眼，道：「你知道東突厥在哪裏嗎？」

寇仲點頭道：「是否在長城之北？」

玲瓏嬌像變了個小女孩般雀躍道：「算你啦！東突厥之西是西突厥、伊吾、高昌和龜茲。從洛陽去要經武威、張掖、敦煌、鄯善。到了且末後，還要往西北走上兩個月，穿過一個大沙漠，就是我族人聚居的草原了。」

寇仲咋舌道：「原來這麼遠的。」

驀地前方馬嘶聲起，整隊人立時停下。只見在前方二十丈許遠處的暗黑裏，隱然有一高大人影攔路而立。衆人一時都呆了，刺殺哪有這般明目張膽的。要知王世充轄下的高手幾乎全數集中在這裏，更不要說還有過百名精銳近衛，除非對方有比這更強的兵力，否則恐怕未摸著王世充的馬車便要折兵損將而回。

那人不待這邊的人喝問，發出一陣震耳長笑道：「王世充，你今天死定了！」赫然是獨孤閥主獨孤峰的聲音。

衆人仍未來得及回應。獨孤峰又暴喝一聲，連續幾個快速得教肉眼看不清楚的旋身，接著擲出一片旋轉著似黑雲般的東西，剎那間越過二十多丈的距離，朝前頭的衛隊飛割而來。金屬破風的急嘯聲音響徹御道，在燈籠火把光的映照下，從獨孤峰手上擲出的原來是一塊直徑達五尺的圓形大鐵鈸，鋒沿處密布利齒，經他以特別手法擲出，畫出一道美妙的弧線，以驚人的高速陀螺般急轉而至。獨孤峰乃一閥之主，垂名江湖達四十年之久，如此蓄勢而發下全力施爲，加上圓鈸本身旋轉的特性和鋒利的齒沿，實有無堅不摧之勢，即使寧道奇親來，怕也不敢硬攖其鋒。

獨孤峰擲出圓鈸後，立即往後飛退，皆因已氣虛力竭，眞元損耗極鉅。前方燈籠紛紛墜地。衆近衛慌忙滾下馬背閃躲，恐慌的意念像漣漪般迅速蔓延，人人自危下馬嘶人喊，四散避開。

光明忽被黑暗吞噬，更增兵凶戰危的可怕感覺。寇仲、歐陽希夷等哪想到敵人有此先聲奪人的一著，一時間只有呆瞪著圓鈸由遠而近急轉飛來，朝馬車飛割而至。

當圓鈸離馬車尚有三丈距離，整隊人有墜往地上的，有策馬散避的，正潰不成軍之際，一道黑影從天而降，以驚人的高速和駭人的準繩降落在疾飛的圓鈸上，足尖點正圓鈸核心處，像仙人騰雲駕霧般乘著旋鈸飛來，令人嘆爲觀止。可風大喝道：「有刺客！」歐陽希夷早騰身而起，希望能早先一步將對方截下。

寇仲擔心的卻是徐子陵，這刺客武功之高，可肯定在他和徐子陵之上，因爲他便自知辦不到對方現在所做的事，更知在來人抵達馬車之前，沒有人來得及攔截，人急智生下伏低身軀朝車底喝道：「下面走！」

化作御者的王世充變成首當其衝，眼睜睜瞧著對方駕鈸而至，就要在馬兒的上空掠過，自己的手下正以各種姿態閃躲的當兒，急旋的圓鈸已帶著敵人以弧形的進攻曲線，朝他臉門割至。若對方是以直線前進，憑他的功力，怎都可在半空截人而不用理會圓鈸，可是孤形的進攻路線卻是最難捉摸的，而此人幾可肯定是有資格作寧道奇對手之一的晁公錯，使他終於放棄了這念頭，彈離座位，滾往地面，狼狽至極。

「蓬！」圓鈸在眾人眼前摧枯拉朽地破入車廂頂下半尺許處，把車廂頂輕鬆地隨鈸鏟掉，變成個惡形惡狀的露天車廂。四匹拉車的駿馬先是受驚人立而起，接著頸折墜地，立斃當場。刺客彈高少許，一個空翻，變成頭下腳上，炮彈般投進車廂內。半眼都不看正伏在廂尾地板抖顫的假王世充，雙掌齊出，重擊在暗格所在之處。

代王世充躲在暗格內的徐子陵，驟聞驚呼馬嘶，已知不妥，剛要推板鑽出去，寇仲的警告已震耳響起。換了是其他人，怎都會猶豫一下，但他和寇仲自少便混在一起，同生共死，默契之佳，敢誇天下無雙。寇仲的吼叫仍是餘音縈耳，他早運功震碎車底，墜跌御道的石板地上，往橫滾開。

「轟！」整個車底寸寸碎裂，假王世充和座位全往下墜，廂壁卻夷然無損。徐子陵心叫僥倖，假若自己避遲剎那，不全身骨碎肉裂而亡才是怪事。尚未來得及騰身彈起，那可怕的刺客顯然知道他從車底溜走，硬是撞破向著徐子陵那邊的廂壁，狂擊而至。

此時割去車頂的圓鈸仍去勢不止，在兩匹受驚人立而起的戰馬頸項間掠過，登時血光迸現，兩頭可憐的無辜駿馬，頹然傾倒，馬上的近衛亦掀跌墜地。馬車後王世充方面的人除了四散躲避外，再無他法，更不要說對付敵人。

徐子陵滾往的方向，有陳長林和六、七個高手護駕，他們並不知道王世充已被徐子陵李代桃僵，還以為王世充趁機從車底溜出，見刺客破壁追擊，同時躍下馬來，往敵迎去。豈知那人衝過來時，故意帶起漫空木碎，像驟雨般朝他們激濺過來，無不含有強大氣勁，與施放暗器毫無分別。由於燈籠熄滅，加上夜深星暗，衆人到現在只知對方是一身黑衣勁裝，至於賣相如何，卻沒有人能看得清楚，倍添其神秘不可測的駭人感覺。寇仲、歐陽希夷、玲瓏嬌、王玄應、王玄恕等一衆高手這時已騰高而至，但在時間上卻落後少許。只能瞧著陳長林等受漫天花雨般的碎木暗器所阻，刺客已飛臨仍在地上滾動的徐子陵上方，雙掌下按。狂如暴風的勁氣像一堵牆般壓下，聲勢駭人至極。

首當其鋒的徐子陵在剎那間已從敵人應變的速度，攻擊力的持恆等各方面判斷出自己至少還差對方一籌。現在唯一反攻之法，是在險中行險，以奇制敵。冷喝一聲，彈起一半的身體憑快速的眞氣轉換，反升為墜，雙掌閃電拍出，與敵人結結實實四掌硬拚一記。他終於看到對方的容貌身形。這個黑袍刺客身材魁梧而略見發胖，肚子脹鼓鼓的，頭禿而下頷厚實，指掌粗壯逾常。本該是殺氣騰騰的凌厲目光卻給潔白如雪的一把美鬚與長而下垂至眼角的花白眉毛淡化了。若非那對瞇成一縫像刀刃般冷冰冰的眼神，此人確有仙翁下凡的氣度。

「蓬！」氣勁交擊。徐子陵捨螺旋勁不用，來自《長生訣》與和氏璧的先天氣勁明似全力出手，實則卻暗留一半，硬與這個名震海南的宗師級前輩高手對了一招。

「嘩！」徐子陵噴出鮮血，被震得後腦猛朝背底下的青石地撞去。晁公錯亦給他反震之力，拋擲往後，臉上首次露出驚異之色。不過他的手仍不閒著，左手連連隔空遙劈，把正欲撲過來施援的陳長林等再次逼退開去，更有兩人應掌墜地，爬不起來。確有威霸不可一世之態。

此時寇仲、歐陽希夷、可風、玲瓏嬌、王玄應、王玄恕與一眾高手，已來至破爛馬車的上空，欲要下撲，上方呼嘯之聲狂作，以百計的樹葉利刃般漫空激射而下，令人有無從躲閃之嘆。隱約中四、五道黑影隨著葉雨從天而降。功力較次者無奈下只好舞起刀網劍罩，盡力封架。只有寇仲、歐陽希夷、可風、玲瓏嬌四人憑著護體真氣，增速朝晁公錯掠去，好趕在他續施殺手之前加以攔截。

「砰！」青石碎裂。

徐子陵背脊著地，再噴出一蓬鮮血。他的傷勢有大半是裝出來的。晁公錯的掌勁雖然凌厲，可是他亦非弱者，當氣勁侵脈而入時，便以本身真氣帶得對方的氣勁從雙肘透出，撞在背脊下的青石地上，不但化去對方能斷脈摧魂的掌力，還反托起身體，免去了硬撞在石地之殃。其巧妙玄奧之處，保證連晁公錯都難以明白。只有他和寇仲兩個懂得《長生訣》者，才有此奇技。晁公錯倏地又往他飄至。

眾人所有交手過招，全在暗黑中進行，此時眼睛已不大發揮作用，靠的全是高手異乎常人的超凡感覺，凶險處更不待言。早先墮往地上扮成「秦節原」的王世充此時貼地竄起，悄悄躡往晁公錯後背，意圖抽冷子給他來一記重的。

「噹！」操縱了整個局面的圓鈸終於掉在地上。「叮！」寇仲的井中月架著從上激刺而來的一劍，立即心叫不妙，原來敵人運勁巧妙至極點，竟暗藏絞扯牽引的力道，帶得他往橫移開，便像自己硬要改變方向般，痛失阻截晁公錯的良機。如此劍法，實是聳人聽聞。接著劍風大作，敵人竟能凌空換勢，啣尾追來。

獨孤鳳的嬌聲傳入耳內道：「還我二叔命來！」

寇仲大喝道：「殺獨孤霸者，沈落雁是也。看刀！」

井中月頭也不回反手後擊，正中獨孤鳳劍背，「噹」的一聲震得獨孤鳳往後飄去，而他也加速去勢，射往御道。

徐子陵既已代王世充達到「被傷」的目的，現在唯一該做的事，就是保著他的小命，以免弄假成眞。

敵人行刺計畫之周詳，晁公錯的厲害，無不在意想之外，使他們以如此強勁的實力，仍完全陷在被動捱打之局，實始料所不及。現在只要他寇仲能擋晁公錯一下子，讓己方人馬重整陣腳，便可大功告成了。想到這裏，寇仲甩手擲出井中月，像一道閃電般朝晁公錯投去。

在獨孤鳳截上寇仲的當兒，王伯當的雙尖軟矛，尤楚紅的碧玉杖，分別凌空截著玲瓏嬌和歐陽希夷。誰都明白能否殺死徐子陵假扮的王世充，爭的就是這剎那的光景。

長白雙凶符眞、符彥兩兄弟則投往陳長林那邊去，使晁公錯可全力搏殺他們以爲是王世充的徐子陵。一時兵刃交擊和喊殺之聲，震徹御道。衆衛驚魂甫定，個個奮不顧身的朝晁公錯和徐子陵的方向殺去。

「篤」的一聲悶鳴，歐陽希夷始終功力稍遜尤楚紅一籌，被她掃得反跌往後，而這獨孤閥的第一高手，身形像鬼魅般閃了一下，天降煞星般落往馬車頭處，碧玉杖掃得衝來的近衛血肉橫飛，不住有人拋飛倒地。玲瓏嬌亦架不住王伯當使得出神入化的雙尖軟矛，仗著過人的輕功，迴旋飛往遠處，使王伯當能脫身從容迎向從車尾方向湧來的親兵。只有可風在全無阻滯的情況下，安然落在從地上彈起的徐子陵之側。在這種暗黑中，加上形勢混亂，連他都看不出徐子陵是冒牌貨式。晁公錯已逼至十步之內，白鬚揚起，雙手化作漫天掌影，狂風暴雨般往徐子陵攻至。

「叮！」

晁公錯身子一晃，又不知使了記甚麼手法，使閃電般射來的井中月不但改變了方向，還朝從後欺至的眞王世充當胸射去，連消帶打，不愧天下有數的武學大師。徐子陵則是心中叫苦。現在雖以己方爲衆，敵人爲寡，但他卻只能孤軍作戰，沒有人可施援手。他一邊是破頂馬車，另一邊是分隔馬道和御道的大樹，前後兩方均被敵人封鎖，令己方的人一時難以來援。晁公錯的狂勁掌風，冰寒似雪，將他完全籠罩其中，根本無從躲閃，剩下的只有憑眞功夫硬拚一途。若敵方只有晁公錯一人，他怎也可支撐一段不短的時間，最糟是有居心不良的可風在旁，而他又不能對他先下手爲強，以免功虧一簣。任他智比天高，此時也有一籌莫展之嘆。

可風忽地閃到他後方去，還大喝道：「世充兄退後！」

徐子陵不驚反喜，往後疾退。

王世充正要從後偷襲，哪知晁公錯閃了一閃，寇仲的井中月竟增速朝他疾射而至，避已不及，冷哼一聲，運劍擋格。「噹！」王世充整個人被井中月的沉雄內勁撞得連退三步，暗襲之夢成空，還虎口劇痛。始知晁公錯不但沒有化去寇仲原本的勁力，還加注進自己的眞氣，變成兩人聯手來對付他王世充般，使他一時再無力攻敵。

「啪！」可風一掌拍在徐子陵背上，還陰惻惻地道：「世充兄你中計哩！」徐子陵立即像斷線風箏般朝晁公錯踉踉跌去。

對於體內眞氣的應用，徐子陵已成了專家，明知可風會趁此千載難逢之機暗算自己，怎會爲他所乘。唯一擔心的只是對方是否使用利器。當可風能摧心裂肺的掌勁送入背心，他的眞氣早凝聚背心，螺旋不休。敵氣侵體的剎那，他在半點不洩出反震內勁的情況下，以己身眞氣包容敵勁，送往湧泉，再洩往地面去。道上青石磚在無聲無息中隨著他的踏足不斷龜裂破碎，而於黑暗的掩護下，兩個大敵的注意力也全集中在他這假王世充的身上，竟連晁公錯都覺察不到他在暗裏玩的手段。

徐子陵猛地躍起。晁公錯哪想得到對手在連連受創下仍有此餘力，收回左手，化右掌爲拳，沉腰坐馬，衝拳隔空打去。

「蓬！」

徐子陵應拳上拋，這次眞的噴出一口鮮血，五臟翻騰，經脈欲裂。

寇仲像從黑暗中鑽出來般，橫空而至，把徐子陵抱個結實，再續掠往御道旁，伸腳點中大樹，在晁公錯騰空而至前，往反方向投去。

晁公錯大喝道：「得手了！」包括可風在內，衆刺客立即撤走。整個刺殺過程，只是眨幾下眼的功夫，快如驚雷疾電，勁風吹葉。

燈籠光亮起，地上人馬死傷處處，一片劫後的災場情況。寇仲抱著徐子陵落往破車之旁，王世充、歐陽希夷、玲瓏嬌、王玄應、王玄恕、陳長林等圍攏過來。

徐子陵仍在寇仲懷抱中裝傷不起。

寇仲喝道：「立即召援，救人要緊！」

緊急煙花訊號箭沖天而起，在上空爆起一朵血紅的光花。風吹葉搖，大雨將臨，燈晃影動。

歐陽希夷蹲低向徐子陵關心地問道：「傷勢如何？」

陳長林等此時才察覺這個王世充是假貨，心中大定。

另一個假王世充則被兩名親兵從碎木爛椅堆內扶起，雙腳仍不住發顫。

徐子陵猶有餘悸道：「晁公錯確是厲害，差點要了我的小命。」

眞王世充喜道：「這回成功了！我們立即回皇城去。」

寇仲做戲做到底，把徐子陵抱起來，道：「王公受傷極重，我們立即回皇城去，死者暫留原地，其他……噢……」

衆人同時生出警覺，但已來不及應變。原先伏在地上的一名傷者，竟從地上彈起，以鬼魅般的快速身法，閃到仍戴著面具的眞王世充背後，運拳狂擊。此人的身手絕不會在晁公錯之下。

徐子陵和寇仲同時失聲叫道：「李密！」

王世充連閃躲的時間也沒有，勉力功聚後背。「蓬！」

王世充鮮血狂噴，身子前仆，李密已發出一陣震耳狂笑，騰空斜起，並以他渾厚柔和聲音道：「世充兄好生保重。」

由於事起突然，劇變橫生，兼之這弄假成眞，從喜轉悲的變化太令人難以接受，衆人瞧著長髮飄飄、魁壯如天神的李密沒進燈火不到的暗黑高空去，彷如置身在一個永不會甦醒過來的噩夢中。

徐子陵首先從寇仲懷中彈起，一把抱著王世充仆下來的身體，顧不得王世充狂噴而出的鮮血遍灑頭臉，《長生訣》的療傷聖氣先護住他的心脈，再源源不絕輸進臉上已無半點血色的王世充經脈內去。

寇仲亦探手按在王世充背心處，劇震道：「任恩他們是李密殺的。」

只有徐子陵明白寇仲的意思，因他從王世充現在受的拳傷，認出與任恩等人致命的創傷出自同一人之手。

王玄應、王玄恕父子同心，撲過來呼天搶地哭道：「爹！」

歐陽希夷把兩人攔著，叫道：「世充兄！」

王世充得兩人眞氣輸入，微睜眼簾，辛苦地道：「我還死不了！」

寇仲沉聲道：「我們須立即避入皇城，然後全力攻打皇宮，教獨孤峰動彈不得。」

「嘩啦啦！」停了半天的大雨，又再開始降臨人間。

王玄應顫聲道：「爹已受了重傷，不如我們立即離城，到偃師避上一段時間，待爹……」

王世充劇烈咳嗽起來，不住吐出鮮血，好一會才道：「回皇城去，一切聽寇仲的吩咐。」言罷閉上眼睛，再說不出話來。

衆人如墜冰窖，心兒齊往下沉，茫不知雨打身上。

蹄聲驟響，衆人驚弓之鳥，嚇了一跳，才發覺來者是楊公卿。

寇仲一把抱起王世充，向假王世充喝道：「還不上馬，這次你眞的是尙書大人了！」

言罷抱著王世充飛身躍上附近的一匹馬上，帶頭朝皇城馳去。

誰都想不到將計就計之策，竟會功虧一簣，落至弄假成眞的淒慘下場。

皇城皇宮殺聲震天，檑石、箭矢之聲連綿整夜，王世充的部隊冒雨強攻，到天明時才停歇下來，雙方均死傷慘重，但由於王世充兵力佔優，對攻城又準備充足，仍以王世充一方居於優勢。

寇仲、徐子陵、楊公卿三人身疲力累地回到守衛森嚴的尙書府，歐陽希夷、王玄應、王玄恕、玲瓏嬌、王弘烈、王行本、陳長林等正聚在大堂裏，人人神情沮喪，愁眉不展。

歐陽希夷是最冷靜的一個，長身而起道：「情況如何？」

楊公卿冷哼道：「我有把握在十天內攻破皇城，把楊侗等人殺個雞犬不留。」

接著低聲問道：「大人情況如何？」

王玄恕低聲應道：「爹仍是昏迷不醒，但該沒有生命之虞。」

王玄應緊張地問道：「爲何停止攻城呢？」

楊公卿瞧了寇仲一眼道：「這是寇兄弟的意思，此時必須示敵以弱，否則李密不會中計起兵來攻打洛陽。」

王玄應、王玄恕、王弘烈、王行本同時色變。

王玄應失聲駭然道：「現在還要來甚麼示敵以弱之計嗎？」

接著戟指戳向寇仲道：「爹弄至現在這情況，全是你一手造成。現在我們必須從速攻入皇宮，控制全城，否則人人均要死無葬身之地。」

歐陽希夷皺眉道：「應賢侄冷靜一點，勝敗乃兵家常事，只要世充兄命在，我們便不算一敗塗地。」

王玄恕也向乃兄道：「爹吩咐過我們須聽寇大哥的話呢！」

楊公卿移到王玄應之旁，搭著他的肩頭勸道：「寇兄弟的方法深合虛則實之，實則虛之的兵法要旨。現在我們唯一反敗爲勝之法，就是一邊以那個假冒貨穩定軍心，另一邊則依照原定的計畫，誘李密來攻，否則再無反敗爲勝之策。」

王玄應不住急速喘氣，卻沒有再說話。

寇仲正容道：「洛陽城交由郎奉和宋蒙秋兩位將軍主外，玄應兄等則留守皇城，王公的安危便要辛苦夷公和長林兄你們了。」

王弘烈愕然道：「你們兩位要到哪裏去？」

楊公卿肅容道：「今晚我們秘密帶著假冒者離城到偃師去，與李密一決雌雄，倘若我們戰敗，你們就帶著尙書大人有多遠就走多遠吧！」

寇仲和徐子陵避進無人的偏廳，同時頹然坐下。

寇仲露出心力交瘁的表情，苦笑道：「我們終是棋差一著，敗在奸鬼李密手上，其實此事早有前車可鑑，當年李密暗算翟讓，曾扮了一次死屍，這回只是重施故技罷了！」

徐子陵嘆道：「我們的思慮眞不夠精密，這麼重要的事，李密怎會不親自出手。而事實上李密親自參與亦並非無跡可尋，當日沈落雁刺殺獨孤霸，必定另有高手在旁協助，而此人能高明至令我和老跋當時覺察不到，說不定是李密本人。」

寇仲狠狠一拳打在椅几上，自責道：「李密出手屠殺青蛇幫的人，實已露出了破綻，我們仍蠢得以爲下手的是晁公錯，試問沈落雁怎差得動晁公錯去幹這種牛刀殺雞之事。只因李密恨我們入骨，故痛施殺手。」

徐子陵冷然道：「任恩幫主和他衆位兄弟這筆血賬，我定會向李密討回來。」

寇仲坐直虎軀，點頭道：「除宇文化及外，李密已成了我們兩兄弟最要除去的奸人，哼！李密雖是算無遺策，怎都低估了我們《長生訣》與和氏璧合起來的療傷聖氣竟可保住王世充的命。只要他死不了，而李密卻以爲他死了，我們仍有一線反敗爲勝的機會。」

徐子陵苦笑道：「現在恐怕已是謠言滿天飛，若軍心動搖，這場仗不用打也要輸個一場糊塗。」

寇仲道：「目前的情況和當日竟陵之戰有點兒相似，差別只在王世充仍然活著。幸好我手上有翟嬌這張王牌，使王世充和他的一衆大將知道必須倚賴我來求勝。」

足音響起，兩人停止對話。

虛行之推門而入，在寇仲旁邊坐下低聲道：「王玄應剛才和楊公卿、郎奉、歐陽希夷三人吵了一場，說寇爺的示敵以弱之計已令他爹受了重傷，所以再不能讓你胡爲，支持他的有郎奉、王弘烈和王行本。反是王玄恕力言王世充曾親口指示須聽寇爺的話。」

寇仲現出一個早知如此的表情，道：「蠢人就是蠢人，永遠都改變不了。此事不難解決，只要把王世充弄醒過來，這老狐狸在權衡利害下，定會作出對他最有利的選擇。」

虛行之道：「眼前卻有一嚴重危機，不易解決。」

兩人嚇了一跳，齊問道：「甚麼危機？」

虛行之雙目射出深思的神色，道：「若我是獨孤峰，便將王世充遇襲身亡的消息廣為傳播，同時暗命與他們有聯繫的洛陽工商領袖藉問候來探視王世充的情況，那時推既不是，不推辭更不是，該如何應付好呢？」

兩人倒沒想到此點，眉頭大皺。

現在他們最佳的優勢，自是希望李密以為王世充死了，只是拿個冒牌貨出來充撐場面，於是領軍西來，好一舉攻下洛陽城。假若洛陽各界領袖聞訊而至，冒牌貨不用說上三句話便會被對方看出破綻，那時定以為王世充真的死了。消息傳出，王世充手下大軍將不戰自潰，而投機者更會改而支持楊侗和獨孤閥的一方。東都一旦不保，失去後援，還陷入兩面受敵的劣境，不全軍覆沒才是天下奇聞。如若託病不見，則後果相同。獨孤峰大可以明指現能四處活勾勾走動的「王世充」是冒充的，在有心人的眼光下，當然也很容易看出真假。此事確是煞費思量。怎樣可兩全其美呢？既能穩定軍心，又可示敵以弱。兩人早疲不能興的腦袋更額外多了個痛症。

虛行之沉聲道：「只要能辦到一件事，行之有個一舉三得的方法。」

兩人精神大振，一舉兩得，已是合乎理想，何況是三得。

徐子陵道：「要辦到其麼事呢？」

虛行之道：「只要能令王世充坐起來撐上半刻鐘，我的計策便可施展。」

寇仲和徐子陵頹然以對，前者苦笑道：「除非我以真氣源源不絕送進他體內，才能保證他可以像個沒事人似的，皆因奇經八脈暢通無阻。不過我總不能按著他背心去接見人，只會弄巧成拙。」

虛行之大喜道：「這樣就成了，此事包在我身上。見人的事分三個部分，首先是接見所有幕僚級以上的手下，令他們知道這只是誘敵之計，雖傷而不重。第二部分是見來洛陽問好的有頭臉人物，令他們只敢繼續持觀望態度。這兩個部分時間上不可長過一刻鐘，那就不易露出馬腳了。」

「至於第三部分，是見其他閒人，由冒牌貨裝傷會客只須搖手點頭，說句甚麼『多謝關心啦』就成。」

兩人仍是一頭霧水，但因知虛行之智計過人，又生出希望。

徐子陵道：「這最多只是兩得，可同時穩定軍心和民心，第三得又是甚麼呢？」

虛行之胸有成竹道：「所謂虛則實之，實則虛之，世充不躲在靜室療傷，反強撐著出來見客，必是自知返魂乏術，故強撐見客以發揮穩定人心的作用。況且這般長時間見客，只會傷上加傷，李密不立即率兵西來，才是怪事。」

兩人拍案叫絕。

當虛行之把行事的所有細節清楚道出，寇仲奮然起立，道：「這次有救了！即使武侯復生，怕亦只能想出此計。」

王世充的臉上添上了少許血色，接著緩緩睜眼，掃視了肅立榻旁的徐子陵、王玄應、王玄恕、歐陽希夷、郎奉、宋蒙秋、楊公卿、玲瓏嬌等諸人一眼後，嘆道：「我還死不了。」

接著坐在床中的身體略往後仰，向正以掌心貼著他後背的寇仲道：「現在形勢如何？」

寇仲低聲答道：「形勢大好！」

王玄應失聲道：「爹傷成這樣子，還說形勢大好？」

這回連歐陽希夷都覺得寇仲的話過分得變成諷刺。

豈知王世充乾咳兩聲後，點頭道：「幸好有你的長生之氣，使我反凶爲吉，只要有一個或半個月的功夫，我必可完全復元。哈！能以我的傷換取李密的王國，這事划算得很。」

聽到王世充這番話，王玄應難看的臉色終於緩和下來。

王世充忽道：「計將安出？」

寇仲淡淡道：「鑿穿牆後，王公便可見客了！」

除了他的好兄弟外，衆人均愕然以對。

陳長林來到徐子陵旁，低聲道：「成了！」

後堂已成禁地，不但門窗緊閉，所有出入口全由王世充的親信近衛把守。徐子陵早調好精神，面壁盤膝坐在高凳上，右手穿出僅容一手通過在壁上鑿出來的小洞，再透過椅背另一個小洞，按在靠牆而坐的王世充背上，眞氣緩緩送出，像橋樑般把這在洛陽最有權勢的人物所有受傷閉塞的經脈接連起來，好讓他支撐著去應付即將來臨的場面。陳長林和玲瓏嬌則在把徐子陵遮閉妥當的屛風外爲他護法。這正是虛行之精心構思瞞天過海的妙計。

前廳的王世充發出一聲重濁的呼吸聲，接著背脊挺起，呼吸從細弱轉爲悠長均勻。不片刻後步聲響起，至少有三十多人進入前廳，都是駐在東都王世充手下大軍中的高級將領。施禮和問安之聲陸續不斷。

郎奉的聲音響起道：「諸位請起！」嗡嗡聲中，衆將紛紛起立。

王世充乾咳一聲道：「今天本丞召喚各位前來，實有天大好消息相告，勝利已然在望，箇中情況，請楊大將軍爲各位解說。」

楊公卿立刻奮然道：「誘敵之計大功告成，現在李密以爲尙書大人遇襲重傷，性命垂危，其實受傷者是另有其人。今晩尙書大人將親赴偃師督軍應戰，教李密來得而去不得。」

王世充哈哈笑道：「這裏以郎奉將軍爲主，宋蒙秋將軍與玄應、玄恕三人爲副，爾等須嚴守軍令，不得鬆懈。他日本丞凱旋歸來，蕩平叛賊後，必論功行賞。」

衆將轟然應諾，意態昂揚。

此時徐子陵已難以支持下去，幸好宋蒙秋吩咐了衆將須緊守王世充傷勢的秘密後，衆將隨即離開。

徐子陵忙收回右手，改由陪在王世充旁的寇仲輸氣以保住王世充的精神。

歐陽希夷的聲音傳來道：「世充兄感覺如何？只要再見一批人後，世充兄可以返回後堂休息了！」

此時步聲再起，徐子陵深吸一口氣後，再把手穿牆過椅，按在王世充背上。

徐子陵盤膝廂房榻上，吐納冥坐，寇仲推門而入，滿臉倦容、放棄一切似地躺到地上去，攤開四肢呻吟道：「知不知道世上最難應付的是甚麼東西，就是人這傢伙，無時無刻不在勾心鬥角，損人利己。只要有人的地方，就會有壞事發生。」

徐子陵沒有半點反應，不片刻寇仲已沉沉睡去。

大雨早在半個時辰前停下，天上仍是烏雲疾走，令人感到傾盤大雨可在任何時刻再施威肆虐。

到虛行之和歐陽希夷來找他們，寇仲驚醒過來，茫然坐起。

歐陽希夷訝道：「爲何要睡在地上？」

寇仲伸個懶腰道：「這叫吸取地氣。」再彈起來道：「外面形勢如何？」

歐陽希夷坐下道：「楊侗先後發動了兩次反攻，試探我方的軍心士氣，落得損兵折將而回。照我看他們除非有外援，否則應是坐以待斃的死局。」

寇仲和虛行之分別在他左右兩旁坐下，前者笑道：「這叫作繭自縛，就算去了王公，換來的只會是李密，我眞不明白獨孤峰打的是甚麼主意？」

徐子陵睜眼先和歐陽希夷打個招呼，道：「這該叫始料不及才對。原本他們想藉助李密之力，趁王公往偃師之際，取得洛陽的控制權，豈料事機不密，被王公及時趕回來，於是陣腳大亂，遂被李密乘虛而入。」

虛行之截入道：「沈落雁、晁公錯等人今早離開洛陽，照此看來瓦崗軍已如離弦之箭，勢在必發。」

寇仲大喜道：「李密啊！任你其奸似鬼，也要喝我寇仲的洗腳水。」接著猶有餘悸道：「不過昨夜確實險至極點，差些永不能翻身。」

歐陽希夷狠狠道：「知人知面不知心，想不到可風竟是這種卑劣小人。」

虛行之沉吟道：「老君觀究竟是和李密還是與獨孤峰勾結？此點相當重要。」

寇仲分析道：「該是與李密有關係才對。老君觀的主持既是老妖道辟塵，說不定會學祝玉妍般買重李密的注，假若有朝一日李密當上皇帝，辟塵的邪支道派便可成爲國教，壓下慈航靜齋和淨念禪院的佛門正宗。哼！辟塵打的確是如意算盤，不過我要教他偷雞不著反蝕一把米。」

歐陽希夷喟然嘆道：「想不到李耳的傳人，竟出了這種害世的奸邪，眞恨不得可立即殺上翠雲峰，替天行道。」

此時有下人來報，宋魯要見寇仲。寇仲正有事想求宋魯幫忙，聞言欣然去了。

宋魯和寇仲在偏廳坐下，婢子退出後，前者低聲道：「王世充是否危在旦夕？」

寇仲湊過去道：「沒有那麼嚴重，不過想復原嘛！怕至少要十來天光景。」

宋魯皺眉道：「怎會這麼疏忽的？」

寇仲不敢瞞他，扼要地把整個過程道出，然後道：「李密的勁力能摧心裂脈，非常霸道。幸好當時小陵及時接住他，配合王世充本身的護體眞氣，把入侵的拳功化去七、八成，否則恐怕王世充早一命嗚呼。」

宋魯道：「李密的『地煞拳』在江湖上相當有名，故而他對自己的武功也是信心十足。在這種心態下，他絕對想不到你們練自《長生訣》的眞氣竟有回天之力。難怪沈落雁等人連多逗留一會以觀變的興趣都沒有，趁今早人心惶惶大批城民湧往城外避難之際，也坐船走了。」

寇仲笑道：「若非我肯放他們走，他們也不是想走就可以走的。今晚我將趕赴偃師，魯叔行止如何？」

宋魯道：「現在北方應是大戰連場之局，我們留在這裏沒有甚麼作用，待會我從陸路南下，你有甚麼話要交代我的。」

他說得雖是輕描淡寫，但顯然是他要表明對宋閥的立場。

寇仲想起宋玉致，心中一陣失落，好一會道：「我寇仲能否有資格爭奪天下，全要看是否可起出寶藏，否則縱然起事亦只能作個小賊頭。現在仍似是空口說白話，言之過早。」

宋魯撚鬚微笑道：「若人人像你般須找到寶藏才起義，楊廣該仍可安然坐於他的皇座上了！」

寇仲苦笑道：「這叫今時不同昔日，那時普天同怨，只要有人走出振臂疾呼，立可聚眾起事；又或本身是隋室當權大將，亦可要兵有兵，要財有財。現在割據之局已成，若要人為你賣命，必需有獨特之處以吸引人。江湖不是謠傳若能取得楊公寶藏便可得天下嗎？這正是我這窮鬼最需要的東西。」

宋魯點頭道：「只聽你這番話，便知小仲你明白人心，此乃爭天下的首要條件。放心吧！只要你能幹出一番成績，我們宋家定會全力支持。哼！若教胡人得天下，我們漢人還有容身之所嗎？」

寇仲知他指的是聲勢日大的李閥。李家這關隴貴族，一向積極與鮮卑等於南北朝時入侵的貴族聯姻，以擴大政治、軍事實力；而南方像宋家那類士族，則婚婭自保，不尙冠冕，以保持血統及文化的純正。故南北互相猜忌，實是在所難免。在北方胡漢通婚，乃是常事。像「虜姓」諸族，如元、長孫、宇文等都在政治、軍事上至為活躍。王世充要聲討的楊侗近臣元文都，與位列李世民天策府上將之一的長孫無忌均非漢人，自然令宋閥猜疑排斥。若非有這種微妙的情勢，宋缺也不會許下若李密能攻陷洛陽，就把宋玉致許給李天凡的聯盟協議，皆因王世充也是胡人。但顯然寇仲這新崛起的南人，比李密更合宋閥的心意。

寇仲點頭道：「小子有一事相託，恐怕只有魯叔可辦得妥當。」

宋魯欣然道：「不要高捧我了！我瞧著你從一個籍籍無名的小子，變成天下武林推崇的後起高手，就像看著自己的孩子長大成人般，有甚麼要幫忙的話，隨便說出來。」

寇仲心中一陣感動，好半晌才道：「小子想魯叔去找飛馬牧場場主商秀珣傳遞一個重要信息。」

接著詳盡地解釋劉武周和蕭銑的奸謀，沉聲道：「魯叔務要將情況向商場主說個一清二楚，若去的是別人，她生出懷疑就誤事了。」

宋魯點頭道：「我明白了！這事可包在我身上。」

寇仲道：「若能倖勝李密，我和小陵會到江都看看如何應付杜伏威和沈法興的聯軍。魯叔可告訴商場主，我會另派一個叫虛行之的人去向她報告形勢，這人她也認識的。」

宋魯沉吟片刻，冷哼道：「蕭銑這傢伙眞可惡，藉我們牽制林士宏，自己則經略大江以北的重鎭，不過朱粲豈會任他向北擴展？」

寇仲記起自號「迦樓羅王」的朱粲，自己還曾在巴陵城碼頭處誤中副車與他武功高強的女兒「毒蛛」朱媚交過手。順口問道：「朱粲近況如何？」

宋魯道：「此人手段凶殘，極不得人心。不過手下兒郎達十萬之衆，卻是不可輕視。最近與三大寇連場火拚，雖穩佔上風，但也無法擴展勢力。若你能把他手下兵將降服過來，再以仁道管治他的土地，配合飛馬牧場的精銳戰士和竟陵的餘衆，必大有作爲。」

寇仲聽得兩眼放光，點頭道：「魯叔此言極是，果然薑是老的辣。」

宋魯啞然失笑道：「此事是知易行難，但若能除掉朱粲這大害，本身已是天大好事，可令你聲威遠傳，民心歸服。那時順勢蕩平爲禍至烈的三大寇，再配合我們宋家所向無敵的嶺南軍，天下至少有四分一落進你的袋子裏去。」

寇仲奮然道：「只要起出楊公寶藏，一切不難實現，到時魯叔須領兵來助我。」

此時有近衛來報，有客求見。

寇仲正在興頭上，哪有興趣見任何人，不耐煩地喝道：「我現在沒空，唉！來的是甚麼人？」

近衛答道：「他自稱爲秦川，說寇爺定肯見他的。」

寇仲失聲道：「是她！」

寇仲步入小廳，扮作儒生的師妃暄默默坐在一角，容色恬靜，澄明清澈的目光瞧著寇仲的來臨，似連他最微細的舉動都不肯放過。她的仙駕像有種能把所處之地轉化作仙境聖地的異力，平凡的小廳亦因她的存在而沾上超塵脫俗的氣氛。

寇仲來到她右旁坐下，雙方只隔了個小几，微笑道：「師仙子是否把我寇仲和徐子陵調亂了，心中想找小陵，卻一時錯口報了小弟的賤名。」

師妃暄芳心湧起異樣的感受。自離開師門踏足塵世，尚是初次有人敢向她調侃說笑。在她的絕世仙姿之前，誰不爲她超凡的氣度所懾，惶恐不及地怕有失態之舉，致招她的輕視。

師妃暄淡淡道：「寇兄定是天生愛說笑玩世不恭之人，妃暄此來是專誠拜訪，想請教幾個問題。而妃暄更非是甚麼仙子。」

寇仲輕鬆地靠到椅背去，舒出一口氣悠然道：「若要有問有答，師仙子最好找李家小子世民，小弟或會令妃暄失望。」

師妃暄黛眉輕蹙地奇道：「寇兄尚未知妃暄欲問何事，爲何已嚴陣以待，滿懷敵意？」

寇仲苦笑道：「因為我怕仙子你想給小弟一個表面看似公平其實卻絕不公平的機會，看看我寇仲是否像李小子般乃統治天下的人才。一旦證實你心中的定見後，以後就算全力助李小子來對付我也可無愧於心。」

師妃暄微笑道：「寇兄才思之迅捷，實妃暄生平僅見，難怪能在此亂世中叱吒風雲。不過請恕妃暄愚魯，寇兄憑甚麼說我心中早有成見，認為寇兄及不上李世民呢？」

寇仲哈哈笑道：「這根本不是成見，而是事實。現在小弟才剛起步，對如何治好國家仍一竅不通，只會被你問得啞口無言，落得尷尬收場。所以情願不答，尚可留點神秘感給仙子你想像一下，閒來也會……嘻嘻……想想小弟為何如此狂妄。」

師妃暄沒好氣地道：「你倒有自知之明。不過只是這點，已沒有多少人可及得上你。但既是如此，寇兄何不選出心中明主，助他一統天下，以解萬民之困？」

寇仲冷哼道：「我寇仲豈是肯作人隨從跟班之輩。亂世爭雄是一套，一統後治天下則是另外一套。你若要問，不如問我如何可得天下吧！其他說來仍是言之過早。」

師妃暄興趣盎然地道：「寇兄信也好不信也好，妃暄此來並不是要與寇兄談論治國之道。現在寇兄既主動提出，妃暄不由生出好奇之心，想請教憑你現在的情況，如何能在群雄割據局面已成的形勢中，脫穎而出？」

寇仲瀟灑地聳肩道：「我是見步行步，若事不可為，便返揚州開間小菜館。嘿！我和小陵的廚藝都是出色當行，若仙子路過敝館，我們弄兩道小齋菜給你嚐嚐。哈！我根本是個隨遇而安的人。仙子以後再不須為小弟費神，你若喜歡便去助李小子好了！」

師妃暄「噗哧」嬌笑，其嬌姿美態瞧得寇仲目瞪口呆時，始悠然道：「姜太公得黃帝《陰符》之謀，演《六韜》之略，輔武王滅商立國。蘇秦得鬼谷子之法，以合縱之術游說諸侯而掛六國相印。大漢張良精研《素書》、《三略》，爲劉邦平定天下。現在寇兄所得的《長生訣》雖是道家瑰寶，可使寇兄晉身天下頂尖武學宗師的行列，卻與爭天下治天下沒有任何關係。既是如此，何不早點引退，嘯傲江湖，使盛名永垂，豈非勝過捲入政治權力永無休止的爭鬥中。」

寇仲苦笑道：「難怪你會欣賞徐子陵那傢伙，因爲你後來的幾句話，正是對他最好的寫照。否則若他肯全力助我，肯定我不會以開菜館收場。」

以師妃暄恬淡無爲的修養，也不由黛眉輕蹙地苦惱道：「你若再顧左右而言他，妃暄只好告辭而去，更不再視你爲一個可交談的朋友。」

寇仲忙道：「仙子息怒，事實上我對你是非常愛慕。只不過心知肚明終有一天你會與我拔劍相向，才苦苦壓下心內眞正的感受。現在小弟知錯哩，仙子請隨便下問，小弟知無不言，言無不盡。」

師妃暄自出道以來，還是首次有年輕男子向她明宣愛意，偏又知這宣愛者只是信口開河，不盡不實。本應心中不悅，不知爲何卻發覺很難眞的惱怪他。而這亦正是寇仲無人能及之處，即使敵人也很難討厭他。

自寇仲踏入此廳後，兩人一直針鋒相對。而寇仲最高明的地方，是根本不給對手掌握到他的弱點破綻。以師妃暄的智慧，對他亦要生出無從入手的感覺。

其實寇仲亦是有苦自知。若論識見詞鋒，他可肯定自己及不上這清麗如仙女下凡的絕世嬌娘。而她也擺明是來勸自己一是輔助明主，一是退出爭鬥，二者中選擇其一。假設自己是在理屈詞窮的形勢下嚴詞峻拒她的「好意」，加上和氏璧的前科，只會結下這個誰都不願招惹的美麗勁敵。所以只能以旁門左道的市井之法，配上坦率直接的態度，教她只能大發嬌嗔，但又不會眞的與他反目成仇。其中微妙處，確是難以言諭。

師妃暄美目凝注地瞧了他好半晌，脣角逸出一絲僅可覺察的微笑，淡淡道：「好吧！道、德、仁、義、禮五者究爲何事，寇兄可否逐一道來？」

寇仲聞之愕然，心叫厲害。

他本意是想把她氣走，豈知她不但毫不動怒，還開出空泛抽象的題目來考較他，目的自是要他自暴其醜。這等於逼他出招，再在其中尋找破綻，動搖他爭天下的信心。假如自己仍採先前言詞飄忽的方法，只會令她心生鄙視。

再次苦笑道：「這像是科舉場中的題目，仙子你可否問些和現實較有關的問題？例如如何做個好皇帝？如何蕩平天下群雄？如何令萬民生活幸福諸如此類。小弟出身市井，自問比之高門大閥出身的公子哥兒，更懂得回答最後那條問題。但若要我去應科舉試，保證不入榜尾。」

師妃暄瞿然動容，她精擅觀人於微，聽出這番話確是寇仲的肺腑之言。更知他巧妙地拿自己和李世民作出比較，令她感到如若以這種方式選取李世民，根本是不公平的一件事。就好像能高中科舉的，並不代表可以做一個萬民愛戴的官兒。當然她自問並非只從別人的答話便作出定論那麼草率，而是通過長期的觀察來判斷。

就在這超凡脫俗的美女以爲寇仲不會答她的問題時，寇仲卻正容道：「仙子所提出這道、德、仁、義、禮，實五者爲一體也。嘻！小弟有說錯嗎？天有天道，人有人道，乃天地萬物所應遵循的法則；道立後而德成，能堅持正道者便是德；所以道德常拉在一起說。仁義則是發自內心的行爲，來自惻隱惠他之心。至於禮嘛？則是以前四者爲根基發展出來所有凡人都必須遵從的規範，以維護人與人間的倫理道德仁義的關係。」

這番話本是魯妙子兵法書第一章開宗明義的序言，指出治兵之要，必須先明白天人之道，其詞曰：「天人之道未嘗不相爲用，古之聖賢皆盡心焉。堯欽若昊天，舜齊七政，禹敘九疇，文王以八卦陳天道，周公定四時盡陰陽。孔子欲無有，老聃建之以常無有。兵道至此則鬼神變化，皆不逃吾術，況於征戰爭雄之法乎？觀天之道，執天之行，盡矣。故天有仁、義、禮、智、信五德，見之者昌，棄之者敗。」寇仲聰明絕世，從之而發揮，成爲自己的理論。

師妃暄再次動容道：「寇兄這番話微言大義，令妃暄不得不刮目相看。只想再請問寇兄一句，寇兄是爲一己之私，還是抱著爲萬民請命之心，道出這番話來？」

寇仲灑然笑道：「若否認不是爲一己之私，我便是有違道德；但只爲己而不爲人，就是欠仁義。所以都說道德仁義，本爲一體哩！」

師妃暄首次感到自己拿這眞小人沒辦法，因他的答案如說是爲萬民的幸福而去爭天下，她便可由此入手，說動他以萬民的利益爲依歸，去幹最該做的事。

寇仲又道：「至於何者爲先，誰該爲後，恐怕李小子都分不清楚，否則他便可放棄一己之私，來助我寇仲一統天下了，對嗎？」

師妃暄皺眉道：「寇兄這番話不無少許道理，但卻是遠離實際，難令妃暄心服。而這亦是問題所在，就是以寇兄現時的實力功績，如何可以服衆？徒使天下更增紛亂而已，於寇兄和萬民均有害無利。」

連寇仲自己也要承認，師妃暄實是一個非常有魅力的說客。不過說到底她並不認為他寇仲能幹出甚麼事來。只是怕他起出傳說中的楊公寶藏，使天下徒增不可知的變數吧了！

師妃暄出乎意料地盈盈而起，美目深注的道：「天發殺機，移星易宿；地發殺機，龍蛇起陸；人發殺機，天地反覆。火生於木，禍發必克；奸生於國，時動必潰。生者，死之根；死者，生之本；恩生於害，害生於恩。妃暄言至此已盡，有緣再與寇兄相見吧！」

說罷飄然去了。

王世充坐在床上，精神明顯較早上好了些，但眼神仍是沒精打采，環視立在床旁眾人一遍後，道：「這次出征，實關乎到我們的成敗大局。老夫不能親身參與，乃生平最大憾事。」

楊公卿忙道：「大人請放心，臣下得玄恕公子和寇兄弟左右為輔，必不負大人所託，當教李密一敗塗地，永不能翻身。待大人康復後，便可再次率領臣下南征北討，一統天下。」

王世充沉吟道：「我們和李淵雖一在關西，一在關東，但卻形勢相似。我們受李密牽制，無法西進；他則要時時應付隴右的薛舉父子。所以現在雙方都要與時爭競，看看誰能先一步鞏固實力，平定近患，才有機會成不世之功業。」

寇仲還是首次聽王世充論及自己的處境。心知肚明王世充現在無法不倚重他，所以才讓他得以聽聞此等機密事。此時楊旁除他外惟有王玄應、王玄恕、楊公卿、郎奉、宋蒙秋五人，可見這並非是一般的會議可比。

王世充嘆道：「薛舉此人出身富貴之家，一向愛結交朋友，揮金如土。這種紈袴子弟，除非一直順風順水，否則若逢挫折，勢將難以堅持下去。一旦投降，李淵會立即實力大增，所以我們須搶在這情況發生之前，攻打關中。因而與李密此戰，必須速戰速決，否則勝了也等於敗了。」

寇仲不由對王世充刮目相看，只從這番分析，顯示出他確是精通兵法，高瞻遠矚的人。

王玄應道：「但薛舉之子薛仁果驍勇善戰，似不該是肯認輸投降的人。」

王世充急速地喘兩口氣，寇仲又再輸給他一注眞氣，才回復精神，沉聲道：「可惜他的對手卻是智勇雙全的李世民，徐非李世民死了，否則他父子終難逃兵敗投降的厄運。」

楊公卿點頭道：「薛舉的起兵，只是適逢其會，水到渠成。不像大人或李淵般本爲大將，起義前已轉戰天下；又或如李密、杜伏威、竇建德般其地盤是打回來的。當年他因家財豐厚，在金城買得個校尉的小官來當，大業十三年時，隴右盜起，金城令郝瑗募兵數千，交他統率剿匪，豈知他就憑這支軍隊起家，開倉賑濟貧民，自立爲王。兼之地處西疆，附近再無對手，若他起兵之地是關東而非關西，怕早給人兼併了，所以大人所言甚是。」

王世充道：「今晚你們東赴偃師，千萬不要張揚，公卿你負責執掌帥印虎符，統領全軍，以玄恕爲副師，小仲爲軍師，三人務要衷誠合作，利用李密對我們輕視之心，予他迎頭痛擊；若能勝之，定要乘勝追擊。如能再下洛口、虎牢兩鎭，李密大勢去矣，剩下只有戰死或投降兩途，那時天下將是我王世充囊中之物。」

他愈說愈興奮，又咳嗽起來。

郎奉勸道：「大人的指示，我們定會切實執行。大人不如休息一會再說吧！」

王世充辛苦地道：「淑妮嫁入關西之事，你們照原定計劃進行，小仲對此可有異議。」

寇仲見各人瞧著自己大感尷尬，忙道：「一切依王公吩咐。」

寇仲回到大堂，徐子陵正和陳長林閒聊，見寇仲到來，徐子陵欣然道：「原來長林兄來自南海郡，家族累世經營海上貿易，聽他一席話眞勝於行萬里路，很多地方的奇風異俗，包保你沒有聽過呢。」

寇仲暗叫慚愧，他和陳長林說的話加起來不夠十句。忙打趣道：「陳兄不是老晁的親戚吧！大家都是南海人哩！」

陳長林顯是不苟言笑的人，答道：「寇兄誤會了！南海指的是我國南面的大海，沿岸有十多個郡，我們的南海郡和海南派的珠崖郡隔了足有二十多天的船程。」

寇仲坐到陳長林另一邊，道：「大海外究竟有些甚麼地方？當年在揚州，常有外國商船駛來，那些人的樣子和衣服都很奇怪的。」

陳長林道：「我家就是和波斯人及大食人做生意。」

寇仲忍不住問道：「陳兄爲何不留在南海郡發外來財，卻萬水千山跑到這裏來？」

陳長林雙目射出仇恨火燄，沉聲道：「若非逼不得已，誰想離鄉別井，此事一言難盡，寇兄請見諒。」

寇仲心中一動道：「是否與沈法興有關？」

陳長林劇震道：「寇兄眞厲害，一猜便中。雖非直接有關，但沈綸是他之子，他實難辭其咎。」

徐子陵和寇仲交換了個眼色，壓低聲音道：「沈綸對陳兄做了甚麼傷天害理的事？」

陳長林嘆了一口氣道：「沈綸害得我家破人亡，此仇不報，怎能洩我心頭之恨。」

寇仲正要說話，近衛來報：「一切準備就緒，兩位大爺請動駕！」

十二艘戰船，魚貫駛出洛陽城，沿洛水朝偃師駛去，由於是順流東放，故船速極高，一洩多里。從洛陽至偃師這截水道，途中兩岸制高處均置有哨站，監察水道的情況，在安全上絕無問題。除楊公卿、王玄恕外，同行的尚有玲瓏嬌，專責探聽敵情。這位龜茲美女登船後避入艙房，晚膳也要人端進房內。徐子陵亦沒有興致應酬楊公卿，躲在室內靜修。

飯後楊公卿擔憂地道：「李密最善用詐兵，往往到與他開戰時，始知中計。寇兄弟可有甚麼妙計應對。」

寇仲微笑道：「這次倒要看誰的詐術高明一點。現在我們首要之務，是偵知李密主力大軍駐紮的確實地點，始可從容定計。我已約好翟嬌派人到偃師會我，到時便可清楚把握李密的虛實，亡李密者，實翟讓之女也。」

王玄恕不解道：「可風妖道既知翟嬌的事，自然會提醒李密，一個不好，我們說不定會反中他奸計。」

楊公卿也點頭同意。

寇仲哈哈笑道：「問題是連老子我都不知道李密手下瓦崗軍的舊將中，誰是身在曹營心在漢。李密最好就懷疑每一個舊將，弄得人人自危。到時一旦吃了敗仗，保證立即人心渙散，瓦崗軍四分五裂，使李密再無捲土重來的本錢。」

頓了一頓，一字接一字地狠狠道：「所以我們只須大勝一場，李密將永無翻身的機會。」

王玄恕雙目露出崇慕神色，道：「寇大哥對任何事總另有一套高明看法的。」

楊公卿仍未釋然，道：「我們的總兵力只有二萬人，雖說全是來自舊隋久經戰陣的精銳，但比起李密號稱數十萬之衆的大軍，無論他的兵力於童山與宇文化及交鋒之役如何折損，終仍遠勝我們。他或者輸不起這一仗，但我們卻比他更輸不起。所以必須使他無法用詐，方有勝算。」

寇仲好整以暇道：「這方面大將軍可以絕對放心，翟嬌手下中有個叫宣永的人，此人精於兵法，又因以前曾長期追隨翟讓，現在又與仍暗裏忠於翟讓的瓦崗兵將一直有聯繫，故對瓦崗軍的動靜瞭如指掌，保證李密擺擺屁股，向左向右都瞞不過我們。嘻！這兩天大家都忙壞了，不如趁早回房休息，因到偃師後可能沒有睡覺的時間。」

寇仲推門而入，頹然曲肱橫臥於正在床上打坐的徐子陵之旁，腳仍然觸地，吁出一口氣道：「你以前不是總躺著練功的嗎？爲何現在卻要學人盤膝打坐，難道比邊睡邊練更寫意？」

徐子陵微睜眼簾，道：「你又受到甚麼委屈，憋著一肚子怨氣的樣子。」

寇仲苦笑道：「委屈倒沒有，只不過是擔心吧了！到現在我方曉得縱使李密在童山之戰折損甚鉅，兵力仍遠在我們之上。這場仗大有可能重演竟陵與老爹之役！而我還要想盡方法擺出必勝的高姿態去安慰別人，這個軍師眞不易當。」

徐子陵微笑道：「兵書不是有說兵貴精而不貴多嗎？且激戰之後，李密手下驍將銳卒必多死傷，戰士心怠。而我軍則是孤注一擲，志在死戰，彼消此長下，只要策略得宜，避重擊輕，將可勝劵穩握。」

寇仲苦笑道：「這正是我最擔心的地方，上回應付刺殺我本以為十拿九穩，怎知到頭來仍是棋差一著，被李密所乘。由示敵以弱變成為敵所弱，若非有虛行之的妙計，這場仗也不用打了。」

徐子陵雙目倏地睜大，射出熠熠奇芒，沉聲道：「這場仗我們一定會贏的，因為李密會以為王世充傷重難起，故軍心散亂，士無鬥志，而心存輕視。在目前的情勢下，杜伏威和沈法興的聯軍隨時可攻襲江都，沿宇文化骨的舊路北上，竇建德則意圖南下，李閥亦要應付西面薛舉父子的大軍，李密能否及時得洛陽，實爭勝天下的關鍵。所以李密欲得洛陽之心，比鑊上的螞蟻還要焦灼難熬。這就是那遁去的一，明白嗎？」

寇仲猛地坐起，奮然道：「說得好！但倘若李密斷我軍回東都之路，另以精兵傍河西出以逼東都，那時我們又該怎麼辦？」

徐子陵淡然道：「李密怎還有這種耐性？那時我們只要穩守偃師，再拖李密的後腿，並斷他的補給路線，加上洛陽又是天下有名易守難攻的堅城，久戰之下，只會令他慘勝後的大軍更無心戀戰。故我可以肯定除非他不來，否則定是要一戰立威以振士氣的策略，再乘勢一舉奪取東都。」

寇仲拍床叫道：「有見地！」猛地坐起，沉吟道：「希望翟嬌不會令我失望。讓李密的奇兵變成凡兵，那我們便可以避重就輕，大破戰無不勝的瓦崗軍了！」

大力一拍徐子陵的寬肩讚道：「兄弟！還是你行！」

徐子陵淡然道：「你根本沒有閒下來的時間，有遺漏是必然的事。」

寇仲呆了半晌，點頭道：「你這句話實是當頭棒喝。記不記得當日在竟陵城頭，我們面對老爹攻城的大軍，我曾悟出超脫生死成敗，把整個戰場當作一個棋盤的心法嗎？棋手若要勝，必須謀定後動，著著牽著對方的鼻子走。現在李密看似佔了先著，但局卻是由我們布的，只看他如何入局。」

徐子陵沉聲道：「沈落雁最擅探聽軍情。不要忘了我們從她家偷出來那本名冊，在各地均有她的眼線。」

寇仲色變道：「那怎辦才好？」

徐子陵一字一字地緩緩道：「你若要以奇兵去對李密的奇兵，千萬不要動用王世充的一兵一卒，只有翟嬌和她的人才可以成爲奇兵。」

寇仲劇震道：「好小子！眞有你的。不過翟嬌口氣，現在肯追隨她的只有宣永的數百名手下，如何可對抗李密的大軍。」

徐子陵笑道：「你這小子整蠱做怪的哄我說話，我不信你沒有法子。」

寇仲尷尬道：「你該知我最愛聽你的分析。兵法有云最緊要虛張聲勢，在戰場上人心惶惶，連爹娘的名字都會緊張得忘記了。故若正面交鋒，數百人可能連對方半根毫毛都拔不到；但燒燒他的後營糧倉，卻是綽有餘裕。現在萬事俱備，只欠東風，翟嬌啊！這次你能否爲父報仇，須看你是否爭氣哩！」

翌日戰船抵達偃師城外的碼頭，寇仲和徐子陵兩人戴上面具，扮成普通兵卒，混進城內。他們脫掉軍服，露出底下的行腳商販裝束，依約定找尋翟嬌方面留下的暗記，半個時辰後在城東一所民房見到宣永。

寇仲訝道：「想不到是宣兄親臨，形勢如何？」

宣永把他們迎進屋內，坐好後道：「李密現正在金墉不斷集結軍力，看來隨時會進軍偃師，寇爺的誘敵之計已生出效用。」

寇仲大喜道：「這次我要這老小子來得去不得。」

徐子陵沉聲道：「不要高興得那麼早。」

宣永點頭道：「徐爺所言甚是。李密顯是知道有小姐窺伺在旁，故不但城禁森嚴，不准隨便出入城門，且在城外廣設哨崗，防止探子觀望，令我們和城內的眼線通信困難，此事頗爲頭痛。」

寇仲皺眉道：「李密現在情況如何？」

宣永道：「李密擊破宇文化及後，其勁兵良馬多死，士卒疲病，人心厭戰。故必須從各地調來質素遠遜的兵員，因此雖仍有十萬之衆，卻是良莠不齊，外強中乾。」

寇仲欣然道：「既是如此，假若能趁他疲軍南下，陣腳未穩，揮兵強攻，再以奇兵突襲其後防，令李密腹背受敵，如此李密必將不戰自潰一敗塗地。」

宣永嘆道：「問題是李密善用詐兵，若我們摸不準他的行軍路線，捨其主力大軍而誤中副車，反會踏進他布下的陷阱，那時會輪到我們遭殃。」

徐子陵道：「宣兄似乎對探聽敵方軍情，沒有甚麼把握哩！」

宣永道：「李密得知小姐之事後，對所有曾與大龍頭有密切關係的將領生出疑心，不讓他們參與這次軍事行動，更將他們調守其他地方。現在李密肯信任的，只有沈落雁、徐世勣、魏徵、裴仁基、王伯當、單雄信、程知節、陳智略、樊文超等人，使我們無從入手。」

寇仲狠罵道：「眞想立即去把可風妖道宰了。」

徐子陵道：「宣兄難道眞個一點辦法也沒有嗎？」

宣永微笑道：「他有張良計，我有過牆梯。李密只能提防與大龍頭有關係的幾個領兵大將，卻難以盡去軍內大龍頭的舊部，他們雖沒資格參與李密的機密軍事會議，卻能從其兵員的調遣中見微知著，提供我們珍貴情報。」

徐子陵不解道：「宣兄剛才不是說很難與城內通消息嗎？」

宣永道：「確是如此。一向我們都用信鴿又或把書信藏在瓶內從暗渠送往城外，但由於徐世勣派人密切監察，令我們不敢再依老方法進行。不過總有人須到城外辦事，便可把書信藏在指定地點，再由我們去拿到手來。否則豈非有負兩位爺兒所託。」

寇仲讚賞道：「宣兄定曾在這方面花了很多精神和心力。」

宣永露出一個何足掛齒的灑脫表情。道：「首先我們知道了李密的大軍分成四師，三師分別駐於城外的三個木寨，每師約有二萬人，大多是訓練未足的新兵和老弱之輩。只有駐於城內的四萬人才是隨李密打天下的精兵，由程知節、徐世勣、裴仁基作統軍。」

寇仲和徐子陵同時精神大振。

前者目射奇光道：「哈！李密又想重施故技了！這三師六萬兵只能作個幌子，眞正攻打偃師的肯定是這支四萬人的勁旅。」

宣永點頭道：「現在決勝的關鍵，在於我們能否把握這四萬人的行蹤。過去李密每次與人交戰，都憑準確情報，於敵人意想不到中以奇兵突襲。又或採誘敵之法，佯敗退往某處，突然以伏兵反擊，佯敗之軍則掉頭反噬，張須陀就是這麼給他吃掉的。」

寇仲肅容道：「這事要託付小姐和宣兄身上。不過千萬小心，沈婆娘詭計多端，絕不好惹。」

宣永點頭答應，旋又苦笑道：「另一個問題是沈落雁對你們的舉動亦是瞭如指掌，使你們難以使詐，一旦正面交鋒下，眞個勝敗難料。」

寇仲與徐子陵交換個眼神，壓低聲音道：「這就要靠小姐和宣兄了，只有你們這支人馬可成李密無法掌握的奇兵，若能教李密方面誤以爲是王世充的另一支秘密部隊，將可動搖敵人的信心，加速他們的敗亡。」

宣永一呆道：「但我們只有區區二百之衆，唔！我明白了！兩位爺兒果是膽大包天的人，宣永佩服。」

寇仲總結道：「現在致勝之道，惟在準確的軍情，我們靜候宣兄的佳音。」

宣永道：「寇爺可否給我弄張通行證，出入方便點。」

寇仲長身而起道：「我不但要給你弄通行證，還要帶你去和守城的兵將打個招呼，必要時你可直接來見我，以免貽誤軍情。」

第八章

大破李密

黃易作品集

第八章　大破李密

楊公卿把地圖攤開桌上，洛水橫貫正中，上方接近圖頂處是與洛水並行橫流的黃河。東都洛陽以一塗黑了的方格代表，置於洛水西端處，往東依次是偃師、洛口、虎牢和滎陽，後兩者分別築在氾水和索水之旁，由黃河把洛、氾、索三條河流連接在一起。圍桌而觀的寇仲、徐子陵、王玄恕、玲瓏嬌四人都很用心研究。時間緊迫，敵人大軍隨時壓境而來，沒人敢掉以輕心。

寇仲指著位於東都和偃師之間稍北處代表城池的標誌道：「李密的軍隊集結在此處，李密確是老奸巨猾，因為從金墉城發軍，無論進攻東都或偃師，路程相差不大，使人難以捉摸他會攻打何處，又或是兵分兩路。」

王玄恕道：「這正是爹要駐重兵於偃師的原因，若李密竟敢兵逼東都，我們在偃師的部隊可使他陷於腹背受敵的窘境，同時更可威脅到東面虎牢、洛口的安全。」

楊公卿道：「偃師若失，東都便完全失去了東面的據點，李密更不用顧慮後防和補給的問題，可全力攻打東都。所以能否保著偃師，實乃成敗的關鍵。」

玲瓏嬌重提寇仲的猜測，道：「若他兵分二路，再配合獨孤閥的內應，以攻擊洛陽為主，包圍偃師為副，我們該如何應付？」

楊公卿斷言道：「假若宣永的情報無誤，李密絕對沒有能力發動這種規模的攻勢，兼且獨孤閥和楊倘現在能多保皇宮兩天，已相當不錯，縱想裏應外合，亦有心無力。更何況他們只望尚書大人與李密兩敗俱傷，怎會蠢得引狼入室，所以我並不擔心東都。」

徐子陵指著橫過金墉城北面長達百里的一道山脈道：「這是甚麼山？」

楊公卿道：「這就是邙山，可風的老君觀位於此山其中一座名叫翠雲峰的山巔之處。」

寇仲道：「李密確實狡猾，金墉城背靠邙山，故沒有後顧之憂。若我們進軍金墉，他可在山內暗伏奇兵，殺我們一個意想不及。」

楊公卿道：「非但如此，若須棄守金墉，他可穿過邙山，渡過大河，退守河北的重鎮河陽，那亦是李密前線大軍和後援補給的後勤基地。在戰略上，這布局是無懈可擊的。所以倘若李密不主動來攻，我們根本拿他沒法。若妄然進攻洛口，讓他從金墉出兵攻破偃師，我們的遠征軍只有全軍覆沒的下場。」

此時寇仲和徐子陵已對敵我雙方的形勢有了深入的理解，始明白地理環境在戰爭中所起的決定性作用。

楊公卿嘆道：「所以我對寇小兄示敵以弱的誘敵之計是全力支持的，否則若讓李密傍河西出以逼東都，引我們從偃師發軍，而他立即折返金墉，那時我們只能退回偃師，如此數次，我們將被他牽著鼻子走，疲於奔命，不敗才是奇事。」

寇仲正是早知李密有此妙策，想出示弱誘敵之計，只是千算萬算，也算不到王世充真會差點掉命。

徐子陵淡淡道：「若我們苦守偃師，憑李密現時實力，究竟有沒有法子攻破城池呢？」

楊公卿傲然道：「李密的傷疲之兵能有多大作爲？只要城內有足夠的糧草，我包保可把城守住，不教瓦崗賊衆得逞。」

寇仲哈哈笑道：「有大將軍這番話，立時引得小弟計上心頭，就讓我們來一招請君燒糧的妙著。」

王玄恕恍然道：「這確是誘敵的上上之計。我們可把假糧草運往浮橋南岸的軍營，擺出即日進軍洛口的姿態，假若敵人認爲成功燒掉糧草，會立即起兵南來，是否這樣呢？」

寇仲搖頭道：「二公子仍差一樣沒有猜對，就是我們要讓他燒眞糧草，只要留下足夠十日的糧草便成了。」

除了徐子陵外，三人都愕然以對。

寇仲成竹在胸的道：「只有眞的讓他燒掉糧草，才可騙過李密和沈落雁。這也是破斧沉舟，背城一戰之法，讓下面的人下了決死之心，一戰定得江山。」

楊公卿深吸一口氣道：「不嫌太冒險嗎？」

寇仲豪情勃湧的奮然道：「不行險著，如何可擊敗百戰百勝的蒲山公李密？正因沒有人猜到我們會這麼膽大包天，所以中計。只要擊敗李密南下的主力軍，單雄信那批老弱殘兵還有甚麼作爲。那時我們兵分兩路，一取金墉，一逼洛口，糧草可再從東都源源送來，不用擔心給人截斷補給哩！」

楊公卿臉色乍晴乍暗，顯是猶豫難決。

徐子陵沉聲道：「現在東都自顧不暇，若李密採取堵截之法，我們勢將成爲孤軍，早晚因糧草不繼而失陷。既是如此，不如誘李密速來決戰，那時我們起碼有一個致勝機會。」

王玄恕面無血色的提醒各人道：「但只有一個機會。」

楊公卿仰首望上屋樑，好一會才道：「舊朝之時，尙書大人每次與李密交戰，均非輸在軍力，而是敗在戰略之上。這次我們兵力及不上對方，唯一方法是倚賴戰略，好吧！我陪你寇仲和李密賭一手，看看老天究竟站在哪一方。」

王玄恕急速地喘了兩口氣，以宣洩緊張的心情，問寇仲道：「玄恕是負責保護糧草和營倉的，究竟此事該以何種方式進行？是故意張揚還是……」

寇仲笑道：「唱曲必須唱全套，演舞也要演全套，如此觀者才認爲你沒有欺場。對嗎？」

最後那句卻是向著玲瓏嬌說的，後者俏臉微紅、垂下頭去。自表示過有點喜歡寇仲後，她很容易因他而霞生玉頰。

王玄恕點頭道：「玄恕明白了。唉！此計若非出自軍師之口，玄恕必會大力反對。」

徐子陵道：「此事不但要非常愼密進行，還要在城內嚴格執行城防軍令，禁止任何人出入城門。除非有大將軍的批准，否則將兵均須留在營內候命，晚上更實施城禁。」

楊公卿點頭道：「理該如此，糧食移離倉庫，即改以其他假貨充數，佯裝是惑敵之計。我將把二萬部隊陸續調往河南的木寨，擺出進攻洛口的姿態。」

寇仲接口道：「還要派箭手在城牆站崗，如有信鴿一類的飛禽想飛往城外，便把牠射下來，更要防止有人藉通往城外的渠道送出消息，如此更能使人入信。」

楊公卿笑道：「你不怕眞的把消息完全截斷嗎？」

寇仲苦笑道：「我是怕李密把我們的餘糧都燒掉，那就糟糕之極了！」

寇仲和徐子陵回復本來面目，策馬出城，沿洛河朝浮橋的方向緩行。日正西沉，對岸營地燈火點點，炊煙四起，表面雖似寧靜和平，但內裏卻蘊含著山雨欲來前把人壓得透不過氣來的感覺。

寇仲笑語道：「陰癸派似乎忽然消聲匿跡，不知是否想坐山觀虎鬥呢？」

徐子陵深吸一口帶著河水氣味的清新空氣，縱目遙望對岸遠處林木蒼鬱，疊翠層巒的峻嶺叢山。洛水過了偃師的河段，下游曲折迂迴，青山連綿，岸旁樹木蔚然深秀，山花怒綻，三十多艘泊岸的戰船彷如圖畫中的點綴物。

寇仲又道：「很久沒有聽過秦叔寶的消息，不知他仍否爲李密效力，不要一個錯手把他也殺了。」

徐子陵終於有了反應，道：「沈落雁很清楚秦叔寶是個怎樣的人，更知道他和我們的關係，所以絕不會讓他參與這場戰役，仲少大可放心。」

兩人來至浮橋處，勒馬停下，讓一隊五十多輛的騾車渡橋。由於浮橋有一定的負重限制，故每次只能讓一輛騾車通過。浮橋的兩邊均築設起高達十丈的望台，上有哨兵箭手站崗，以監察戒備。

寇仲低聲道：「若李密按兵不動，又不派人來燒糧倉，我們索性只留五千人在偃師，其他人悉數分水陸兩路往攻洛口，趁洛口兵力薄弱，我們以迅雷不及掩耳的手法奪城；然後再從容返回偃師，拖住李密的後腿。李密退，我們便回守洛口，這正是李密勝宇文化及的方法。」

當時宇文化及將輜重留在滑台，率軍北攻黎陽，徐世勣棄守黎陽西保倉城，而李密則以二萬步騎兵屯於清淇。宇文化及佔領黎陽後，分兵包圍倉城。李密遂與徐世勣遙相呼應，深溝高壘避而不戰。不過若宇文化及攻倉城，李密就從清淇出兵攻他後方，形成對峙之局。直至宇文化及糧盡，才以先詐和後反擊之法，敗宇文化及於童山。

寇仲的方法不是行不通，但卻必須做到兩件事，首先要蕩平楊侗的禁衛軍，使東都安定下來；其次須切斷金墉和河陽的補給線，其中尤以後者難以辦到，否則最多也是對峙之局。若待到李密恢復元氣，情勢將急轉直下。

徐子陵怎會不知寇仲患得患失的心情，斷然道：「放心吧！李密一定會來的。而且快得出乎你意料之外。因為他認定自己眞的重創了王世充，而東都則亂成一團，此時不來，更待何時？」

寇仲苦笑道：「沒有人比你更了解我的心情，竟陵之役只是適逢其會，時間上根本不容你去想。但這回卻是正正式式謀定後動，調軍遣將的對壘沙場。如果輸了，倖保小命又如何？肯定信心盡喪，以後不用再出來混。勝敗乃兵家常事只是說來好聽，大多數人兵敗後都一蹶不振，而這次我們更是輸不起。若李密勝了，天下變成兩李之爭，其他人只能靠邊站。」

徐子陵嘆道：「擔心有他娘的屁用。我們本是一無所有，最多不外打回原形。正如老楊說的，謀事在人，成事在天。例如忽然來場雷雨，說不定將形勢完全改變，戰場上實在太多非人力所能控制的因素。」

寇仲默然片刻，見車隊已安然渡河，遂與徐子陵拍馬登橋，道：「你覺得尙秀芳這美人兒如何呢？」

徐子陵愕然道：「原來你還有閒情去想女人。」

寇仲笑道：「這叫做調劑，她本在席間私下約了我去找她，豈知王世充被刺受傷，我忙得昏天黑地下竟把她忘了。」

徐子陵像有感而發地道：「忘了最好。自坐船離洛陽那一刻開始，所有在洛陽發生的人與事，都像給拋在後方，變成很遙遠和模糊的事物。大戰迫在眉睫之際，我連素姐也不敢想。唉！想來又於事何補？」

浮橋已盡，兩人朝木寨大門馳去，沿途擠滿車馬兵員，但在沉重的戰爭壓力下，不但沒有人談笑喧嘩，更罕見笑臉。

寇仲輕輕道：「不是連師妃暄都置諸腦後吧？」

徐子陵嘆道：「師妃暄確是使人難以忘懷的奇女子，不過除了也把她忘掉外，還有甚麼方法？」

寇仲奇道：「陵爺少有這麼坦白的。我差點忘了告訴你，她昨天來找過我，勸我退出紛爭，給我亂扯一通的氣走了。唉！她確是可迷死任何男人，但卻又高不可攀的美人兒，弄得小弟也可能患上與你相同的單思症，這叫有禍同當吧！」

徐子陵失笑道：「去你的娘！」

寇仲失聲道：「我的娘不是你的娘嗎？」

此時兩人馳入兵寨，門禁森嚴，未經檢查的車輛均不准進入。守門的兵衛見到兩人，態度恭敬，顯示出兩人在他們心中崇高的地位。他們在營中與楊公卿和王玄恕共膳，玲瓏嬌則去偵察敵情。

席間寇仲趁機向楊公卿請教各種軍事問題。

徐子陵亦好奇心起，問道：「我們在南方時，曾見杜伏威強徵鄉農入伍，極不人道，東都的大軍又是怎樣來的？」

楊公卿喝一口熱茶，道：「自秦開始，直至南北朝，一直以徵兵之法爲主，間有募兵，只是輔助之用。所謂徵兵，是成年男子均須入伍，無事時服役若干年，有事時則上戰場。但自西魏開始，推行府兵制，平時在家生產，農閒時訓練武事。每年要到京師或邊地戍衛一月，戰時上戰場，戰罷歸家，武器、裝備、糧食都要自備。」

王玄恕嘆道：「楊廣征戰連年，使戰士長期遠戍，令他們難以忍受，不是開小差逃亡，便是叛亂造反，所以爹改採募兵制。在這時勢中，只要糧餉充足，自有勇力者肯賣命，遠勝徵兵之制。尤其是親衛兵隊，更必須要視之為終身事業，並甘於高薪厚祿的正規職業軍人，否則將成多而無當或尾大不掉的局面。」

寇仲不解道：「憑東都的財力，為何招募的軍隊反不及李密的人多勢眾？只要變賣些楊廣遺下來的珍寶，不是可多召大批人馬嗎？」

楊公卿笑道：「你沒有聽過凡兵務精不務多嗎？李密以數十萬大軍，扭盡陰謀詭計，又趁宇文化及缺糧，仍只落得個慘勝的結局，便知精兵的重要性。古聖有云：『兵愈多者力愈弱，餉愈多者國愈貧。』尚書大人正是深明此理。倘若無休止地增兵，只會造成冗兵叢集的局面，弄至生產荒廢，民不聊生。」

頓了頓續道：「人多是沒有用的，還要看裝備糧餉是否配合得來。所以募兵宜嚴加選擇，淘汰冗贅，以質取勝。李世民之所以每戰必勝，便在於選練出一隊由千餘名精銳組成的『黑甲』騎兵，伺機突擊，屢建奇功，所向披靡。人數雖少，卻無懼敵陣的千軍萬馬，只要對方陣腳一亂，己方大軍趁勢狂攻，內外呼應，令敵人飲恨沙場。」

寇仲聽得眉飛色舞，這才明白楊公寶藏的重要性，難怪王世充這二萬「小軍」，能令李密如此忌憚。這就是「聽君一席話，勝讀十年書」。

寇仲見楊公卿談興甚濃，又問起軍隊內的組織情況。魯妙子的兵法書雖是說理精妙，卻欠了楊公卿親身治軍的實際經驗。

楊公卿撚鬚微笑道：「一支軍隊，少則數萬，多則數十萬，如何將眾多人馬編組成可用於作戰的勁旅，只有一個法則，『治衆如治寡』是也。即是以五爲伍，二伍爲火，五火爲隊，二隊爲官，二官爲曲，二曲爲部，二部爲校，二校爲裨，二裨爲軍。無論十百千萬之數各有統制，一知相應，一氣相貫，如億萬絲爲一縷，曲綰直引，無不如意，不見一絲之異；此整而不亂之兵，而大將總其綱領，達到以簡馭繁的成效。全軍從將至兵每人都明確自己的崗位和與上下左右間的關係。制定則士不亂，那時便有治衆如治寡的效果。」

寇仲讚道：「難怪剛才那麼多人擠在路上，竟沒有混亂的情況。」楊公卿道：「無論是伍、火、隊、官、曲、部、校、裨、軍，又或伍、隊、旗、哨、司、營、師，都只是名稱不同，但均以什伍爲基礎，其理一也。另外還要設定號統手、鼓手、旗手、大夫、馬夫、認旗手、木匠、鐵匠等人選，各司其職，組成完善的作戰系統，這才有資格到戰場與敵人決雌雄。」

寇仲正要說話，外面忽地人聲擾攘，衆人色變時，一名親兵撲進帳來，氣急敗壞道：「報告楊帥，大事不好了。」

四人大吃一驚，難道李密的奇兵已殺到偃師來了嗎？

楊公卿、寇仲、徐子陵、王玄恕與一衆將領目瞪口呆地瞧著已化爲焦炭的大糧倉，人人無話可說。地上排著十條倉犬和十多名守兵燒得難以辨認的屍體。這是城內十六個糧倉之一，但存量卻等於其他十五個糧倉加起來的貨量。大火起得既快，同時生出十多個火頭，若非有高牆將它與其他民居分隔開來，兼又是陰濃濕重的春夏時節，災情可能不止於此。負責守倉的偏將跪在地上，不住顫抖，神態可憐。

楊公卿怒道：「這是不可能的，我已加派人馬防衛，怎會摸不著敵人的影子，便燒成這樣子，至少也可把火救熄。」

那偏將顫聲道：「救火的井子給人用沙石塞了。」

楊公卿一呆道：「奸細如何把沙石運進來？」

寇仲肯定地道：「只要派人搜查一下，定可發現有地道一類的東西，此事該是敵人處心積慮的奸計，最好派人檢查一下城內所有倉庫。」

當下有人領命去了。

王玄恕著三人移到一旁，低聲道：「此事叫錯有錯著，我剛把眞糧移往城外的營地去，此處燒的全是假糧，因爲全由我的親兵負責運送，其他人都不知新運來的是假貨。」

寇仲大喜道：「二公子辦事的效率確是驚人，之前那五十輛騾車載的是否眞糧？」

王玄恕又驚又喜的點頭道：「正是眞糧，現在該怎辦？」

楊公卿精神大振道：「這叫誤中副車，又名天助我也。現在我們要全力搜查奸細，凡沒有戶籍的外人都要關起來審問，同時重賞舉報可疑人物的城民。另一方面加強營倉的防衛，設法另闢祕密糧倉，儲存糧食。」

王玄恕見自己無意中立下大功，必得父親讚賞，欣然去了。

寇仲低聲道：「看來我們也該回帥府飲酒慶祝，以迎接李密的大軍哩！」

天尚未亮，寇仲和徐子陵給喚醒過來，到帥府大堂見楊公卿。王玄恕正在打呵欠。玲瓏嬌則一臉風塵的坐在楊公卿旁，正對著桌上的戰略地勢圖指點說話。

兩人步進大堂，楊公卿抬頭朝他們瞧來，哈哈笑道：「瓦崗軍來了！」

寇仲、徐子陵聞言大喜，圍攏過去。

玲瓏嬌興奮地道：「我已和各地眼線聯絡過，並親眼目睹李密的先頭部隊朝偃師直逼而來，若不停留的話，明天我們可在城牆看到瓦崗軍的旗幟。我已派出十多名輕功特佳的好手，密切監視他們，消息將會以信鴿傳回來。」

寇仲道：「動的是哪支軍隊，人數有多少？」

玲瓏嬌道：「動的是城外由單雄信、陳智略、樊文超三人率領的新兵，城內的主力軍仍沒有動靜。」

楊公卿擔心地道：「李密又想用詐了。」

徐子陵問道：「嬌姑娘有否潛入城中探看？」

玲瓏嬌傲然道：「沒有城防能難倒我玲瓏嬌的，不過軍隊所在的民房防衛森嚴，我怕打草驚蛇，只能在遠處察看，城內情況一片安寧，顯是李密認爲自己勝券在握，信心十足。」

王玄恕問道：「那批新兵是否眞如宣永所說的不堪？」

玲瓏嬌道：「單雄信所部的先鋒隊人數約在三千許間，於黃昏時候起行。由於被林木阻擋視線，我只能從揚起的塵土推測兵員的衆寡，知其全爲步兵，且部伍不肅，可肯定非是訓練有素的正規部隊。」

寇仲愕然道：「嬌小姐竟可只觀其揚起的塵土，竟看出這麼多事來，確是觀測和偵探敵情的高手。」

玲瓏嬌得他讚賞，歡喜地橫他一眼道：「你若要學，我可作你的師傅。每逢塵高渾起，就是騎兵；

步兵塵低而廣披滾滾。單雄信的新兵使塵低散亂不齊，便是因訓練不足而隊形不整。如是精銳之軍，塵埃會是條條而起，清而不亂；軍止塵止者，則大將威德行；塵埃左右前後起者，使人不得法也。」

寇仲和徐子陵聽得心悅誠服，心忖原來觀敵也是一門學問。

此時親兵來報，收到前線以飛鴿送來的情報。楊公卿拆開飛快瞧了一遍後，遞給玲瓏嬌，道：「李密的城外部隊已陸續拔營分兩路朝我們推進，但城內主力軍仍全無動靜，看來他是想誘我們出擊，假若我們眞的讓他燒掉糧草，只好在糧盡前儘早決戰，而不會苦守孤城。」

王玄恕點頭道：「那時他可以主力軍突擊我們，殺我們一個措手不及。」

楊公卿見寇仲和徐子陵眉頭深鎖，奇道：「李密現已中計，你們爲何卻苦起臉孔？」

徐子陵道：「我總有點很不妥當的感覺，李密有可風做奸細，該清楚我方有嬌姑娘這種一流的探敵高手虎視眈眈地監察他行軍的情況，若是如此，他還如何用詐？」

寇仲問道：「照嬌小姐所見，城內駐軍的民房區的門禁哨崗是否嚴密得不合常理？」

玲瓏嬌俏軀微顫，露出思索的神情，點頭道：「確是如此，巡邏者並非一般兵卒，而是李密麾下的高手，令我望而卻步。」

「砰！」寇仲一掌擊在檯上，嘆道：「好狡猾的李密！若我沒有猜錯，他必是利用地道一類的掩護，把主力軍分批移往城外某一秘密營地。當我們誤以爲他主力軍仍未離城，妄然迎擊單雄信的新軍，他便重施當年擊敗張須陀之計，佯敗引我們遠離偃師，再於某處伏兵夾擊我軍，那時我們不全軍覆沒才怪。」

楊公卿色變道：「我們豈非已喪失了先機？」

寇仲道：「這又未必，要將四萬人借地道秘密移出，只有在晚間進行，且非一晚半晚能辦到的事。只要看看單雄信的軍隊何時抵達，便知需要多少時間。因爲單雄信的新軍怎都要等到李密的主力軍準備妥當，始敢在城外結陣恭候。」

王玄恕憂慮道：「假若我們摸不清李密的主力軍到了哪裏去，只有把所有人調返城內苦守，先前的大計再派不上用場。」

寇仲尚未答他，手下來報，宣永求見。

宣永只向楊公卿等略作問訊，神情肅穆地道：「李密確不愧當代最出色的陰謀家，竟能預早掘出三條地道，把主力大軍分批移往北邙山。若非小人心生懷疑，絕測不破他的手段。」

楊公卿緊張地問道：「知否他們紮營的地點？」

宣永頹然道：「沈落雁用她的偵鳥在天上盤旋監視，使我不敢妄動，兼且她在山路險要之處設下哨崗，欲跟無從。照我估計，以目前的速度，最快也要再一晚的時間李密的主力才可全體移師北邙山。」

衆人俯瞰桌上的戰略圖，只見邙山在金墉城的左上方斜下直抵偃師東北處，連綿百里，佔地極廣。若不能把握到那四萬人的行蹤，開戰後將可成能從北面任何一處鑽出來的奇兵，都大感驚懍。

宣永道：「現在我方的人不敢輕舉妄動，兼且對方高手如雲，只要露出形跡，想逃都逃不了。」

寇仲左掌橫劈，狠狠道：「首先要宰了那扁毛畜生，唉！不過這只會令沈婆娘醒覺。」

玲瓏嬌道：「此事交由我辦，我可從另一邊入邙山，不循山路，只要他們生火造飯，又或伐林開路，總有形跡可尋。」

徐子陵道：「我們最好先仔細想想，李密這趟秘密行軍，必然是考慮周詳，不會輕易被我們識破。」

楊公卿同意道：「地道可以預先挖掘，其他自亦安排妥當，邙山廣披數百里，要找一支蓄意隱藏的部隊，在短時間內談何容易，而大戰已迫在眉睫，不如我們先決定該背城一戰，抑或死守偃師。」

寇仲斷然搖頭道：「我們仍是依照原定計畫行事，除非我們尋不到他的主力軍隊，才改爲堅守城池。至少我們還有一天一夜的功夫可盡人事。」

楊公卿默默半晌，向宣永問道：「瓦崗軍方面形勢如何？」

宣永道：「留守金墉的是王伯當的部隊，李密另一大將邴元眞則鎭守洛口，兩城的兵力都在萬人以下。率新兵佯攻偃師的單雄信，此人曾因爭一個妓女與王伯當嫌隙甚深，本身卻是個將才。」

寇仲道：「邴元眞又如何？」

宣永不屑道：「此人兵法不錯，擅長守城，但卻欠缺膽色，非是衝鋒陷陣的人選。」

接著冷哼道：「單雄信、邴元眞等均爲瓦崗軍舊將，與李密寵信的裴仁基、徐世勣、沈落雁、王伯當這班新貴一向不大和睦，所以只要能突破李密之軍，保證瓦崗軍會陷於四分五裂，各自擁兵自保之局，屆時只要施出懷柔手段，可令李密各部不戰而降。問題是怎樣方能大破李密隱入邙山的奇兵罷了。」

楊公卿無奈地嘆了一口氣道：「那我只好在這裏靜心恭候好消息了。」

寇仲、徐子陵、玲瓏嬌、宣永四人立在邙山一處山頭之上，縱目四顧，四周山勢延綿伸展，岩色赤如硃砂，奇峰處處，在雨霧下蒼茫虛莽，景色變幻無定，極盡幽奇。背風的深谷更是古木蓊森，挺立山坡，華蓋蔽天。山勢險要處，松柏、山榆蔚然秀拔，或積翠於山澗谷底，或扎根峭壁危崖。

邙山確是抱奇攬秀，難怪老君廟會選建於此山的翠雲峰之上，可是若要在這像是漫無邊際的大山去找一支四萬人的部隊，正如楊公卿所言，只能靠運氣。

寇仲道：「老君觀在哪個方向？」

玲瓏嬌指著金墉城的方向道：「就在金墉城邙山東北處，離偃師只有半天的馬程，當然不包括上山那段路。」

寇仲點頭道：「無論如何，爲了配合單雄信的部隊，李密怎也不能找一個離偃師過遠的地方埋伏，四萬人亦非少數，所以我們只要遍查偃師以北的邙山區域，定可尋到一點跡象。時間無多，趁現在雨霧難分，視野不清，爲我們提供掩護之際，我們去吧！」

雨勢愈趨綿密，置身深山之中，彷似進入一個超乎人世的迷離境界，認路辨途已是難事，更不要說尋找敵蹤。在這樣的情況下，玲瓏嬌也一籌莫展。入黑後，搜索的工作將更艱難。

宣永提議道：「我們不如先和大小姐會合，人手多些，成功的機會將可增加。」

寇仲搖頭道：「若給敵人發現我們，以奇兵制奇兵之法便要泡湯。」

徐子陵沉聲道：「不如我們到老君觀去碰碰運氣。爲了能快速在山中行軍，李密必須把戰馬糧食預先運往山中某處，如此再沒有一個地方比老君觀更適合，而那裏的妖道又與李密有勾結。」

寇仲皺眉道：「這個推測雖合情理，可是老君觀在翠雲峰之顚，上下太不方便哩！」

宣永劇震道：「寇爺你有所不知了，在翠雲峰下有個翠雲谷，谷內建有十多座專供各地來參拜的善信落腳或作短期修行的精舍，還有大片密林，若在林中紮營，確是非常隱蔽。」

寇仲驚喜道：「由翠雲谷出邙山往偃師，需時多久？」

宣永道：「那裏闢有山道，至多一個時辰便可出山。接著是數十里的平野草林，若全是騎兵，快馬疾行，不用兩個時辰可抵偃師。」

寇仲額手稱慶笑道：「這次有救了，李密和沈婆娘啊！你們欠我的債，這回一次還清吧！」

老君觀坐落巍然聳立的翠雲峰之巔，林木濃鬱，碧山環繞，一邊山崖陡峭，可以看到從峰頂傾瀉往深下百丈的溝壑。如能登上峰頂，該可北望黃河，南顧洛水。此刻在雨霧難分的空冥縹緲中，更像高不可攀的神仙洞府，哪想得到主持者竟是邪派的頂尖人物。

翠雲谷位於翠雲峰山腳，谷地開闊平坦，十多座粉牆黑瓦的房舍叢布在谷北的林木間，小路交錯，野花叢叢，芳草萋萋，遠有翠色濃重、層次分明的群山作襯，近有黃綠相間的田園圍繞，如圖似畫，確是避世的桃源勝地，令人更難聯想起妖道和枕戈待旦的戰士。

南端谷口是大片柏榆樹林，在這種天氣裏，憑高下望，儘管林內確密藏軍營，也難以覺察。接連谷口是下山的道路，穿峽而去，蜿蜒往下，不過受山勢阻隔，故看不到山外南面的平野。

寇仲信心動搖，道：「若李密的大軍確藏於谷內，怎會沒有一聲馬嘶？」

此時前往偵察的玲瓏嬌一臉喜色的潛回來，興奮地道：「果如所料，谷內林木中營帳處處，滿布瓦崗軍，但卻不見戰馬騾子等畜生，看來是另藏他處，免了牠們登山之苦。」

眾人大喜。

寇仲道：「我和小陵留在這裏繼續監視，你們分別回去通知大小姐和大將軍，一切依原定計畫行事。」

又商議一番，約定如何聯絡與會合等細節後，宣永和玲瓏嬌欣然去了。

到黃昏時，雨過天清，山谷的情況一覽無遺。從他們所處的危崖下望，密林間隱見營帳，還不時有軍士往來於營地與房舍之間。

寇仲躲伏在草樹間凝視觀察，良久始道：「小陵！我總覺得有點不妥當。」

仰躺一旁的徐子陵道：「是否因見不到沈落雁的扁毛畜生，又或因營內沒有馬兒呢？」

寇仲不答反問道：「我們被沈婆娘害了這麼多次，差不多每次都中她奸計，以我們的聰明才智都這麼窩囊，你說她厲害在甚麼地方？」

徐子陵靜心細想，同意道：「你倒沒誇大，若說陰謀手段，談笑用計，我們一直落在下風，從翟讓被殺到王世充被刺，沒有一次我們是鬥贏她的。」

寇仲苦思道：「還記得我們初遇她時，定下三擒投降之約一事嗎？她布下『野叟』莫成的陷阱，像未卜先知似地讓我們自己坐上賊船去，又故意在亂石急流中弄翻船兒，利用我們的好心腸以爲在拯救老人家時制著我們。每一著都顯示她最懂因人而異的揣摩對方心理。既是如此，她怎樣也都該猜到我們會來老君觀瞧瞧吧！哪會蠢得躲到這裏來呢？」

徐子陵猛地爬起來，陪他同往下望，劇震道：「你說得對，下面的軍營定是沈落雁的計中之計，十個軍營該有九個是空的，只要數千作幌子的詐兵，令我們誤以爲瓦崗的奇兵布伏於此，而眞正奇兵，則在別處。這下糟了！天黑後我們怎樣去尋找呢？」

寇仲道：「我們只能盡力而為，真正伏兵處怎都不該離偃師太遠，所以理該在附近某處山中同樣相似的環境裏，那才不虞馬兒太辛苦或嘶聲遠揚，來吧！先下去摸個清楚，肯定我們沒有冤枉沈婆娘，再決定該怎麼辦。」

兩人在邙山外一處山頭頹然坐下。天上雲層閉月，地平盡處隱見光暈，那就是洛水之北的偃師城。足有兩個時辰兩人在山中盲目摸索，從金墉那邊直搜過來，仍沒摸到半點敵蹤，累得兩人力盡筋疲，真元耗損。

寇仲狠狠罵道：「都是今早那場雨累事，不但洗去地上的痕跡，還滌走了氣味。」

徐子陵搖頭道：「那只是場雨粉，怎都該有痕跡留下。」

寇仲苦笑道：「當然有痕跡，不過只是通往老君廟去的。咦！」

徐子陵道：「你想到甚麼？」

寇仲沉吟道：「宣永不是說過李密的主力軍最快也要再一晚工夫才可從地道潛往邙山嗎？為何剛才金墉城外水靜河非，沒有半點異況？」

兩人同時一震，醒悟過來。

寇仲嘆道：「好一個沈婆娘，果然厲害，這定是偷龍轉鳳之計，把新兵換精兵，而精兵則借新兵掩護，潛往某一有利突擊的目的地，此計確是厲害，我們差點上當。」

徐子陵苦惱道：「現離天亮不足兩個時辰，我們到哪裏找伏兵呢？」

寇仲道：「李密的精兵是前天由金墉開出，晝伏夜行，說不定現在仍在行軍途中，這麼浩浩蕩蕩的四萬騎兵，卻要避人耳目，只有躲往邙山這帶山區一法。也就是他們仍須繞個圈子往這邊來，他們一是已抵目的地，又或是將要到了，我們快去！」

徐子陵道：「且勿焦急，這次若我們再猜錯，就失去了破敗李密的千載一時之機。照形勢論，無論是單雄信的新兵，又或李密的奇兵，仍只有背邙山布陣這唯一可行的戰略，可免後顧之憂。所以我們可假定單雄信的新軍將在偃師之北背邙山布陣紮營，誘偃師部隊出擊，而李密則把主力軍隱在附近邙山某處山頭之後，好方便輕騎出擊。若眞是如此，李密藏軍之處，已呼之欲出！」

寇仲把耳朵貼往地面，好一會後才坐起來，苦笑道：「沈婆娘定是吩咐手下以布包紮馬蹄，小弟半點聲音都聽不到。」

徐子陵彈起來道：「那就用腳走路，用眼去看吧！」

兩人縮入草叢，沈落雁的怪鳥盤旋兩匝後，遠飛去了。兩人透過草叢朝對面的山坡下的樹林瞧去，只見營帳連綿，井然有序，與邙山外偃師間的草原只是一丘之隔，騎兵若策騎越過山丘，只須一個時辰便可摸到偃師的城牆，確是方便無比，但又非常隱蔽。這裏離翠雲谷足有五十里遠，位於偃師東北處，外面尚有廣闊的長草原和疏林矮樹。假如單雄信在偃師正北倚邙山紮營，這地點剛與其成了犄角之勢，深合兵法之旨。

寇仲湊到徐子陵耳旁低聲道：「現在我們分頭行事，你立即趕返偃師，要楊公卿無論如何立即出兵，趁李密陣腳不穩，人疲馬乏之際揮兵強攻。我則去找翟嬌，當李密被迫倉忙應戰，我們就從後放火襲營，令他腹背受敵。擒得沈婆娘後送你作一晚便宜老婆，哈！」

徐子陵沒好氣道：「記著煙花訊號，千萬不要延誤軍機。更不要先被沈落雁的怪鳥發現，唉！又來了！」

怪鳥去而復返，這次還直朝他們藏身處飛來，似是有所發現。徐子陵運聚功力，全神以待。豈知怪鳥一個盤旋，昇往高處，呼的一聲走了。

寇仲道：「幸好扁毛畜生不會說話，否則便糟了，還不快溜！」

「砰！」

楊公卿一掌拍在桌上，猛地立起，大笑道：「李密果是用奇的宗師，不過這次上得山多終遇虎，用奇用出大禍來，我要教他來得去不得也。」

眾將領轟然起立，人人情緒高漲，士氣昂揚。王玄恕更興奮得兩眼閃亮，俊臉生輝。徐子陵生性雖淡薄無爲，但也因受營內氣氛感染，熱血沸騰。想起李密的陰險殘忍，殺人如棄草拾芥，更想起翟府無辜的婢僕小孩，任恩和他的兄弟遇難，他便恨不得斬下他的頭來。

楊公卿奮然道：「全軍已整裝待發，一切準備妥當。」接著向立在兩旁的二十多名將領喝道：「我們由東門出城，先沿河東行，繞過密林後，改往北走，直撲李密奇兵藏身處。」

眾將領命先行。

楊公卿向徐子陵道：「我知徐兄弟一向不愛舞刀弄棒，不過戰場非比江湖，手執利器總是方便一點，徐兄弟愛用甚麼兵器呢？」

徐子陵聳肩道：「那就煩楊大將軍給我弄根長槍來吧！」

寇仲、翟嬌、屠叔方三人蹲伏在一塊巨岩後，透過密林邊沿的長草叢，遙觀李密營地的動靜。在黎明前令人怠倦的暗黑中，寇仲仍感覺到翟嬌眼中噴射出仇恨的火燄，暗下決定待會襲營時，必須片刻不離她左右。否則假若這性情暴烈、貌醜而心高氣傲的大小姐有甚麼三長兩短，他怎向素姐交代。

翟嬌的聲音像從牙縫內迸發而出的狠狠道：「李密你也有今朝一日，擇營講求自固，現在營地廣布丘坡下水溪兩岸密林之內，既無險以據，更無要隘可守，無論潛襲火燒，均可教你吃不完兜著走。」

寇仲心中生出奇異的感覺。翟嬌經過家散人亡的慘劇，雖然性格沒變，但識見和遇事的態度卻迥然有異，再非昔日那受驕縱的千金小姐。

屠叔方道：「李密並沒有犯錯，因爲他這次行動的目的是要以奇兵克敵，故背山險，向平易，還取這易於防守和出擊的地方，假若偃師軍至，可馳上山坡，於山頭布陣，只是算漏了我們這批從後施襲的部隊罷了！」

宣永這時潛回來道：「敵人剛吃過乾糧，人馬均在爭取休息的時間，放哨的兵士更在打瞌睡，是襲營的最佳時刻。若天亮後給工事兵在營地四周掘壕布防，襲營的難易便有天壤雲泥之別。」

翟嬌不耐煩地道：「小仲你是怎麼搞的，爲何仍不見偃師的騎兵？」

寇仲陪笑道：「放心吧！小陵辦事你也不放心嗎？」

就在此時，天空傳來振翼之聲。沈落雁那頭通靈的怪鳥從南面飛至，在營帳盤旋急舞，一副情急之狀，敵營一陣騷動，像波紋般延往整個營地。

寇仲鬆了一口氣道：「來了！準備出擊。」

當偃師的二萬輕騎精銳，傾巢而出，先沿洛水北岸東行三里，再改北上撲向離偃師只有二十餘里的瓦崗主力大軍營地時，單雄信的新軍剛開始在偃師北背靠邙山的數個山頭布營設寨，忙個不休。勝敗之別，確只是一著之差。假若給李密多一天的時間，兵將得到充分的休息，立穩陣腳，將會是另一個局面。

偃師部隊兵分三路，由王玄恕和另一將領各率一隊由五千人組成的先鋒軍，從左右往敵陣推進，而楊公卿、徐子陵和玲瓏嬌的中軍則分為前、中、後三軍，正面馳往李密藏軍之處。

曙光初現，宿鳥驚飛。平林山野霧氣深濃，天地蒼茫。左右兩支先鋒部隊，首先抵達林區的邊沿，林外是廣達兩里，闊達十餘里的長草原。王玄恕依計隱伏，靜待中軍的到達。

敵人的旗幟和騎隊，雜亂無章的湧現山頭，顯是因他們的突然攻至而手足無措，倉皇驚懼。中軍的先頭部隊此時馳出樹林，分作三組，布列平草之上，隊形整齊劃一，彷如一個有機的生命體，見到對方惶然布陣山頭，人人無不戰意昂揚，躍躍欲試。

就在瓦崗軍的箭手和盾牌手尚未布好陣勢之時，楊公卿已至，見狀縱聲長笑道：「瓦崗小兒，今天楊某人若不教你一敗塗地，以後楊某人的名字要倒轉來寫。」

徐子陵看得點頭稱許。己方大軍養精蓄銳，士氣如虹，若耽擱時間，只會令氣勢衰竭減弱，所以趁敵人此際陣腳未穩之時，揮軍強攻，正深合兵法之旨。

萬蹄齊發，轟鳴震天，喊殺聲彌漫整個戰場的慘烈氣氛下，由三組各二千人組成的中軍先鋒隊伍，有組織地朝山丘上的敵人衝刺。前數排的騎士均手持長盾，另一手持長槍，以擋挑敵人箭矢，後方的戰士則彎弓搭箭，準備射進敵陣之內，掩護前方戰友破入敵陣去。楊公卿、徐子陵的四千部隊，緊隨於後方，徐徐推進，支援強攻的前鋒銳騎。十六面大鼓，敲得隆隆作響，更添主動進軍的王軍威勢。

徐子陵暗中留意，楊公卿不斷發出命令，隨在他後的旗手便不斷以不同手法打出各色旗號，而埋伏兩側的翼隊即以旗號相應，始知軍有千軍萬馬，事有千變萬化，決非麾左而左，麾右而右，擊鼓而進，鳴金而退這麼簡單。

前方驀地殺聲震天，箭矢嗤嗤，待之已久的決戰，終到了短兵交接的時刻。兩方馬蹄聲同時響起，側翼兩軍離林奔殺而出，分從東西兩邊斜坡衝往敵陣。大戰終全面展開。

寇仲、翟嬌、宣永、屠叔方與大龍頭翟讓遺下來的二百二十五名子弟兵，正勒馬在瓦崗軍營後的一個密林內，屏息靜氣地瞧著敵人慌亂地在營地東奔西馳，或踏蹬上馬，或徒步奔上山頭，人喊馬嘶，亂得像末日來臨。眾人一手提弓，另手持著紮著浸醮了火油的易燃布條的箭矢，等待偷襲敵後的最佳時機。

宣永低聲道：「溪流這邊的三十多個營帳是糧營，我們先燒糧營，然後收理其他。」

翟嬌沉聲道：「李密是我的，我要親手把他的臭頭斬下來。」

寇仲暗叫可惜，假若王伯當隨行，他的頭將屬於他的了。

若非王伯當，素素可能不會自暴自棄地隨便找人下嫁。而千揀萬揀，卻揀到個別有居心的香小子。

此時山的另一邊兵刃交擊之音和喊殺聲漫天轟響，翟嬌舞動起與她體型配合得天衣無縫的大關刀，大喝道：「兄弟們，為大龍頭復仇的時刻到了！」

喝畢一馬當先，疾衝而出。寇仲等二百多人一聲發喊，點燃火箭，奔隨而去。火箭在空中劃出二百多道美麗燦爛得像元宵煙花的紅芒，橫過十多丈的上空，往瓦崗軍後營投去。營帳紛紛著火焚燒，射歪了的火箭也落到林葉叢中，噼啪火起。這種火油燃性極強，遇濕反增其烈，一點不受春濃的影響。

到翟嬌等殺入敵營，他們已射出三、四輪近千支火箭，溪澗兩邊的營地泰半火燄奔騰，濃煙衝天而起。敵人哪想得到會有奇兵從後方襲至，加上對前方的攻擊已是應接不暇，倉皇間根本弄不清楚犯後的只有二百多人，留守營地的疲兵登時亂成一團，潰不成軍。翟嬌的大關刀逢兵斬兵，見將劈將，且得寇仲、宣永、屠叔方三人護持左右後三方，更是如虎添翼，勢如破竹地殺入敵營內，把迎上來的瓦崗軍衝得支離破碎。手下們更趁敵人四散奔逃之際，四處殺人放火，把戰場變成屠場，情況混亂慘烈至極點。

寇仲的井中月更是所向披靡，每出一刀，不用及身，刀氣足使敵人受創倒地；宣永的鳥啄擊亦發揮出在千軍萬馬中縱橫自如的驚人威力，殺得對方人仰馬翻、四散避開。只十多息的時間，這隊充滿深刻仇恨的隊伍已攻入敵營的中心地帶，只差千多步便可穿過敵營，抵達登山的斜坡。大局已定，只剩下能否手刃李密這從來沒有戰敗紀錄的軍事強人了。

士氣如虹下，兼之敵方陣腳未穩，中軍的三隊各以二千人組成的先鋒軍，像三條長蛇般疾如銳矢，快如雷電，狂如風雨的奔上山坡，破進敵陣。來到坡頂的李密與眾將在帥旗尚未豎好之際，便指揮手下衝下斜坡攔截，希望殺退敵人的第一輪衝鋒，待重整陣腳後，再以優勢兵力迎戰。天上箭矢交射下，兩方騎兵就在長達數里的丘坡中段相遇，近身廝殺，一時天昏地暗，日月無光。

楊公卿所率的四千精騎仍在穩定而緩慢的推進。策馬在他左旁的徐子陵還是首次正式參與戰場上兩軍對壘的血戰，且是勝敗皆速的純騎兵戰，不由爲其慘烈的氣氛所懾。深感在這種千軍萬馬的情況下，無論身手如何高明，眞正要倚賴的只有群體合作的力量。

楊公卿雙目精光閃閃的瞧著坡頂處帥旗下高踞馬上的李密，向徐子陵道：「騎兵又名離合之兵，因其能離能合，速散速聚，百里爲期，千里而赴，出入無間，急疾捷奔，所以爲決勝之兵也。這回我方若非全是利於邀擊奔趨的騎兵，李密小兒何用狼狽至此。」

徐子陵見李密迎戰的騎兵隊雖不住倒下，但由於不斷有人補充，堪堪把己方騎隊壓得難作寸進，形成混戰之局。正擔心時，己方兩翼的騎兵已從兩邊衝擊敵人，登時令瓦崗軍應接不暇，亂及全陣。

此時他的情緒已平復過來，冷靜如恆。只見李密身旁是貌美如花的沈落雁，正狠狠盯著自己。就在此時李密後方濃煙衝天而起，喊殺震天。

楊公卿大笑道：「李密小兒中計了！誰能斬下他項上人頭，賞黃金百兩。」

這三句話他運氣送出，聲震全場。

戰鼓狂響，楊公卿最精銳的騎兵隊，終於投入戰場，揭開了全面決戰的局面。

徐子陵想起翟讓龍頭府上下和任恩一衆的血仇，策馬衝出，奔上斜坡。

趕了一晚夜路的瓦崗疲兵，見後營處火燄沖天，更是無心戀戰，四散奔逃，再擋不住愈戰愈勇，氣勢如虹的偃師精騎。

李密和他的近萬親兵終於動了，朝楊公卿的中軍衝殺下來，希望能挽狂瀾於既倒。只可惜自古以來從沒有一處地方比戰場更是現實和冷酷，敗局若成，即使孫武復生，孔明再世，也回天乏力。徐子陵領著一隊五百多人的戰士，勢如破竹的直往李密迎上去。每槍擊出，或挑或刺，掃打格卸，螺旋勁都像山洪暴發般把擋者衝擊得拋斃墜馬，無一倖免。尤其是他只須對付上方衝下來的敵人，更能把長槍這種攻堅遠擊武器的特性，發揮得淋漓盡致。在這鋒刃相對的時刻，不是你死就是我亡，仁慈根本沒有容身之所。

「噹！」

一把長劍活像從天而降的神劍般，硬架了他以為必殺的一槍。徐子陵定神一看，才知使劍者竟是與王伯當齊名號稱瓦崗雙虎將的裴仁基。前方密密麻麻的全是瓦崗軍，壓力登時倍增，左右兩方的戰士紛紛倒下，其空位瞬給後繼者補上。徐子陵一聲長嘯，心中湧起與自己並肩作戰的友軍慘死的血仇，手中長槍幻出千萬道槍影，氣芒嗤嗤，有如狂風巨浪般朝裴仁基攻去。

寇仲等以悍若雌獅的翟嬌為首，二百多人由散歸聚，像一把利刃般直刺進敵人的後軍去。此刻後方已是烈燄濃煙，再沒有退路，且時有晨風把煙屑捲來，嗆得人只想儘快遠離。當他們拚命殺上漫長的丘坡，敵人在沒有弄清楚他們的虛實下，拚命地往兩旁散避，大大增長了他們的威勢。

眾人同心，其利斷金。這二百多人全是翟讓的子弟親兵，由瓦崗起義一直追隨翟讓，等待這復仇的機會已盼得頸都長了，又知若不能與前方己軍會合，只有死路一條，益發人人拚命。一邊是心慌意亂的疲兵，另一方則是下了死志的復仇部隊，相去之遠，實不可以道里計。瓦崗軍已進入像瘟疫蔓延傳播般的恐慌裏，再難以組織有效的抵抗。

寇仲等衝散了一個李密遣來阻截他們的騎兵團後，終於抵達山頭。漫山遍野全是四散逃竄的敵軍，而激烈的戰鬥則分別在丘坡中段和兩邊山頭進行，一些突破了敵人防線的偃師部隊，則在潰不成軍的敵陣內左衝右突，縱橫殺敵。丘坡上死傷密布，充分顯示出戰爭的冷酷無情，鮮血把草叢坡地染出一片片的血紅，觸目驚心。

翟嬌一眼瞥見李密帥旗所在處，大喝道：「翟讓之女今天討命來啦！」拍馬朝下方李密的親兵部隊衝去。

他們都是頭紮紅巾，以資識別。己方之人見了，自是立即讓路；而李密這批特選的精兵，泰半是翟讓舊部，認得來者乃大小姐翟嬌，在心理上已不敢阻擋，兼之敗勢已成，見她領著大批死士殺至，立時心膽俱寒，只懂急急逃亡。瓦崗軍最後僅餘的一點鬥志，終於土崩瓦解。

當眾人彷若如入無人之境般殺到李密的親兵部隊背後，百多人迎上坡來，領頭者認得出來的有徐世勣和「長白雙凶」的符眞、符彥兩兄弟，前者手提長戟，後兩者仍是慣用的長柯斧和鉤劍，三人均血染戰袍，神情猙獰卻疲憊。

寇仲發出一陣震天長笑，離馬躍起，凌空往三人撲去，大叫道：「寇仲來啦！」寇仲之名，此時已是天下皆知，李密親兵群中登時有人聞聲生怯，離隊逃生。「噹！噹！噹！」寇仲不住彈起又下撲，手中井中月閃電下劈，硬把三人截著。

翟嬌等人亦殺至，立時把這隊反撲之軍衝得七零八落。符眞、符彥膽氣盡消，使不出平時一半功力，見狀首先往旁逃去。徐世勣獨力難支，翻身墜馬，險險避過寇仲必殺的一招。翟嬌俯身舞關刀，橫劈其胸。徐世勣也是了得，在這種情況下仍能拋掉長戟，拔出佩劍，硬格了她的關刀。「噹！」徐世勣連人帶劍，給劈得拋跌往坡下，但也保住了小命。

這數年來，翟嬌日夕苦練，為的正是這一刻，哪有閒去理其他人，狂喝一聲，朝李密殺去。宣永、屠叔方和一眾手下慌忙追隨，勇不可擋的寇仲腳尖點在徐世勣的空馬背上，騰身而起，飛臨正與徐子陵等戰作一團的李密、裴仁基、沈落雁、祖君彥等的上空，狀若天兵下凡。在一般情況下，如此凌空將身形完全暴露在敵人的箭矢刀槍之上，實與自殺無異，不過這刻眾敵自顧不暇，避之唯恐不及，哪還有時間攻擊他。

徐子陵在傷了裴仁基後，終與李密正面交鋒。自荒村一會後，徐子陵尚是再次和這個名震天下的霸主正面相對。

李密身形魁梧奇偉，容顏古拙，長髮披在兩邊寬厚的肩膊處，襯著爍閃生光的甲冑，揮動手中重鋼矛時長髮飄飄，目如寒電，確有不可一世的梟雄氣概。不過他身上已多處受傷，一連刺出十數矛，都給徐子陵拚力擋格，戰得難解難分。

徐子陵每擋他一矛，都像給千斤大石砸上，震得氣血翻騰。幸好他來自《長生訣》與和氏璧的眞氣別走蹊徑，不但能將對方氣勁化去，還另再生新力，一槍重似一槍。不過他的騎功顯是不及對方，故只能處於守勢，堪堪抵著李密。

寇仲凌空撲至，立時扭轉了整個局勢。

李密此際身邊雖剩下不到二千親兵，但始終軍力較敵方多上一倍，又佔著山坡高處之利，如非寇仲的奇兵從後攻來，理該可再苦守一段時間，那時或可且戰且退，不至像現在般四散奔逃，難以成軍。但偃師部隊亦始終尚未能把瓦崗軍削弱至聚而殲之的局面，只是佔盡上風，隨著阻截逃走的敵人不住擴闊戰場，使戰事蔓延往山坡下的長草原和疏林區去。

此時不走，更待何時。李密心中暗嘆。若換了非是決死戰場，乃是平時江湖拚鬥，即使面對強如徐子陵寇仲的聯手，他也可以施出渾身解數，爭取勝利。可是在眼前這種形勢下，他成了衆矢之的，以千百計的敵人一波一波的向他殺來，任何一個時間他都要應付多種武器，不但甚麼精湛的招式都用不上，很多時候還要選擇究竟是捱刀子還是去餵槍尖，以避開眞正致命的攻擊。

他自然更不敢全力出手，以免眞元損耗過巨，以致後力不繼。用的盡是簡單直接而有效的招式，誘敵惑敵的慣常手法，在此全派不上用場。他曉得若讓寇仲來至頭頂處，又給徐子陵這級數的高手纏著，拚下去只是死路一條。

李密正要高呼撤退之時，沈落雁已策騎切入他和徐子陵之間，嬌呼道：「密公快走！」

李密知道眼前乃唯一逃走的機會，終狂喝出自他出道爭霸天下以來從未出口的一句道：「大夥兒走！」

離馬躍起，手中鋼矛疾射寇仲。

「噹！」

兩人同時往反方向拋開。

「呼！」

翟嬌的關刀脫手飛出，橫過三丈的戰場上空，揮向李密。

裴仁基等同時驚叫道：「密公小心！」

「鏘！」

李密迴矛掃中關刀，再借力飛起，落下時把一名敵人踢下馬背，策騎朝東竄走。

徐子陵此時連擋沈落雁十多劍，卻沒還攻半槍，苦笑道：「美人兒軍師請！」

沈落雁熱淚盈眶，哭叫道：「徐子陵你好！」勒馬追在己方敗退的戰士之後，狂馳而去。

翟嬌發了狂的領著人馬，啣尾窮追。寇仲和徐子陵深知窮寇莫追之理，怕她有失，慌忙緊隨。

撤退的號角終於響起，用以指示敗走的方向。混戰變成追逐戰，追殺十多里，楊公卿因顧忌單雄信的軍隊，始鳴金收兵。

自王世充軍與瓦崗軍開戰以來，這還是破天荒頭一遭的首場勝仗。是役李密大敗逃往洛口，四萬騎兵餘下者只有萬餘人，傷亡慘重之極。而偃師軍則只折損了二千餘，勝得輕鬆漂亮。

寇仲赤著上身，大馬金刀般坐在洛河旁一塊石上，讓隨軍大夫爲他治理左臂，右腰和胸膛的創傷。

楊公卿已率大軍趕返偃師，防止單雄信趁偃師防守薄弱之際攻掠城池。只留下一千戰士，以阻截李密回頭偷襲，又或與單雄信的部隊會師，重整軍容。

徐子陵早包紮妥當，他的傷勢也比寇仲輕，皆因由開始便佔盡優勢，不若寇仲以微薄兵力，深進敵陣。

太陽降至西山之上，戰士在附近數座小丘高處布陣休息，遙望下游洛口方向兩岸的平野。四艘戰船泊在岸旁，爲他們送來了軍糧醫藥和收拾殘局的仵工。己方戰士的遺體會送返偃師安葬，敵骸則就地掘坑埋葬，以免引發瘟疫惡疾。

翟嬌、宣永一衆仍在附近搜索敵蹤，尚未折返。

寇仲向徐子陵苦笑道：「在戰場上任你武功蓋世，仍是沒有可能不受傷的，問題是如何避過致命之擊。現在小弟渾身筋瘦骨痛，就算與祝玉妍惡戰也沒那麼吃力。」

徐子陵瞧著四名仵工吃力地推著一架載滿屍骸的手推車朝戰船走去，一時說不出話來。

此時偵察李密敗軍的玲瓏嬌率著十多騎趕回來，甩蹬下馬，英姿爽颯的來到兩人間，報告道：「這次李密敗得極慘，沿途不斷有人支持不住墜下馬來，連帥旗都掉了。恐怕他在起兵時作夢都沒想過會有如此慘痛的一役。」

寇仲上上下下在她玲瓏浮凸的嬌軀巡視數遍，微笑道：「只有像嬌嬌那樣在戰場上遙控著全局的，才可以毫髮無損，哈！」

玲瓏嬌俏臉飛紅道：「你若是諷刺我沒有戰場出力，我絕不會放過你。但見你喚我作嬌嬌那麼好聽，又見你傷得臉青唇白，暫且饒過你。」

寇仲笑道：「我只是見你嬌體無恙而心中欣慰吧！李密是否已滾回老家洛口去呢？這老小子溜得眞快。」

翟嬌也回來了，滿臉興奮神色的躍下馬來，叫道：「我們立即進攻洛口。」

宣永和屠叔方都聽得眉頭大皺，向寇仲連使眼色。

寇仲出乎所有人意料之外道：「果是英雄所見略同，現在我們坐船回偃師，與楊大將軍商議進攻洛口的大計。」

眾皆愕然。

要知單雄信仍有六萬的部隊駐在偃師之北邙山之旁，無論這批新軍如何不濟，貿然進攻洛口豈能沒有後顧之憂？不過現時無人不對寇仲的奇謀妙計心悅誠服，知他必是胸有成竹，才有此語。

寇仲執起擱在一旁的井中月，遙望洛口的方向，淡然道：「李密絕不甘心這麼逃往洛口去的，必然設法與單雄信的部隊會合，希望能反敗爲勝。所以只要我們能阻止他們會師，又能令單雄信不敢妄動，那鎮守洛口的邴元眞就只有投降一途，王伯當更無力保住金墉。乘勝追擊乃擴大戰果之法，大小姐以爲然否？」

翟嬌還是首次衷心覺得寇仲的話聽得入耳，欣然道：「小仲你確是當世不可多得的將才，當年若爹遇到的不是李密那奸賊而是你，天下就是我瓦崗軍的了！」

第九章

鳥盡弓藏

黃易作品集

第九章　鳥盡弓藏

徐子陵呆立船頭。河風迎臉刮來，吹得他衣衫飄揚，卻拂不去戰爭慘厲的可怖回憶！他明白戰爭的必然和無可避免，就像江湖間永無休止的鬥爭仇殺。即使以師妃暄的超然，仍難以無視萬民的疾苦，了解以武止武乃和平統一的必須手段。

寇仲來到他旁，望往前方下沉的一輪紅日，悠然道：「激戰之後，尤令人感到日常平凡中毫不平凡的事物的珍貴。試問在戰場上廝殺決生死的時刻，誰有閒情去留意日出日落的動人美景？」

徐子陵露出一個苦澀的笑容，道：「仲少似乎很享受大戰後的餘韻。」

寇仲道：「只要沒有丟命，誰都會感到莫以名狀的喜悅，何況在大勝之後，又是勝得那麼險！」頓了頓思量道：「我定要組成一支無敵的親衛騎隊，否則將來遇上李世民，怎抵擋得住他的黑甲精騎？」

宣永的聲音從後方傳來道：「寇爺的想法極有見地，不知可曾聽過用騎之十利呢？」

寇仲欣然道：「願聞其詳？」

宣永來到寇仲之側，正容道：「一曰迎敵始至；二曰乘虛敗敵；三日追散擊亂；四日襲敵擊後，使敵奔走；五日遮其糧食，絕其軍道；六日敗其關津，發其橋樑；七日掩其不備，卒擊其未振之旅；八日攻其懈怠，出其不意；九日燒其積聚，虛其市里；十日掠其田野，俘其子弟。此十旨，騎戰之利也。這次寇爺能大破李密，皆因能把騎戰的優點發揮盡致，故能以少勝多，以快克倦。」

徐子陵道：「問題是人人皆知騎戰之利，為何只有李世民擁有無敵的騎兵，且人數只限在千餘之數？」

宣永答道：「這種事總是知易行難。誰不想自己的騎隊有過人之威，但卻受到將才、騎術、戰士質素、戰馬和裝備的種種限制。若純以騎兵論，天下莫過於累代養馬賣馬的飛馬牧場，故雖只區區數萬正規戰士，卻能東拒杜伏威，西抗朱粲，北阻王世充，下壓蕭銑、林士宏，更使三大寇難作寸進，正顯出騎射的威力。來如火去如風，教人防不勝防。」

寇仲雙目立時亮起來。

偃師出現前方，城上旗幟飄揚。

寇仲鬆了一口氣道：「謝天謝地！只要偃師你老人家安然無恙，李密這次眞要完蛋了！」

楊公卿聽罷，目光在圍桌而坐的寇仲、翟嬌、宣永、王玄恕、屠叔方、玲瓏嬌六人身上巡視一遍，點頭道：「李密和邴元眞均無足懼，但單雄信這支新軍現在築壘固守，只要能擋得我們十天半月，待李密重整陣腳後，局面會完全不同。」

翟嬌望向寇仲，顯然因他一手策畫出大破李密這近乎不可能的奇蹟後，對他觀感大改，唯他馬首是瞻。徐子陵並沒有出席這個大戰後最重要的軍事會議，避進靜室去。

寇仲悠然道：「由於李密以為我們缺糧，所以決定速戰速決，以免我們能從東都補充糧草；故這次南來，肯定攜糧不多。因此只要我們能使金墉的王伯當自顧不暇，無法支援單雄信，那麼任單雄信擁有百萬大軍，也只落得投降一條路可走。」

翟嬌點頭道：「王伯當守金墉的兵力不過數千人，且屬新募之兵，絕對無力守穩金墉。」

宣永道：「金墉城內有我們的人，只要大將軍虛張聲勢進攻金墉，人心虛怯時，我們可乘機燒其糧倉，內外交煎下，王伯當除了棄城渡河退往河陽外，別無他法。」

楊公卿動容道：「確是可行之計。」

王玄恕皺眉道：「假若我們進軍金墉之時，單雄信兵分兩路，一旅往援金墉，另一旅進攻偃師，而李密則乘勢東來，我們豈非要陷於危局嗎？」

楊公卿笑道：「二公子不用擔心。先說金墉城，我方只要派出五千勁騎，進屯金墉城外，單雄信聞信之時，我們早守穩陣腳，甚至可以輕騎突襲，令他的新軍疲於奔命。值此人心惶惶之時，單雄信的新兵根本沒有應戰的士氣和能力。」

屠叔方悠閒地吸了一口旱煙管，吐出煙霞，微笑道：「只要能逼得王伯當棄守金墉，便由屠某人往見單雄信，向他痛陳厲害，看他是否識時務的明智之士。不過在見他之前，最好能先令邴元眞不戰而降，那李密將勢窮力促，永無東山再起之望。」

玲瓏嬌也發言道：「單雄信至少要有十來天的時間，才可伐木造車作梯，作好攻偃師的準備，所以現在他理該不敢輕舉妄動。」

楊公卿道：「拿下金墉城只是小事一樁，就算燒不掉王伯當的糧草，但只要我們虛張聲勢，保證王伯當要望風而遁。金墉並非堅城，遠遜偃師，它以前沒曾失陷，只因李密有大軍牽制著我們罷了！」

略歇後又道：「不過若要邴元眞投降，必須把李密引離洛口，否則憑他一向的威望，會令邴元眞心懷顧忌。」

宣永胸有成竹地道：「無論是邴元眞又或單雄信，均是翟爺的舊部，對李密害死翟爺一事心存不滿，只是敢怒而不敢言罷。近年來李密不住扶掖他手下的親信，此事更添他們不滿的情緒，所以只要我們能營造出一種深深威脅到他們的情勢，我可包保他們投降歸順，而不會再爲聲威遽降的李密賣命。」

楊公卿瞧往寇仲道：「寇軍師對此有何良策？」

寇仲笑道：「此計叫兵分兩頭，虛張聲勢。一邊派出快騎直逼金墉，另一邊則整軍渡河，裝出從陸路以攻城裝備硬撼洛口的姿態。兩者必須以前者爲先，待逼走王伯當，方可作渡河之舉。」

王玄恕道：「若要把攻城裝備運到對岸營地，由於浮橋負重有限，須時頗久，單雄信和李密聞訊來襲，豈非不妙之極？」

寇仲微笑道：「所以須先逼走王伯當，斷單雄信的後路，再勸他投降，然後進行此事，那時李密聞風而至，發覺單雄信擁兵自守，邴元眞又獻上洛口，他除了逃命外，還可以有甚麼作爲呢？」

楊公卿哈哈大笑道：「寇軍師確是算無遺策。事不宜遲，今晚我們好好休息，犒賞三軍，激勵士氣。明晚我們趁黑行兵，派出五千騎兵往金墉虛張聲勢，只要王伯當棄城逃走，其他連環妙計立即逐一進行，教李密小兒一蹶不振，含恨終身。」

寇仲和徐子陵左右伴著翟嬌，立在北牆的哨樓上，遙觀北方綿延達一里的敵營，後邊就是邙山。翟嬌已改變了很多，雖仍是性情火躁莽撞，但明顯比以前作爲千金小姐時肯講道理、納人言。兩人由於素素的關係，對她特別尊敬和愛護。

翟嬌忽然嘆了一口氣道：「若爹在天之靈，知道由他一手創立的瓦崗軍，竟是被自己女兒所破，不知會不會感觸傷情，難以排遣。」

寇仲明白她矛盾和患得患失的心情，婉言開解道：「假設佛家所言輪迴之說屬實，那大龍頭現在可能是個白胖胖的可愛小嬰兒，當然忘掉了前生的一切事，且樂而忘憂。又假設人死如燈滅，那就像長睡不醒，四大皆空，亦不會再興煩惱。所以大小姐不必為大龍頭在天之靈費神擔心，現在只須想著手刃李密老賊後的痛快感就成啦！」

翟嬌的一對巨眼亮起來，肯定的道：「爹準是投胎作了個健康的小寶寶，若我能找到那小寶寶，豈非可和爹再在一起嗎？你兩個小子快給我想辦法！」

兩人聽得心中惻然。翟嬌直到這刻，仍不肯接受翟讓已死不能復生的殘酷事實，故有這種妙想天開的請求。

連聲催促下，寇仲抓頭道：「唯一的方法，或者可找個精通巫術的靈媒婆子來問問，看大龍頭能不能親自提供情報。」

「啪！」翟嬌的巨掌重重拍在寇仲肩背處，痛得他齜牙咧嘴，大喜道：「小子果然懂得動腦筋，江湖上善招魂通靈者，莫過於四川合一派的通天神姥夏妙瑩，殺了李密後，你們陪我去找她。」

寇仲失聲道：「這是甚麼旁門左道的邪派？」

翟嬌怒道：「只要能找到爹，管他甚麼勞什子邪派正派，你們究竟陪不陪我去？」

徐子陵軟弱地應道：「不過！我們可先要去找素姐呢。」

翟嬌劇震道：「素素仍在生嗎？」

寇仲愕然道：「誰說素姐……嘿！」

翟嬌雙目湧出熱淚，顫聲道：「素素在哪裏？」

對這位大小姐來說，世上最親的兩個人，翟讓之外就輪到陪著她長大的貼身愛婢。此時乍聞素素仍在世間，感情豐富的她哪能控制情緒。寇仲和徐子陵同時內心絞痛，強烈的自責令他們感到沒有臉面對翟嬌。

徐子陵低聲道：「素姐現在巴陵，已——唉！已嫁人生子。」

翟嬌猛地探手抓著徐子陵的臂膀，喝道：「殺了李密後，我們先去找素素，然後再往四川。素素嫁給哪個傢伙？」

寇仲無力地以僅可耳聞的聲音答道：「那傢伙叫香玉山，是自號梁帝的蕭銑麾下大將，唉！這傢伙……」

翟嬌淚珠猶掛的臉上露出眞誠的笑意，一點都沒有覺察兩人的欲語還休，放開徐子陵，欣然道：「素素沒死就好了！」

寇仲誠惶誠恐的試探道：「我們還要辦妥一兩件事情，才可以去找素姐呢。」

翟嬌出乎兩人意料之外地點頭道：「我也有事要辦，看看如何約定一個時間地點，然後同赴巴陵吧！」

兩人哪敢拒絕，只能心中叫苦，黯然神傷。勝利的喜悅全被深重的內疚所替代。

寇仲與徐子陵把翟嬌送回她在帥府的臥房後，來到後園的亭子裏愁容相對。

寇仲嘆道：「最好大小姐見到素姐所嫁非人，一怒下把我們宰掉，那我們便可重新投胎，把前世的事全忘掉，一了百了。」

徐子陵頹然坐於石凳處，搖頭道：「這是儒夫的想法，到巴陵後，我們無論如何也要帶走素姐母子，誰敢反對攔阻我們就殺誰。」

寇仲沉痛的道：「假若反對的是素姐，難道你把她殺了嗎？且若告訴她香玉山只是個不折不扣的感情騙子，已被李靖深深傷害過的她怎受得起那打擊。」

徐子陵把臉龐埋在手裏，呻吟道：「老天爺啊！教我們怎辦才好？」

寇仲皺眉苦思道：「卜天志或者可幫我們這個忙，至少他可回巴陵探探素姐的情況，使我們可根據情報再想辦法。」

徐子陵抬頭道：「這不失爲沒有辦法中唯一可行之事。最好是我們能抓到香玉山的最大弱點，逼得他自動放手。」

寇仲伸手搭在他肩頭處，低聲道：「應付完江都的事，我和你一道回巴陵，甚麼楊公寶藏都擱到一旁，有甚麼比素姐更重要呢？」

徐子陵愕然道：「這怎麼行，除非你不再想爭天下，否則那才是分秒必爭的事。」

寇仲苦笑著坐下道：「素姐現在是我們在這世上唯一的親人，若她有甚麼不測，我這輩子都休想快樂得起來，爭天下還有甚麼意思。」

徐子陵點頭道：「由江都坐船西上巴陵，只是十天功夫，怕只怕蕭銑不讓我們帶走素姐，此事必須從長計議。夜深了！回房休息吧！」

翌日偃師仍然充盈著大勝後的氣氛，軍將們秣馬勵兵，準備對付下一場大戰。攻城的裝備排放在通往南門的大路上，隨時可離城渡河，運往對岸，擺出進攻洛口的姿態。由於水路被敵人設防封閉，所以陸路成了攻打洛口唯一可行途徑。到正午時分，兩艘戰船從東都開抵，另一大將張鎮周奉了王世充之命前來犒賞大捷三軍，並帶來了一千援軍。張鎮周接著和楊公卿避入密室說話，整個時辰後才喚寇仲進去，卻撇開了王玄恕。兩人神色出奇的凝重。

寇仲坐下後訝道：「究竟發生了甚麼事，難道給楊侗和獨孤峰佔得上風嗎？」

張鎮周冷哼道：「獨孤峰知道李密大敗後，立即逃出東都，我們破入皇宮，把元文都、盧達兩人當場處斬，關起楊侗，東都已完全落在我們手上。」

寇仲大惑不解道：「兩位大將軍的臉色為何這麼難看？」

楊公卿沉聲道：「現在尚書大人正要迫楊侗禪讓，準備稱帝。」

張鎮周接口道：「鄭國公欲以鄭為國號，並大封親族，據我所知：將以玄應為太子，玄恕封漢王，王弘烈為魏王，王行本為荊王，王泰鎮為宋王，王世惲為齊王，王道徇為魯王。而我們兩人和郎奉、宋蒙秋只是四鎮將軍，調守東都外四個主要的大城。」

寇仲恍然大悟。

王世充終是不能成大器的人物，一朝得勢，便迫不及待的大封親族，如此豈能教為他出生入死的將領心服。任用私人，實是王世充將來兵敗的致命原因。

張鎮周狠狠道：「此事尚未落實，若真是如此，實教人心寒。事實上此役之所以能大破李密，戰績彪炳，功勞最大的莫如寇軍師，可是大人對此卻不置一詞，還命我暗中監視軍師。」

寇仲感激道：「難得兩位大將軍對我這麼推心置腹，不過目前最緊要之事，莫過於徹底鏟除瓦崗軍，其他可留在日後再應付。」

張鎭周和楊公卿亦知不宜在目前的緊急的形勢中爲權位的安排分心，商議一會後，各自分頭辦事。

寇仲回去後院找徐子陵，他正和屠叔方在亭子內談話。

見到寇仲，徐子陵道：「我已把素姐的事說給方叔知曉，希望他能使大小姐待我們救出素姐母子後，才與素姐會合。」

屠叔方嘆道：「素素遇人不淑，令人心痛。我現在已大致明白了情況，小姐那邊可包在我身上。說出來你們不會相信，小姐爲了籌募軍餉，這幾年來專做羊皮買賣，生意做得很大。」

寇仲坐下道：「有方叔和宣兄助她，生意自然愈做愈大哩！」

屠叔方道：「所以我才說你們不會相信，這盤生意全是她一手一腳弄出來的，用的雖是翟爺留給她的資金，使的亦是自己人，但若非她一買一賣都看得準，絕不能像現在般賺大錢。」

兩人大感愕然，哪會想到翟嬌竟懂得做生意。

屠叔方續道：「除了要爲翟爺復仇外，她的精神全用在生意買賣上。現在做生意，除了要有生意頭腦之外，還要看拳頭是否夠硬。所以小姐看得她的羊皮生意很緊，我只要勸她兩句，她定會答應耐心等待素素前來相聚。」

他們終於明白翟嬌要辦何事。

屠叔方道：「宣永是個不可多得的將才，人又聰明絕頂，小仲若要打天下，他可成你的左右臂助。」

寇仲尷尬地怨徐子陵道：「連這你也說出來了！」

屠叔方不悅道：「有甚麼須瞞我的？大丈夫立身行事，要敢作敢為，不忌人言。小仲有此大志，方叔為你高興還來不及哩！」

頓了頓正容道：「李密大樹既倒，瓦崗軍自是四分五裂。憑小姐的關係，再以你寇仲目前在江湖上的聲勢，我可和小永為你奔走活動，招募一班瓦崗軍的精銳，以年輕一輩為招羅目標，對你將來的大業定會有很大的助力。錢餉方面，更是沒有問題。」

寇仲大喜道：「多謝方叔支持。」

屠叔方喟然道：「當日與小姐倉皇逃去，本以為復仇無望，但轉眼李密伏誅在即，世上還有甚麼事是不可能的。方叔對你有很高的期望哩。」

寇仲問道：「你們不是一直依附在李平郡的谷應泰旗下嗎？此人又如何呢？」

屠叔方搖頭道：「此人現與竇建德關係密切，雖是與李密勢不兩立，卻很難說動他投往你的一方，不理他也罷。」

足音響起。三人瞧去，只見清麗動人的小婢楚楚，怯生生的來到三人跟前，偷瞥著寇仲的秀目難掩喜孜孜的神色。

寇仲驚喜道：「楚楚何時來到的，為何我竟不曉得？」

楚楚作了個萬福道：「楚楚今早才抵此處以服侍小姐，寇爺你那麼忙，怎會知道呢？」又對屠叔方說翟嬌要見他。

徐子陵知情識趣地隨屠叔方一道離開，讓他兩人有單獨相對的機會。一時間，這對男女都有恍如隔世之感，千言萬言，不知從何說起的感覺。

寇仲微笑道：「坐下好嗎？」

楚楚玉頰立時飛起紅雲，搖頭道：「那不合規矩。」

寇仲愕然道：「甚麼規矩？」

楚楚咬著下唇輕聲道：「主從之別嘛！」

寇仲不解道：「我只是你的朋友，當年是擲雪球互相認識的。我們何時曾有主從之別呢？」

楚楚露出一個甜甜的笑容，似是回想起當日在大龍頭府擲雪球爲戲的動人情景，欣然道：「那時怎同呢？你和徐爺是素姐的義弟。可是現在你們是有身分有地位的人，小姐也要尊敬你們。人家自然須守禮數哩！」

寇仲見她仍保持著當年令他心動的可愛神情，心中湧起難以形容的感覺。本很想告訴她自己仍戴著她當時所贈的鍊子，但另一個念頭卻使他打消此意。

嘆了一口氣道：「去他娘的禮數，我寇仲仍是那個擲雪球的小子，唉！」

若生命可重新由那刻開始，素素就不會嫁給香玉山了。

楚楚低聲道：「寇爺若沒有甚麼吩咐，楚楚要回去看小姐有甚麼要伺候了！」

寇仲強壓下像以前般把她擁入懷裏恣意愛憐的衝動，讓她離開。

黃昏時分，張鎮周率領五千輕騎，進軍金墉。楊公卿、寇仲和徐子陵另率二千輕騎送行，到肯定探得單雄信的新軍沒有異舉，折返偃師。

此時往探敵情的玲瓏嬌回來了。衆人在帥府大堂聽她的報告，翟嬌、屠叔方和宣永均有出席，王玄恕則去了視察洛河南岸的營地，加強防禦。

玲瓏嬌道：「正如寇軍師所料，李密率敗軍撤回洛口後，立即整頓軍旅，只逗留一晚，便率七千騎兵，離城西來，似要與單雄信的大軍會合。」

翟嬌雙目噴出仇恨的火燄，冷笑道：「這回要教他有命來沒命回去。」

屠叔方沉聲道：「李密此人高傲自負，可勝不可輸；現在士氣低落時卻要率兵反攻，只是自取滅亡。」

寇仲搖頭道：「他雖是輸不起，急欲挽回顏面，但絕不會笨得去與單雄信快要缺糧的孤軍會合，此事不應輕忽視之，否則我們將犯上輕敵的錯誤。」

楊公卿點頭道：「他是要誘我們去攻打洛口。」

翟嬌亦不解道：「洛口根本無險可守，若我們往攻，邴元眞望風立潰，李密爲何走此下著？」

宣永道：「李密自不會把洛口拱手讓人，照我猜測，他是希望我們誤以爲他是要與單雄信會師，因而乘機往攻洛口，斷他東歸之路。而當我們把輜重渡過洛水之時，他便向我們渡河部隊發動猛攻，而單雄信則全力攻城，此計實是非常毒辣，不過卻正中寇爺的算中。」

寇仲長長吁出一口氣道：「李密的致命傷，是以爲我們仍然缺糧，故不得不急取洛口，以攫取洛口充足的糧備，乃行此誘敵之計。」

洛口乃舊隋五大糧倉之一，共有三千個大窖，每窖儲糧八千石。李密雖曾開倉賑民，但這幾年來仍不斷往洛口倉窖儲糧，以供應瓦崗軍的需求。

翟嬌道：「我們不如佯作渡河，誘他來攻好了！」

寇仲道：「現在是他急而我們不急。先待張大將軍攻下金墉，我們有了要單雄信屈服的本錢，然後集中全力對付李密。」

接著問玲瓏嬌邙山上兵營的情況。

玲瓏嬌答道：「那支部隊全是老弱殘兵，今早已開始北撤，看情況是要渡河往河陽。」又道：「單雄信的部隊軍心不穩，不住有人拋棄兵器逃離軍營，故人數雖多，應該沒有作戰的鬥志和能力。」

寇仲動容道：「知不知道逃了多少人？」

玲瓏嬌道：「他們是爬過木柵逃亡，布在營外的哨樓十座有八座都沒有人監察，但因是趁晚上逃走，確實數目很難估計。我曾抓起幾個逃兵來審問，都說營地謠言滿天飛，更有人傳李密已被我們殺了。故而人人無心戀戰，單雄信更停止製造攻城的器械，擺出要撤走的姿態。」

「砰！」楊公卿一掌拍在檯上，精神大振道：「李密一生人最大的錯誤，是用這種烏合之衆來攻打我們。」

玲瓏嬌道：「單雄信的部隊幾乎全是步兵，戰馬不到五百匹。現在已開始限制每人的口糧，每日配給只有正常一半的分量，恐怕支持不了多久。」

寇仲瞧了默然不語的徐子陵一眼，欣然道：「這就成了。我們根本不用等待金墉失陷，就可施出渡河誘敵之計。我可保證單雄信會不理李密著他進攻我們的命令，擁兵自守，好待我們移師洛口之際，逃之夭夭。那時他就可和我們討價還價，談投降的條件。」

衆人點頭同意。

若換了是沈落雁或徐世勣而非單雄信，情況自然大不相同。因單雄信一向對李密重用蒲山公營的手下大將深感不滿，而配給他的部隊又是不堪一戰的烏合之衆，怎會冒險爲李密賣命。

楊公卿總結道：「我們明天佯作渡河，同時布下兩支伏兵，一支監察單雄信的動靜，一支負責對付李密，此仗李密若再敗，勢將再無可用之兵。」

「篤！篤！篤！」

徐子陵早從足音認出是寇仲，道：「進來吧！爲何這次這麼有規矩，竟懂得敲門。」

寇仲推門而入，苦笑道：「十次至少有五次我是有敲門的，陵少今晚的火氣似是很大哩！」

徐子陵待他在几子另一邊坐下後，道：「自見到大小姐，就想起素姐，心情會好到哪裏去？」

寇仲道：「素姐的事擔心也沒有用，我們更不可輕舉妄動，否則只會落入蕭老賊和香小賊算計之內。」

接著把王世充準備大封親族，惹起張鎮周和楊公卿不滿的事說出來。

徐子陵心中一陣煩厭，岔開話題道：「假若明天李密沒有中計，又或仍給他溜了，我們是不是仍要在這裏繼續磨下去，白幫王世充這種人打天下呢？」

寇仲苦笑道：「問題不在我們身上，而在大小姐她老人家身上。」

徐子陵沉吟道：「只要我們告訴大小姐，我們是要去接素姐，她該肯接受吧！」

寇仲精神大振道：「此不失爲可行之計，若李密逃回虎牢或滎陽，當不是十天半月時間可幹掉他。坦白說，我很擔心老爹和沈法興攻下江都，那時飛馬牧場就危險了，他們怎能既要應付朱粲那殺人狂魔，又要應付老爹和蕭銑。」

徐子陵同意道：「看過騎兵的厲害後，才明白爲何這麼多人對飛馬牧場虎視眈眈。只有他們經配種改良的戰馬，才可應付天策府的黑甲驃騎。所以若我是老爹，也會把奪取飛馬牧場視爲首要之務。」

寇仲喜道：「難得陵少和小弟有這種共識，素姐的事雖要緊，卻不及飛馬牧場的刻不容緩。不理明天是否能宰掉李密，我們立即趕返洛陽，見過卜天志後，就可和虛行之一起溜之夭夭，其他的事讓王世充去頭痛好了。」

接著又嘆了一口氣，道：「到現在我明白了爲何劉大哥明明愛上了素姐，偏又不敢表露愛意。」

徐子陵皺眉道：「你明白了甚麼？」

寇仲沉聲道：「劉大哥是眞的喜歡素姐。」

徐子陵不解道：「你究竟想說甚麼？」

寇仲苦笑道：「我們終於經歷過沙場的凶險，以李密那種身手，一旦陷於劣勢，也動輒要飲恨沙場。所以每回上戰場，小命都得交在老天爺手上去，而不是由自己決定。在這種朝不保晚的情況下，怎敢去害苦自己心愛的女兒家那脆弱的心靈呢？」

徐子陵默然半刻，徐徐道：「你爲何忽然有此感觸？」

寇仲頹然道：「當年在大龍頭府，我想也不想便將楚楚摟入懷內親熱，但今天明知她千肯萬肯，我卻不敢碰她半個指頭，心中豈能無感。」

徐子陵欲語無言。

翌日清晨，城門剛啓，輜重騾車源源出城，朝浮橋開去，準備渡河。此時以楊公卿、寇仲爲首的一隊近萬個精銳騎兵，埋伏在浮橋北的一處密林內，附近所有制高點，設有崗哨，監視遠近的動靜。

情報像雪片般不住送到。翟嬌出奇地沉靜，使人更感到她殺死李密的決心。徐子陵則作她的貼身護衛，怕有起事來，她會因不顧危險以致爲敵所乘。

王玄恕的輜重部隊開始渡河。此時情報傳來，王伯當駐金墉的部隊已聞風先遁，退守河陽，城民開門迎接張鎮周的大軍進城。不費一兵一卒下，金墉城落入張鎮周手內。而單雄信則果如所料，全無動靜。

玲瓏嬌此時策騎奔至，報告道：「李密的騎兵正全速趕來，顯然已探得我們渡河的事。」

楊公卿大喜，忙吩咐衆將，準備作戰。

寇仲忍不住讚道：「若非嬌小姐善於探聽敵情，情報準確，我們只能事倍功半，絕對沒有眼前料敵如神的奇效。」

玲瓏嬌甜甜笑道：「你最懂哄人。」

寇仲虛心問道：「偵察敵人是否有甚麼竅要呢？」

玲瓏嬌答道：「用兵之要，是先察敵情。若不知敵，等如縛著眼睛和敵人交手，不敗才怪。所以三軍未動，偵騎先行。而凡督軍者必須有一批精於偵察的好手，才能達到知敵的目的。」

寇仲爲了自己將來著想，兼之在此時逗逗這龜茲美女總好過呆候乾等，遂問道：「怎樣才可培養出偵察的好手來呢？」

玲瓏嬌道：「首先要選人，必須善於走動和機靈的人，可以擔當這種任務；其次是他們必須熟悉地理環境和各地方言，便於隱藏和探聽消息，最好是懂得易容改裝，俾能無所不至。若可以重金收買當地或敵方的人士，更是萬無一失。」

寇仲嘆道：「原來是這麼複雜的。」

玲瓏嬌壓低聲音道：「你為何像對這些軍隊內只屬小道的事情，竟很有興趣的樣子呢？」

寇仲不答反問道：「我可否再問你一個不該問的問題？」

玲瓏嬌凝視他半晌，點頭道：「問吧！」

寇仲湊近點道：「嬌小姐和王公究竟是甚麼關係，為何你會不遠千里的從龜茲來助他打天下？」

玲瓏嬌垂頭道：「你為何要問？」

寇仲裝作若無其事的道：「只是好奇吧！」

玲瓏嬌搖頭道：「若你只是隨便問問，我是不會告訴你的。」

寇仲愕然道：「這竟是個秘密嗎？」

玲瓏嬌尚未來得及答話，寇仲忽然仰首望天，失聲道：「這下糟了！」

眾人聞得寇仲驚呼都把目光集中到他身上，再學他般仰首觀天。只見沈落雁那頭偵鳥不住盤旋高飛，在空中作出奇異的飛行路線。楊公卿，玲瓏嬌、徐子陵、翟嬌等知情者同時色變，知這怪鳥正藉特別的飛行方式，通知主人這密林內藏有伏兵。為了躲避敵人探子的耳目，他們費了很多功夫才布下這支伏兵。

首先是以另一隊騎兵吸引敵人的注意力，擺出欲防止單雄信的部隊趁輜重渡河時偷襲的姿態。又在高處放哨，再趁黑夜著騎兵牽馬穿林，潛往現在埋伏的地點。馬蹄當然包上布帛，以免發出異響。可是千算萬算，卻算漏了這頭通靈的怪鳥。

「呱！呱！呱！」怪鳥望東北方向飛去，正是李密騎兵馳來的方向，此時已隱聞馬嘶和蹄音。

楊公卿大喝道：「左右翼先行！」

號角聲起。埋伏兩翼的左右先鋒隊各三千騎首先由密林衝出，循著彎曲的路線，往敵軍的側翼馳去。然後中軍蜂擁出林，隊形整齊地馳上長草平原，往敵人馳來的疏林區疾馳而去。馬鞭揮舞策打，戰馬長嘶，充滿急疾慘烈的氣氛。戰士精騎像潮水狂浪般把草原遮沒，晨光下戰冑盔甲兵械熠燦生輝。大地急快倒退。只數十息的光景，中軍的八千騎兵已進入疏林區，騎速稍減的往敵人迎去。由於敵人只在八千之數，所以他們全無顧忌的憑著優勢的兵力，凌逼對手。現在唯一希望就是以快打快，最好是敵人來不及撤退，又或整頓陣勢，讓他們啣尾追上，殺李密一個落花流水。

寇仲、玲瓏嬌、翟嬌、徐子陵等首先馳上一個山丘，只見半里許外的密林塵土直捲上天，蹄聲急驟，卻聲響漸弱。

翟嬌大喝道：「追！」

寇仲大喝道：「不要追！」

翟嬌大怒道：「爲何不追，李密要走哩！」

楊公卿這時來到寇仲旁。

寇仲問玲瓏嬌道：「塵土揚起的樣子算是條條而起還是零星散亂呢？」

玲瓏嬌勒著正呼嚕噴氣的戰馬叫道：「瓦崗敵軍仍是隊形整肅，散而不亂。」

寇仲點頭道：「正如我所料，沈落雁早猜到有伏兵，故以怪鳥引我們追去，我敢肯定密林內另有伏兵，當我們步入陷阱時，李密立即回師反擊。」

楊公卿喝道：「有道理！」

立即教號角手發出停止前進的命令，指示兩支側翼的先鋒軍原地留駐。

翟嬌終是將門之後，清醒過來，但情緒仍是波蕩，眼中充滿憤慨神色。

徐子陵留意寇仲，見他那對眼睛冷靜如恆，透出智慧和冷酷的神光。

他還是首次在寇仲眼中發現這種神色，不由心中一顫，記起他在竟陵城頭，面對杜伏威千軍萬馬的攻城部隊時說過的話。就是漠視生死，把整個戰場視作一個棋盤，敵我雙方則是棋盤上爭鋒的棋子。經過這番戰場上的歷練後，寇仲已從一個本對戰事毫不在行的小子，變成一個謀略出衆，料敵如神的統帥。

楊公卿虛心向他請教道：「現在該如何處置？」

寇仲斷然道：「我們只須留下數千人在這裏布防，教李密難作寸進。而輜重則繼續渡河，並分出快速部隊直逼洛口，攻他一個措手不及。」

宣永道：「如果李密回師守洛口，我們是否仍要強攻？」

寇仲道：「李密是不會甘心退走的，他還有單雄信這個希望，到單雄信乘我們進軍洛口撤走時，他便錯恨難返，只有逃往虎牢一途了。」

密林遠處軍止塵止，顯示李密停了下來，明白狡計難逞。這行動比甚麼長篇大論更能增加寇仲的說服力和威信。

寇仲續道：「快速部隊的作用，是先一步趕往洛口，防止李密渡河回城，那洛口的邴元眞便只有棄城或投降的兩個選擇。」

楊公卿長笑道：「就這麼決定吧！」

接著的七天，決定了李密這一代梟雄的命運。鎭守洛口的邴元眞向兵臨城下的楊公卿投降，李密另一員大將單雄信又在這關鍵時刻擁兵自守，且被屠叔方說服歸降。李密知道大勢已去，只得率人逃往虎牢，王伯當則退守河陽。寇仲、楊公卿再整頓軍馬，準備乘勝追擊，再拿下虎牢。豈知李密聞風先遁，逃往河陽與王伯當會合。他本想以黃河作屏障，北守太行，東連黎陽，以圖平反敗局。可是大敗之後，軍心渙散，兼且瓦崗軍因翟讓之死早伏下分裂的因素，舊將紛紛拒命，使李密有力難施，用武無地。

而王世充軍亦因剛得到多個城池和大片土地，須得休息整頓，一時難以渡河進攻河陽，故先把力氣平定河南區域，一時成了隔河對峙之局。

這晚在虎牢行府後院偏廳內，屠叔方引來翟嬌向寇仲和徐子陵道：「我已向小姐和盤托出有關南方的形勢和素素的事情，因我覺得還是坦白此好。」

翟嬌惡兮兮地瞪著兩人道：「這麼要緊的事竟敢瞞我，看我把你們和那香玉山一起宰掉。」

兩人唯唯喏喏，不敢反辯。

翟嬌道：「我豈是不講道理的人。李密這回已吃足苦頭，永無翻身之望，雖未能手刃那奸賊，總算爲爹出了一口氣。我也不想爲王世充這種人繼續出力，你們有甚麼打算？」

寇仲道：「我們想先回洛陽打個轉，然後立即南下，先助飛馬牧場反危爲安，再看怎樣可把素姐母子帶走，再來與小姐會合。」

翟嬌斷然道：「我和你們一道去吧！」

寇仲大吃一驚，忙道：「小姐千萬不要去。」

翟嬌怒道：「爲甚麼？」

屠叔方伸出仗義之手道：「小仲的意思，是希望小姐能留在北方，爲他聯結瓦崗軍有用的人才，好得在將來共創大業。」

徐子陵也道：「小姐留在北方，看緊李密，隨時可取他狗命。」

這句話比甚麼都更能打動翟嬌。

她沉吟半晌後點頭道：「好吧！我便留在北方，不過我不想再跟王世充的人混在一起。你們想甚麼時候走？」

寇仲道：「事不宜遲，明早我們一起離開。」

寇仲向楊公卿道出要回洛陽之意後，尙未解釋原因，楊公卿沉聲道：「仲小兄想就此一走了事嗎？」

寇仲尷尬道：「大將軍眞精明。」

楊公卿伸手搭在寇仲肩頭上，雙目精光閃閃道：「你是楊某人平生所遇最天才橫溢的統帥人才，假以時日經驗，天下再難有對手，你心中有沒有甚麼計畫呢？」

寇仲低聲道：「暫時能有甚麼計畫呢？只不過覺得王公非是可與共事之輩，故暫作功成身退，大家仍可留下一份交情。」

楊公卿嘆道：「我明白你的感受，論功行賞，怎可沒你的份兒？明天我派戰船將你送返洛陽，理由則是讓你可親自向大人匯報軍情，以決定是否該立即渡大河進攻河陽。但你既萌去志，洛陽不該是久留之地，你明白我的話吧？」

寇仲感動地道：「我絕不會忘記和大將軍並肩作戰的美好時光。」

楊公卿放開按在他肩頭的手，大笑道：「彼此彼此！希望有機會再並騎馳騁沙場，殺敵取勝。」

寇仲回到後院，有人在廊柱後喚道：「寇爺！」

寇仲探頭一看，原來是動人的俏婢楚楚。

這美人兒牽著他的衣袖，來到園子的竹林深處，幽幽道：「聽小姐說明天要和你們分手了！是嗎？」

寇仲心中一痛，忍不住伸手輕撫她吹彈得破的臉蛋，柔聲道：「南方事了，我定會回來找你，你還可以見到素姐和她那白胖胖的嬰孩啊！」

楚楚喜道：「眞是好哩！」

旋又垂頭黯然道：「但婢子又有大段日子不能侍候寇爺了。」

寇仲忍不住掏出掛在頸上的鍊墜，笑道：「看！你不是時刻在貼身侍候著我嗎？」

楚楚嬌軀劇顫，射出意外驚喜的神色，接著投進他的懷裏，不顧一切地把他摟個結實，喜極而泣。

寇仲軟玉溫香抱滿懷，嗅著她彷似陌生又無比熟悉的體香，憶起當年在大龍頭府恩愛纏綿的醉人情景，雙手將她抱道：「不要哭，只要我們能在這亂世好好活下去，終有天會有快樂和不用分開的日子過的。」

在這一刻，無論是宋玉致或李秀寧，都到了遙不可及的遠處。

楚楚倏又離開他的懷抱，嬌喘道：「楚楚失態了！」

寇仲情不自禁再次把她擁入懷裏，感受著她對自己毫無保留的深情。道：「記著！我寇仲從沒有認爲你是下人，將來也不會。」

楚楚渾身一陣抖顫，道：「寇爺好好保重自己。」言罷揮淚去了。

寇仲嘆了口氣。爲了事業，是不是定要作出這麼多犧牲呢？假如自己是個胸無大志的小子，現在便可和她海誓山盟，雙宿雙飛，鴛鴦比翼共度春宵。可是他已到了不能自拔的地步，雙龍幫的人在關中苦候他的到臨，飛馬牧場正陷於險地，素素則急待他去營救。而他和徐子陵亦是遍地仇讎，步步險境。這就是必須付出的代價了。

戰船逆流西上。寇仲和徐子陵並肩立在船頭，迎著吹來的河風和茫不可測的命運。

寇仲道：「只要找著虛行之，我們立即走，就算要翻臉打出去，我也要走。」

徐子陵淡淡道：「王世充絕不敢公然拿你怎樣的，否則如何服衆？何況李密仍死而未僵，他不會笨得動搖軍心呢。」

寇仲點頭道：「有道理！我也是這麼想。」

徐子陵沉默下來。

寇仲嘆氣道：「我就像作了一場夢，到現在仍不相信曾威震天下的李密會被我們擊敗。」

徐子陵喟然道：「總有一天你會發覺人生只是大夢一場，帝皇霸業都毫不眞實。」

說到這裏，不禁想起清雅如仙的師妃暄。

寇仲卻想起伏在懷內悲泣的楚楚。

一陣長風吹來，拂得兩人衣衫獵獵作響，東都洛陽出現前方，巍然矗立，氣象萬千。這座偉大的城市，是否終亦有陷落的一天呢？

夕陽西下。戰船駛進洛陽城，沿洛水朝皇城開去。城牆和沿岸的哨樓高處，均旗幟飄揚，一片勝利後的凱旋景象。河道上固是舟船往來，陸上更是人車擠擁，繁華興盛。見到戰船入城，途人無不夾河揮手歡呼，氣氛熱烈。

寇仲和徐子陵卻半點沒受眼前氣氛的感染，前者細看旗幟上的標誌後，一震道：「楊侗終於被迫讓位了！」

這雖是必然的事，仍嫌匆促了一點。可見王世充稱帝之心的迫切。從此中原又多了一個自立的皇帝。

徐子陵沉聲道：「我不想見王世充。」

寇仲點頭同意道：「見他也沒有甚麼意義，看看能不能找到卜天志，我會與虛行之來找你會合，一起趁夜離城。唉！我忽然有點心驚肉跳的不祥感覺。如果我有甚麼不測，你就殺了王世充替我報仇。」

徐子陵笑道：「歐陽希夷豈肯讓王世充殺你。憑他在江湖的地位，王世充怎都要給他幾分面子。除非有像他和陳長林那類高手相助，否則王世充也沒法將你留下。只要你見機行事，應該沒有問題。」

話雖如此，兩人仍議定了種種應變之法，徐子陵這才縱身而起，投往洛堤旁的樹叢中，消沒不見。

戰船泊往皇城外的碼頭。王玄應、郎奉、宋蒙秋等率衆迎迓，伴著寇仲朝城門馳去。寇仲策騎緩行，順口探問王世充的情況。

王玄應嘆氣道：「李密那一拳確是非同小可，爹至今仍未能離開榻子，不過精神卻很好，整天盼望可以見到寇軍師。」

王玄應出奇恭敬的客氣，卻令寇仲聽得汗毛倒豎，也心中懍然。照道理若王世充連起床也有問題，絕不該如此急於稱帝。王玄應爲何要說謊呢？

寇仲暗裏抹了一把冷汗，問道：「夷老和長林兄可好？」

另一邊的宋蒙秋皮笑肉不笑的道：「他們正陪侍聖上之側，等待寇軍師的大駕。」

寇仲聽得一顆心直沉下去。歐陽希夷一向對他和徐子陵愛護有加，聞得他們歸來，怎都會急著前來相迎才合常理。今時不同往昔，現在整個東都全落在王世充的控制下，歐陽希夷再也不用一天十二個時辰陪護在王世充之側，至少虛行之亦該來迎他。

忽然間，他生出身陷虎穴的感覺。

徐子陵抵達卜天志在洛陽落腳之處，發覺已人去樓空，且屋內一片凌亂，似是走得非常匆忙。最奇怪的是並沒有依約定留下任何標記和暗號，實在大異尋常。

徐子陵在廳內一角頹然坐下，暗忖假若卜天志的離開是與王世充有關係，那寇仲便危險了。

不過他仍不是太擔心，王世充要加害寇仲豈是易事。

正沉吟間，足音忽起。以徐子陵一貫的冷靜自若，也禁不住臉色大變，因爲他已憑足音認出來者何人，同時更知道寇仲陷身於極大的凶險裏。

王世充現在最忌憚的人究竟是誰？以前當然是李密。但李密大敗之後，形勢劇改。在這黃河流域的中土核心地帶，唐得關西，鄭得河南，夏得河北，隱成三足鼎立之勢。可是對王世充這鄭帝來說，爭霸天下仍是遙遠的事。眼前當急之務，是要穩定內部，鞏固戰果。假若王世充能親自指揮邙山大敗李密之役，那戰勝的榮耀和威望將可盡歸於他，使他不用顧忌任何人。而事實卻非如此。現時寇仲無意間已在王世充軍中樹立起崇高的威望，又與王世充手下的大將發展出密切的關係，不招王世充的猜忌才是奇怪。只看王世充大封親族，便知他是個私心狹窄的人，又有翟讓作前車之鑑，怎也不容寇仲成爲另一個李密。再加上寇仲和翟嬌的關係，誰也猜到寇仲可把李密的降兵敗將收歸旗下，那時王世充就有養虎之患了。

這些念頭逐一閃過寇仲心頭，確是愈想愈心驚。

人馬馳入皇城，朝尚書府開去。

爲何不是直赴皇宮，即使王世充不能起床，抬也該被人抬到皇宮去。

王玄應的聲音在他耳邊響起道：「子陵兄何故不隨軍師同來參見父皇？」

寇仲心不在焉地敷衍道：「他若如天上的浮雲，沒有甚麼興趣理會塵世間的事，我也管他不著，唉！」

最後一聲嘆息，卻是爲自己的處境而發，在這種惡劣的形勢下，他該怎樣聯絡上虛行之呢？

尙書府出現前方，燈火通明下的大門像惡獸張開的血盆大口，等待他這果腹的美點。可以肯定的是如果跨過門檻，他寇仲將永不能再憑自己的力量走出來。

寇仲勒馬停定，領先下馬。無數念頭閃過腦際，最後的結論是只有三十六著那最後一著的走爲上策。現在他和徐子陵已成天下公認的有數高手，深悉他們虛實的王世充若想取他們任何一個的小命，除了要有足夠的實力外，還要有特定的形勢和布局，始可有機會辦到。而尙書府的大堂正提供了這麼一個有利的場所。

王玄應躍落他左側，欣然道：「寇軍師請！」

寇仲深吸一口氣，終於爲自己的命運作出了關鍵性的決定。

破牆而出後，徐子陵還沒有機會從地上彈起來，左腳踝一緊，已給尉遲敬德貼地竄至，令人防不勝防的歸藏鞭纏個結實。鞭身的小圓吸盤纏進皮肉之內。假若徐子陵未見過尉遲敬德與王薄動手的情況，此刻必千方百計設法甩開歸藏鞭可厭的糾纏。現在他卻深悉這天策府高手變化無方的奇怪鞭法，心知若要與對方比賽變化，他的左足休想保持完整。

徐子陵冷喝一聲，左足佇地，整個人像鐵板般從仰臥變成雙足直立。

「崩！」

歸藏鞭蹬個筆直，徐子陵卻是文風不動，另一端鞭子緊握在立於三丈外，沉腰坐馬，形態威猛之極的尉遲敬德手上。後者更是心中大懍，他剛才連施手法，欲先把徐子陵拖倒地上，繼之則利用鞭身吸盤拉扯之力，斷他足踝。可是竟給徐子陵巧施內勁，吸牢鞭身，反以足踝把他的歸藏鞭鎖實不放。如此奇招，確出乎他意料之外。

風聲四起。四道人影分由瓦頂和前後院院牆撲至，把徐子陵圍在正中。手持四尺青鋒的龐玉立在牆頭上，在夜風中衣袂飄飛，瀟灑之極，眼神卻利比鷹隼，居高臨下狠狠盯著像對圍堵者視而不見的徐子陵。一襲青衣作儒生打扮、白皙清秀的長孫無忌，則負手立在以徐子陵爲核心，與尉遲敬德遙遙相對的另一方，腰背插著玉簫，頗有出塵之姿，絕無半分劍拔弩張之態，瀟脫得像是來赴文友之會。可是徐子陵卻絕不敢小覷他，只從他那種淵亭嶽峙的氣度，便知他的武功不會在尉遲敬德之下。另兩人分別是提矛的史萬寶和握棍的劉德威，散立四周，封死徐子陵所有逃路。

徐子陵凝望被自己撞穿的牆洞和散布地上的紅木椅碎片，沉聲喝道：「敢問世民兄，助王世充對付寇仲的除了楊虛彥之外尚有何人？」

寇仲以內勁振發聲音，道：「王公若仍念著一點賓主之情，請出來答話！」

身旁的王玄應、郎奉、宋蒙秋和一衆親兵盡皆愕然，接著大半人手按兵器，同時挪開少許，對他怒目而視。聲音遠遠傳開，響徹皇城。鴉雀無聲。

宋蒙秋乾咳一聲，打個眼色，著其他人勿要妄動，向寇仲道：「寇軍師誤會了！聖上仍在龍床養傷，嘿……」

寇仲哂道：「宋將軍不是說夷老和長林兄在府內嗎？為何他們竟不吭一聲？」

宋蒙秋登時語塞。

寇仲得勢不饒人，長笑道：「古語有云，鳥盡弓藏，兔死狗烹，哼！」

「鏘鏗」連聲。王玄應等不待他把話說完，露出狐狸尾巴，紛紛掣出兵刃。寇仲再一聲長笑，沖天而起，惹得宋蒙秋、郎奉和王玄應三人騰身追趕。無數箭手從附近建築物的瓦頂現身，一時殺氣騰騰，喊殺連天。

豈知寇仲升高不到兩丈之際，竟凌空換氣，改直上為斜掠，投往尚書府的台階上。此著大大出人意表，而追兵中誰有他凌空換氣的本領，全追過了頭，升上兩丈外的上空，反令伏在瓦面的數百箭手投鼠忌器，不敢放箭。

寇仲尚未踏足實地，已拔出井中月。十多名如狼似虎的王世充近衛兵由四方殺至，眼看要成混戰之局。寇仲心知若被這些近衛兵纏上一陣子，將會陷入以百千計的王軍重圍內，那時就算是寧道奇，也難逃死戰的厄運。猛喝一聲，人隨刀走，硬撞進敵人陣內。井中月化作護身寒芒，領先攔路的兩名近衛兵立時打著轉橫跌開去。「噹！」另一人連人帶劍，給他劈得往後倒飛，連續撞倒兩個近衛，一起滾下台階。此時長階下人聲沸騰，刀光劍影，敵人像潮水般湧上長階來，一時也弄不清楚有多少人。

寇仲不敢躍高，倏地橫移，避過十多個撲過來的敵人，沿著尚書府朝東面最接近的宣仁門掠去，殺機填滿胸膺。敵人紛紛攔截。寇仲心知肚明宣仁門必布有重兵高手，往那方遁走只是作個樣子的惑敵之計。事實上整座內皇宮和皇城組成的洛陽都城，若關上所有城門，再於所有高達十多丈的城牆上布滿箭手，可頓成飛鳥難渡的絕地，其安全防範至為嚴密。幸好城內樓台林立。樓堂四面雖有高牆，但牆上均設門戶，樓台間連環相通，正是捉迷藏的好處所。

王世充是個愛充面子的人，絕不願讓暗殺寇仲這種醜事揚出去，所以千方百計誘他進尚書府加以伏殺，避免他的鮮血沾染到他的宮城之內。寇仲猜估只要他能逃出尚書府的範圍，王世充狙殺他的力量將大幅減弱，而他亦有逃出生天的希望。

寇仲再改方向，繞往尚書府後，掠往太僕寺和將作監。越過這兩府宏偉的建築物，就是一排並列的大理寺、宗正寺、都水監和衛尉寺，接著是含嘉門和皇城北面的出口德猷門。兩邊全是高起十丈過外的城牆，此刻在號角聲中，一隊百多人的鐵甲軍從尚書府後殺出，往他擁來。牆上則人影幢幢，滿是敵人。

要闖上牆頭，根本是沒有可能的事。若沒有敵人在牆頭攔截，憑他可凌空換氣的功夫，或可勉強辦到，但在敵人無情的矛槍箭矢下，跳上去只是送死。

餘下的逃路只有五個離城的出口。

首先是由尚書府前大道貫通的東西兩門宣仁門和東太陽門。宣仁門是離開皇城的東門出口，剛才已試過該路不通，可以不提；東太陽門則是通往內宮城之路。承福門是尚書府南面的皇城出口，徐非他肯回頭重投滿布於尚書府的主力大軍懷抱之內，否則也不用費神去闖。餘下只有前方含嘉門和德猷門兩重門。

兩門間尚有一座含嘉倉，專儲米糧等物。當日寇仲曾參與攻打宮城的戰事，故對整座都城瞭如指掌，只是想不到這認識最後會用在逃命之上罷了！

刀光連閃，兩刀分左右斬來，勁力十足，顯然是王軍親衛中的佼佼者。寇仲一看刀勢，知若再硬闖，必定敵兵齊至，將他圍在核心之局。他到現在所保持的最大優勢，就是不讓敵人有纏上自己的機會，而是帶著敵人大兜圈子，利用皇城的形勢東奔西跑，教敵人亂作一團。一旦失去這優勢，便是他寇仲末日之時。

井中月先後往左右挑出，同時往後疾退。那兩人應刀慘叫，竟打著螺旋，風車般旋了開去，不斷口噴鮮血，後至者走避不及給他們撞上的都立即痛哼倒地，等於被寇仲的螺旋勁直接撞上無異。原本聲勢洶洶的十多名堵截前路的敵人，立即潰不成軍。寇仲亦一陣虛弱。這兩刀雖巧妙地把螺旋勁貫進對方體內，卻也令他真元損耗，故不能乘勝追擊，破入敵陣往正前方城牆盡處的含嘉、德猷二重門衝去。不過他已極爲滿意。驀又橫瀉七丈，避過身後自尚書府方向潮水狂浪般湧來的以百計敵人。他決定放棄前闖。因爲要抵達那二重外門，尚需經過太僕寺、將作監等六座建築物。

王世充既處心積慮布局殺他，當然會在那裏布下伏兵，等他自投羅網。唯一的生路是逃進皇宮去，那時他尚可利用種種形勢，爲自己製造逃走機會。

寇仲長嘯一聲，騰身斜起，往分隔外皇城和內皇宮的城牆投去。箭矢嗤嗤。寇仲真氣換轉，改斜上爲斜下，數十枝勁箭從頭頂上掠過，他卻投往城牆腳下，再貼牆反往尚書府方向疾掠。

敵人像一匹布般往他捲來。牆頭和尚書府四周以百計的火把燈籠照耀下，刀劍矛戟和盔甲盾牌閃爍生輝，皇城忽然成了血戰的修羅地獄。

寇仲不斷增速，貼牆朝唯一通往皇宮的東太陽門射去。不管要殺多少人，他都要殺入東太陽門去，即使寧道奇親臨，也阻止不了他。

新人間叢書 113

大唐雙龍傳修訂版〈卷六〉

作　者—黃易
主　編—葉美瑤
編　輯—邱淑鈴
校　對—黃易・蘇祥慧・余淑宜・林瑞霖
企　畫—王嘉琳
董事長
發行人—孫思照
總經理—趙政岷
出版者—時報文化出版企業股份有限公司
10803台北市和平西路三段二四〇號三樓
發行專線—（〇二）二三〇六—六八四二
讀者服務專線—〇八〇〇—二三一—七〇五・（〇二）二三〇四—七一〇三
讀者服務傳真—（〇二）二三〇四—六八五八
郵撥—一九三四四七二四　時報文化出版公司
信箱—台北郵政七九～九九信箱
時報悅讀網—http://www.readingtimes.com.tw
電子郵件信箱—liter@readingtimes.com.tw
印　刷—盈昌印刷有限公司
初版一刷—二〇〇二年十月二十一日
初版八刷—二〇一三年十二月三日
定　價—新台幣二五〇元
⊙行政院新聞局局版北市業字第八〇號

ISBN 978- 957-13-3776-5
Printed in Taiwan

國家圖書館出版品預行編目資料

大唐雙龍傳修訂版／黃易著．--初版．-- 臺
北市：時報文化， 2002〔民91- 〕
冊； 公分．--（新人間；113）

ISBN 978-957-13-3776-5（卷6：平裝）

857.9 91013842

編號：AK0113	書名：大唐雙龍傳〈卷六〉
姓名：	性別：________ 1.男 2.女
出生日期： 年 月 日	身份證字號：

________ **學歷**：1.小學 2.國中 3.高中 4.大專 5.研究所（含以上）

________ **職業**：1.學生 2.公務（含軍警） 3.家管 4.服務 5.金融 6.製造 7.資訊 8.大衆傳播 9.自由業 10.農漁牧 11.退休 12.其他

地址：________縣（市）________鄉鎮區________村________里

________鄰________路（街）____段____巷____弄____號____樓

郵遞區號________

（下列資料請以數字填在每題前之空格處）

________ **您從哪裡得知本書／**
1.書店 2.報紙廣告 3.報紙專欄 4.雜誌廣告 5.親友介紹
6.DM廣告傳單 7.其他 ________

________ **您希望我們爲您出版哪一類的作品／**
1.長篇小說 2.中、短篇小說 3.詩 4.戲劇 5.其他 ________

您對本書的意見／
________ 內　　容／1.滿意 2.尚可 3.應改進
________ 編　　輯／1.滿意 2.尚可 3.應改進
________ 封面設計／1.滿意 2.尚可 3.應改進
________ 校　　對／1.滿意 2.尚可 3.應改進
________ 翻　　譯／1.滿意 2.尚可 3.應改進
________ 定　　價／1.偏低 2.適中 3.偏高

您的建議／

____

____

____

請沿虛線撕下後對折裝訂寄回，謝謝！

請沿虛線摺下裝訂，謝謝！

廣　告　回　信
台北郵局登記證
台北廣字第2218號

時報出版
CHINA TIMES PUBLISHING COMPANY
尊重智慧與創意的文化事業

地址：10803台北市和平西路三段240號3樓
讀者服務專線：0800-231-705・(02)2304-7103
讀者服務傳真：(02)2304-6858
郵撥：19344724 時報文化出版公司

請寄回這張服務卡（免貼郵票），您可以——
●隨時收到最新消息。
●參加專為您設計的各項回饋優惠活動。

新人間

新感覺・新人間・文學的新版圖

寄回本卡，掌握新人間系列的最新訊息